人民共和國文化與文學叢書

初 編

李 怡 主編

第 16 冊

國家意識形態與西藏漢語文學
（1951.5～1959.3）

藍國華、劉雅君 著

花木蘭文化出版社

國家圖書館出版品預行編目資料

國家意識形態與西藏漢語文學（1951.5～1959.3）／藍國華、劉
雅君 著 -- 初版 -- 新北市：花木蘭文化出版社，2014〔民103〕
目 2+184 面；19×26 公分
（人民共和國文化與文學叢書 初編：第16冊）
ISBN 978-986-322-770-0（精裝）
1. 中國當代文學　2. 意識型態　3. 文學評論
820.8　　　　　　　　　　　　　　　　　103012666

特邀編委（以姓氏筆畫為序）：

ISBN-978-986-322-770-0

9 789863 227700

吳義勤　孟繁華　張　檸
張志忠　張清華　陳思和
陳曉明　程光煒　劉福春
（臺灣）宋如珊
（日本）岩佐昌暲
（新西蘭）王一燕
（澳大利亞）鄭　怡

人民共和國文化與文學叢書
初　編　第十六冊　　　　　　　　ISBN：978-986-322-770-0

國家意識形態與西藏漢語文學（1951.5～1959.3）

作　　者　藍國華、劉雅君
主　　編　李　怡
企　　劃　北京師範大學民國歷史文化與文學研究中心
　　　　　四川大學現代中國文化與文學研究中心
總 編 輯　杜潔祥
副總編輯　楊嘉樂
編　　輯　許郁翎
印　　刷　普羅文化出版廣告事業
出　　版　花木蘭文化出版社
社　　長　高小娟
聯絡地址　235 新北市中和區中安街七二號十三樓
　　　　　電話：02-2923-1455／傳真：02-2923-1452
網　　址　http://www.huamulan.tw 信箱 hml810518@gmail.com
初　　版　2014 年 9 月
定　　價　初編 17 冊（精裝）新台幣 30,000 元　　　版權所有·請勿翻印

國家意識形態與西藏漢語文學
（1951.5～1959.3）

藍國華、劉雅君　著

作者簡介

藍國華，男，畲族，1979 年生，祖籍江西，副編審，畢業於四川大學文學與新聞學院中國現當代文學專業，現任西藏社會科學院科研處副處長，《西藏研究》雜誌副主編，主要從事文藝理論與批評及西藏當代文學研究。

劉雅君，女，漢族，1983 年生，祖籍山西，講師，畢業於四川大學文學與新聞學院中國現當代文學專業，現任教於西藏大學文學院，主要從事中國現當代文學研究。

提　　要

受顯在規約的影響，「和平解放」後至「民主改革」前（1951.5～1959.3）的西藏漢語文學具有階級規避的顯著外在特徵；同時，出於維護國家統一與民族團結的需要，以及人民民主新中國國家性質等方面的原因，國家同構亦成為這一時期西藏漢語文學最為緊要的隱性規約和內在質性。

階級規避是指設法對階級的避開，設法避開文學喚起「階級意識」、不發揮其在社會任務方面的「組織能力」，和不以其作為「階級的武器」而進行「鬥爭」。國家同構是指文學文本中的意義呈現與國家性質、意義相關聯時，表現出的某種對應性或指涉性行為及其關係狀態，它既包括對祖國──中國國家這一具有主權的社會組織或政治共同體──機構的表層同構，也包括對人民民主新中國國家根本性質，也即其階級關係的深層同構。

從國家意識形態的角度對階級規避與國家同構進行審視，階級規避本身並不是目的，它是為國家同構服務的，無論是階級規避還是國家同構，它們都不可能脫離一個時代的國家意識形態。從根本上說，這一時期西藏漢語文學中的階級規避與國家同構，均與特定時代的社會政治背景，特別是人民民主新中國的國家性質及國家意識形態密切關聯。

《人民共和國文化與文學叢書》總序

李　怡

中國當代文學是與「中國現代文學」相對的一個概念，指的是中華人民共和國建立之後的文學。追溯這一概念的起源，大約可以直達 1959 年新中國十週年之際，當時的華中師院中文系著手編著《中國當代文學史稿》，這是大陸中國最早編寫的「中國當代文學史」教材。從此以後，「當代文學」就與「現代文學」區分開來。與中國現代文學研究比較，中國的當代文學研究是一個相對年輕的學科，所以直到 1985 年，在一些「現代文學」的作家和學者的眼中，年輕的「當代文學」甚至都沒有「寫史」的必要。〔註 1〕

但歷史究竟是在不斷發展的，從新中國建立的「十七年」到「文化大革命」十年再到改革開放的「新時期」，而後又有「後新時期」的 1990 年代以及今天的「新世紀」，所謂「中國當代文學」的歷史已達六十餘年，是「中國現代文學三十年」的整整一倍！儘管純粹的時間計量也不足說明一切，但「六十甲子」的光陰，畢竟與「史」有關。時至今日，我們大約很難聽到關於「當代文學不宜寫史」的勸誡了，因為，這當下的文學早已如此的豐富、活躍，而且當代史家已經開始了更為自覺的學科建設與史學探討，這包括洪子誠的《中國當代文學史》，孟繁華、程光煒的《中國當代文學發展史》，張健及其北京師範大學團隊的《中國當代文學編年史》等等。

中國當代文學研究的活躍性有目共睹，除了對當下文學現象（新世紀文學現象）的緊密追蹤外，其關於歷史敘述的諸多話題也常常引起整個文學史

〔註 1〕 見唐弢：《當代文學不宜寫史》，《文藝百家》1985 年 10 月 29 日「爭鳴欄」（見《唐弢文集》第九卷，社科文獻出版社 1995 年），及施蟄存：《關於「當代文學史」》（見《施蟄存七十年文選》，上海文藝出版社 1996 年）。

學界的關注和討論，形成對「當代文學」之外的學術領域（例如現代文學）的衝擊甚至挑戰。例如最近一些年出現的「十七年文學研究熱」。我覺得，透過這一研究熱，我們大約可以看到中國當代文學研究的某些癥結以及我們未來的努力方向。

我曾經提出，「十七年文學研究熱」的出現有多種多樣的原因，包括新的文學文獻的發掘和使用，歷史「否定之否定」演進中的心理補償；「現代性」反思的推動；「新左派」思維的影響等等。〔註 2〕尤其是最後兩個方面的因素值得我們細細推敲。在進入 1990 年代以後，隨著西方後現代主義對「現代性」理想的批判和質疑，中國當代的學術理念也發生了重要的改變。按照西方後現代主義的批判邏輯，現代性是西方在自己工業化過程中形成的一套社會文化理想和價值標準，後來又通過資本主義的全球擴張向東方「輸入」，而「後發達」的東方國家雖然沒有完全被西方所殖民，但卻無一例外地將這一套價值觀念當作了自己的追求，可謂是「被現代」了，從根本上說，也就是被置於一個「文化殖民」的過程中。顯然，這樣的判斷是相當嚴厲的，它迫使我們不得不重新思考我們以「現代化」為標誌的精神大旗，不得不重新定位我們的文化理想。就是在質疑資本主義文化的「現代性反思」中，我們開始重新尋覓自己的精神傳統，而在百年社會文化的發展歷史中，能夠清理出來的區別於西方資本主義理念的傳統也就是「十七年」了，於是，在「反思西方現代性」的目標下，十七年文學的精神魅力又似乎多了一層。

1990 年代出現在中國的「新左派」思潮在相當大的程度上強化著我們對「十七年」精神文化傳統的這種「發現」和挖掘。與一般的「現代性反思」理論不同，新左派更突出了自「十七年」開始的中國社會主義理想的獨特性——一種反西方資本主義現代性的現代性，換句話說，十七年中國文學的包含了許多屬於中國現代精神探索的獨特的元素，值得我們認真加以總結和梳理。在他們看來，再像 1980 年代那樣，將這個時代的文學以「封建」、「保守」、「落後」、「僵化」等等唾棄之顯然就太過簡單了。

「反思現代性」與新左派理論家的這些見解不僅開闢了中國當代文學史寫作的新路，而且對中國現代文學的基本價值方向也形成了很大的衝擊。如果百年來的中國文學與文化都存在一個清算「西方殖民」的問題，如果這樣

〔註 2〕 參見李怡：《十七年文學研究「熱」的幾個問題》，《重慶大學學報》2011 年 1 期。

的清算又是以延安—十七年的道路為成功榜樣的話，那麼，又該如何評價開啟現代文化發展機制的五四？如何認識包括延安，包括十七年文化的整個「左翼陣營」的複雜構成？對此，提出這樣的批評是輕而易舉的：「那種忽略了具體歷史語境中強大的以封建專制主義文化意識為主體的特殊性，忽略了那時文學作品巨大的政治社會屬性與人文精神被顛覆、現代化追求被阻斷的歷史內涵，而只把文本當作一個脫離了社會時空的、僅僅只有自然意義的單細胞來進行所謂審美解剖，這顯然不是歷史主義的客觀審美態度。」〔註3〕

利用文學介入當代社會政治這本身沒有錯，只不過，在我看來，越是在離開「文學」的領域，越需要保持我們立場的警覺性，因為那很可能是我們都相當陌生的所在。每當這個時候，我們恰恰應該對我們自己的「立場」有一個批判性的反思，在匆忙進入「左」與「右」之前，更需要對歷史事實的最充分的尊重和把握，否則，我們的論爭都可能建立在一系列主觀的概念分歧上，而這樣的概念本身卻是如此的「名不副實」，這樣的令人生疑。在這裡，在無數令人眼花繚亂的當代文學批評的背後，顯然存在值得警惕的「偽感受」與「偽問題」的現實。

只要不刻意的文過飾非，我們都可以發現，近「三十年」特別是1990年代以來中國當代文學及其批評雖然取得了很大的發展。但是也存在許多的問題，值得我們警惕。特別需要注意的是1990年代以後中國文學現象的某種空虛化、空洞化，一些問題成為了「偽問題」。

真與假與偽、或者充實與空虛的對立由來已久。1980年代的現代主義文學也曾經被稱為「偽現代派」，有過一場論爭。的確，我們甚至可以輕而易舉地指出如北島的啓蒙意識與社會關懷，舒婷的古代情致，顧城的唯美之夢，這都與詩歌的「現代主義」無關，要證明他們在藝術史的角度如何背離「現代派」並不困難，然而這是不是藝術的「作偽」呢？討論其中的「現代主義詩藝」算不算詩歌批評的「偽問題」呢？我覺得分明不能這樣定義，因為我們誰也不能否認這些詩歌創作的真誠動人的一面，而且所謂「現代派」的定義，本身就來自西方藝術史。我們永遠沒有理由證明文學藝術的發展是以西方藝術為最高標準的，也沒有根據證明中國的詩歌藝術不能產生屬於自己的現代主義。也就是說，討論一部分中國新詩是否屬於真正西方「現代派」，以

〔註3〕董健、丁帆、王彬彬：《我們應該怎樣重寫當代文學史》，《江蘇行政學院學報》
　　　2003年第1期。

「更像」西方作為「非僞」，以區別於西方為「僞」，這本身就是荒謬的思維！如果說 1980 年代的中國詩壇還有什麼「僞問題」的話，那麼當時對所謂「僞現代派」的反思和批評本身恰恰就是最大的「僞問題」！

不過，即便是這樣的「僞」，其實也沒有多麼的可怕，因為思維邏輯上的某種偏向並不能掩飾這些理論探求求眞求實的根本追求，我們曾經有過推崇西方文學動向的時代，在推崇的背後還有我們主動尋求生命價值與藝術價值的更強大的願望，這樣的願望和努力已經足以抵消我們當時思維的某種模糊。

文學問題的空虛化、空洞化或者說「僞問題」的出現，之所以在今天如此的觸目驚心在我看來已經不是什麼思維的失誤了，在根本的意義上說，是我們已經陷入了某種難以解決的混沌不明的生存狀態：在重大社會歷史問題上的躲閃、迴避甚至失語——這種狀態足以令我們看不清我們生存的眞相，足以讓我們的思想與我們的表述發生奇異的錯位，甚至，我們還會以某種方式掩飾或扭曲我們的眞實感受，這個意義上的「僞」徹底得無可救藥了！1990 年代以降是中國文學「僞問題」獲得豐厚土壤的年代，「僞問題」之所以能夠充分地「僞」起來，乃是我們自己的生存出現了大量不眞實的成分，這樣的生存可以稱之為「僞生存」。

近 20 年來，中國文學批評之「僞」在數量上創歷史新高。我們完全可以一一檢查其中的「問題」，在所有問題當中，最大的「僞」恐怕在於文學之外的生存需要被轉化成為文學之內的「藝術」問題而堂皇登堂入室了！這不是哪一個具體的藝術問題，而是滲透了許多 1990 年代的文學論爭問題，從中，我們可以見出生存的現實策略是如何借助「文學藝術」的方式不斷地表達自己，打扮自己，裝飾自己。《詩江湖》是 1990 年代有影響的網站和印刷文本，就是這個名字非常具有時代特徵：中國詩歌的問題終於成為了「江湖世界」的問題！原來的社會分層是明確的，文學、詩歌都屬於知識分子圈的事情，而「江湖世界」則是由武夫、俠客、黑社會所盤踞的，與藝術沒有什麼關係。但是按照今天的生存「潛規則」，江湖已經無處不在了，即便是藝術的發展，也得按照江湖的規矩進行！何況對於今天的許多文學家、批評家而言，新時期結束所造成的「歷史虛無主義」儼然已經成了揮之不去的陰影，在歷史的虛無景象當中，藝術本身其實已經成了一個相當可疑的活動，當然，這又是不能言明的事實，不僅不能言明，而且還需要巧妙地迴避它。在這個時候，生存已經在「市場經濟」的熱烈氛圍中扮演了我們追求的主體角色，兩廂比

照，不是生存滋養了文學藝術的發展，而是文學藝術的「言說方式」滋養了我們生存的諸多現實目標。

於是，在 1990 年代，中國文學繼續產生不少的需要爭論的「問題」，但是這些問題的背後常常都不是（至少也「不單是」）藝術的邏輯所能夠解釋的，其主要的根據還在人情世故，還在現實人倫，還在人們最基本的生存謀生之道，對於文學藝術本身而言，其中提出的諸多「問題」以及這些問題的討論、展開方式都充滿了不真實性，例如「個人寫作」在 20 世紀中國新詩「主體」建設中的實際意義，「知識分子寫作」與「民間寫作」的分歧究竟有多大，這樣的討論意義在哪裏？層出不窮的自我「代際」劃分是中國新詩不斷「進化」的現實還是佔領詩壇版圖的需要？「詩體建設」的現實依據和歷史創新如何定位？「草根」與「底層」的真實性究竟有多少？誰有權力成為「草根」與「底層」的的代言人？詩學理論的背後還充滿了各種會議、評獎、各種組織、頭銜的推杯換盞、觥酬交錯的影像，近 20 年的中國交際場與名利場中，文學與詩歌交際充當著相當活躍的角色，在這樣一個無中心無準則的中國式「後現代」，有多少人在苦心孤詣地經營著文學藝術的種種的觀念呢？可能是鳳毛麟角的。

在這個意義上，中國當代文學的研究與批評應該如何走出困境，盡可能地發現「真問題」呢？我覺得，一個值得期待的選擇就是：讓我們的研究更多地置身於國家歷史情態之中，形成當代文學史與當代中國史的密切對話。

國家歷史情態，這是我在反思百年來中國文學敘述範式之時提出來的概念，它是百年來中國文學生長的背景，也是文學中國作家與中國讀者需要文學的「理由」，只有深深地嵌入歷史的場景，文學的意味才可能有效呈現。對於中國現代文學研究而言，這樣的歷史場景就是「民國」，對於中國當代文學而言，這樣的歷史場景就是「人民共和國」。

感謝花木蘭文化出版社，使得我們對百年來中國文學的研究有了兩大厚重的背景——民國與人民共和國，這兩套大型叢書將可能慢慢架構起百年中國文學闡述的新的框架，由此出發，或許我們就能夠發現更多的真問題，一步一步推進我們的學術走上堅實的道路。

2014 年馬年春節於江安花園

目

次

導 言 …………………………………………………… 1
　　一、階級規避 ……………………………………… 4
　　二、國家同構 ……………………………………… 6
　　三、國家意識形態 ………………………………… 8
第一章　「和平解放」後至「民主改革」前西藏
　　　　社會形態與漢語文學活動概述 ………… 13
　　第一節　「和平解放」後至「民主改革」前西藏
　　　　　　社會形態 …………………………… 13
　　第二節　「和平解放」後至「民主改革」前西藏
　　　　　　漢語文學活動 ……………………… 23
第二章　階級規避 …………………………………… 37
　　第一節　階級規避事實與階級規避中的直接避開… 39
　　第二節　間接避開──矛盾轉移與矛盾淡化 …… 49
第三章　國家同構 …………………………………… 77
　　第一節　表層同構 ………………………………… 78
　　第二節　深層同構 ……………………………… 105
第四章　文學與意識形態的特定同構及其運行
　　　　機制 ………………………………………… 129
　　第一節　文學與意識形態的特定同構 ………… 129
　　第二節　文學與意識形態特定同構的運行機制… 134
結 語 ………………………………………………… 141
附 錄 ………………………………………………… 145
參考文獻 …………………………………………… 169
後 記 ………………………………………………… 183

導　言

　　對於 1951 年 5 月至 1959 年 3 月的西藏漢語文學，國內學者中除耿予方、張治維、李佳俊、馬麗華等曾有專章或較爲集中的論述外，其他一些從事文化或少數民族文學研究的學者，也曾有所涉及。其觀點除了肯定這一時期西藏漢語文學在當代西藏文學發展中的開創奠基性意義，認爲其與 20 世紀 60 年代初期的西藏文學一起構成了西藏當代文學發展的第一個高潮之外，亦指出了其內容多爲新人新事，歌頌性作品居多，表現手法主要是現實主義，輕鬆明快、昂揚向上是其藝術基調，作家創作充溢著樂觀激情等。另外，有一些學者也指出了其在民族歷史文化開掘等方面的不足。如部分論者即從民族文化身份，及這一時期西藏漢語文學作品中有關人物或生活內容的新舊對比、并置等現象的大量存在，指出了其在民族文化特性表現上的不足，及在文學修辭手法運用上的單一，並指向對文本中存在或凸顯階級話語等敘述模式的批判。至於國外的一些論述，則或拘泥於文學的民族語言性，而對這一時期西藏文學中的漢語文學少有涉獵或論之不詳，或限於意識形態的政治關聯，而從論者自身固有的後殖民主義或帝國主義、霸權主義視角，對這一時期的西藏漢語文學多有歪曲。如有論者即以《「僞西藏文學」與帝國敘事》〔註 1〕爲題，以「殖民」與「被殖民」的關係對這一時期的西藏漢語文學進行表述。綜合來看，其實無論是國內的研究還是國外的論述，在注意到一定的意識形態或相關政治、具體政策對文學的影響，及文學中表現出了特定的意識形態的同時，大體上均有意或無意地對這一時期西藏漢語

〔註 1〕 茉莉：《「僞西藏文學」與帝國敘事》，http://woesermiddleway.typepad.co.uk/blog/2009/01/原載香港《開放》雜誌 2008 年 12 月號。

文學中存在階級規避的事實，有所忽視或重視不足。例如，有論者雖然提到了政治意識在這一時期西藏漢語文學中的表現，卻籠統地將 1950 年至 1980 年西藏漢語文學的主題及話語表現歸於一致，認為「80 年代之前的西藏現代文學作品……基本的修辭策略是將『新』、『舊』西藏社會進行效果強烈的並置，在舊時代的農奴、皮鞭、貧病等恐怖、悲慘景象與新時代的欣欣向榮的鮮明對比中凸現階級鬥爭話語和對新時代的頌揚。」〔註2〕馬麗華在《雪域文化與西藏文學》一書中，亦將 20 世紀 50 年代和 60 年代的西藏漢語文學放在一起進行論述，認為：「這一時期文學所表現的內容，就是這一時代的社會內容：向著北京的禮讚、對於剛剛逝去的舊社會舊制度的控訴和批判，軍民團結，民族團結，新人新事新思想新感情，總之這是一個歌唱太陽、歌唱新生的時代……50 年代的文學現象一直延續到 60 年代的最初幾年。」〔註3〕而耿予方雖然將 1951 年至 1958 年西藏和平解放初的文學，單列為西藏文學發展的一個階段進行論述，指出：「這一時期西藏文學作品主題思想十分明確，歌頌中國共產黨和人民解放軍忠實貫徹民族政策、堅決執行十七條協議取得巨大成效，反映西藏人民的喜悅心情，可以說是它的主旋律」〔註4〕，但仍未注意階級規避對其帶來的影響。事實上，將新時期前的西藏文學根據某種標準歸置一起論述，固無不可；認為 20 世紀 50、60 年代的西藏漢語文學具有歌頌方面的表現，也符合事實；但若全以「將『新』、『舊』西藏社會進行效果強烈的並置……鮮明對比中凸現階級鬥爭話語和對新時代的頌揚。」「對於剛剛逝去的舊社會舊制度的控訴和批判」論之，卻是沒有準確把握 20 世紀 50 年代和 60 年代，西藏漢語文學創作在「階級」表現上的不同特點的。而張治維在《略論當代西藏文學的發展》一文中雖然明確指出：「民主改革以後的文學作品，從原先的比較注重歌頌的內容，轉向揭露舊西

〔註 2〕 張煜：《「民族志」、「文化西藏」與文化生產——對馬麗華〈走過西藏〉的文化解讀》，載蔣述卓、李鳳亮編：《批評的文化之路——文藝文化學論文集》，北京：中國社會科學出版社 2003 年版，第 413～414 頁。李豔在《阿來筆下的西藏想像》（碩士學位論文，暨南大學，2006 年 5 月 22 日）一文中認為：「西藏」的意義被凸現出來是 1980 年後的事情，這在文學作品中反映比較明顯。1950 年後 1980 年前的西藏漢語小說，表述的是一種普遍的政治意識。同時，她引述了張文中「基本的修辭策略是將『新』、『舊』西藏社會進行效果強烈的並置」，在「對比中凸現階級鬥爭話語和對新時代的頌揚」的敘述。

〔註 3〕 馬麗華：《雪域文化與西藏文學》，長沙：湖南教育出版社 1998 年版，第 72～73 頁。

〔註 4〕 耿予方：《西藏 50 年‧文學卷》，北京：民族出版社 2001 年版，第 6～8 頁。

藏封建農奴制度，對藏族人民的壓迫、社會的不公、矛盾鬥爭，把歌頌光明與揭露黑暗結合起來。」〔註5〕但其時段劃分，仍是將 20 世紀 50 年代與 60 年代前半期的西藏文學歸置一起，並更多地是側重於肯定西藏「和平解放」後至「文革」前的 50 年代至 60 年代前半期，作爲當代西藏文學發端和打基礎階段的開創奠基性意義，因而，亦未對「和平解放」後至「民主改革」前，西藏漢語文學在特定時代政治背景下，於意識形態及階級關係的處理上，呈現出來的一些特殊性進行更多的論述。

　　眾所周知，「和平解放」後至「民主改革」前（1951.5～1959.3）的 8 年，是西藏社會歷史上的一個特殊時期。在這一時期，根據「十七條協議」〔註6〕的精神，西藏地區不僅未進行土地改革、社會主義改造、人民公社化等關於社會生產關係方面的社會變革，而且根據「協議」——「對於西藏的現行政治制度，中央不予變更。達賴喇嘛的固有地位及職權，中央亦不予變更。各級官員照常供職。」「班禪額爾德尼的固有地位及職權，應予維持。」「有關西藏的各項改革事宜，中央不加強迫。西藏地方政府應自動進行改革，人民提出改革要求時，得採取與西藏領導人員協商的方法解決之。」——的規定，西藏地區仍然保持著完整的「政教合一」的封建農奴制度。如此，這也使得這一時期西藏的各項工作，與其後及同一時期國內其他地區相比，具有一定的特殊性和複雜性。如以意識形態領域的宣傳來說，早在西藏和平解放前，中共西藏工作委員會即在有關宣傳紀律中做出了不得進行階級鬥爭宣傳的規定。因而，這也使得與意識形態有著密切關聯的這一時期的西藏漢語文學，與其後及同一時期國內其他地區的文學相比，具有一些不同的面貌。本書即是以這一時期的西藏漢語文學爲考察對象，以國家意識形態爲觀察視角，希望能從階級規避與國家同構這兩個方面，對這一時期西藏漢語文學的一些特殊表現有所揭示，並進而對文學與意識形態之間的關係進行一些探討。

　　本書的框架，除「導言」、「結語」、相關「附錄」和「後記」外，正文部分共分四章。第一章爲「和平解放」後至「民主改革」前西藏社會形態與漢語文學活動概述；第二章爲階級規避；第三章爲國家同構；第四章爲文學與意識形態的特定同構及其運行機制。本書中的「階級規避」與「國家同構」

〔註5〕　張治維：《略論當代西藏文學的發展》，載《西藏文學》1996 年第 4 期；《民族文學》1995 年第 9 期名爲《略談當代西藏文學的發展》。

〔註6〕　1951 年 5 月 23 日，中央人民政府和西藏地方政府在北京簽訂了《中央人民政府和西藏地方政府關於和平解放西藏辦法的協議》（簡稱「十七條協議」）。

及「國家意識形態」指的是這樣一些概念。

一、階級規避

規避，指設法避開。階級規避，即指對階級的設法避開。不過，我們這裏所說的並不是對一般意義上的階級的設法避開，而是指對「自爲階級」或由「自在階級」上昇到「自爲階級」的「階級能動意識或意識能動」（覺悟——實踐）的設法避開。這是什麼意思呢？要闡釋清楚這個問題，我們先談一談什麼是階級？

階級，是馬克思主義學說以及以這一學說爲指導的一切政黨政治思想中的一個重要概念。雖然，馬克思和恩格斯對之並未作過系統的闡述，但綜合馬克思主義經典論著中的有關論述，特別是從生產力和生產關係、物質決定意識、社會存在決定社會意識以及意識的能動性的角度去考察，我們可以這樣認爲，階級既是一個經濟的範疇，也是一個歷史的範疇。在人類社會歷史上，階級不是從來就有的，也不是永世長存的，它是社會生產發展到一定階段的產物。隨著社會生產的高度發展，階級將會消滅，但只要是在階級的社會裏，無論人們的主觀意識是多麼的不情願，也無論人們是否對它有所意識，階級都是一個客觀存在。在階級的產生過程中，雖然諸如戰爭和暴力等其他非經濟因素也起過重要的促進作用，但本質上，它的產生是以由於生產力的發展，剩餘產品的出現，以及由於社會分工的發展，生產資料所有制的出現爲必備條件的。因此，簡單地對階級進行定義，階級即是指在社會生產有了一定的發展而又發展不足的情況下，由於人們對生產資料佔有關係的不同，而在生產關係和社會經濟結構中具有不同地位的社會群體和利益集團〔註7〕。這也即列寧所說的：「所謂階級，就是這樣一些大的集團，這些集團在歷史上一定社會生產體系中所處的地位不同，對生產資料的關係（這種關係大部分是在法律上明文規定了的）不同，在社會勞動組織中所起的作用不同，因而領得自己所支配的那部分社會財富的方式和多寡也不同。所謂階級，就是這樣一些集團，由於它們在一定社會經濟結構中所處的地位不同，其中一個集團能夠佔有另一個集團的勞動。」〔註8〕不過，作爲以上這些情

〔註 7〕 參見李本先：《階級論》，武漢：華中師範大學出版社 1991 年版。
〔註 8〕 列寧：《偉大的創舉》，見《列寧選集》（第四卷），北京：人民出版社 1995 年版，第 11 頁。

況中的階級，既有可能是「自在的階級」，也有可能是「自爲的階級」。眞正
的階級，也即馬克思主義學說中作爲階級鬥爭實踐主體的階級，本質上指的
應是「自爲的階級」，也即具有「階級能動意識或意識能動」（覺悟——實踐）
的階級。那麼什麼是「階級能動意識或意識能動」呢？馬克思在《路易·波
拿巴的霧月十八日》這篇著作中，針對當時法國農民的特點曾作過這樣的論
述：「既然數百萬家庭的經濟條件使他們的生活方式、利益和教育程度與其
他階級的生活方式、利益和教育程度各不相同並互相敵對，所以他們就形成
一個階級。由於各個小農彼此間只存在有地域的聯繫，由於他們利益的同一
性並不使他們彼此間形成任何的共同關係，形成任何的全國性的聯繫，形成
任何一種政治組織，所以他們就沒有形成一個階級」。〔註9〕在這裏，馬克思
在前一處提到的「階級」，本質上指的即是「自在的階級」；後一處提到的「階
級」，指的則是「自爲的階級」。這也就是說，前一個階級雖然由於生產關係
和社會地位的不同，在客觀上已經形成了一個「階級」，但由於他們還沒有
「階級能動意識或意識能動」（覺悟——實踐），也即「他們利益的同一性並
不使他們彼此間形成任何的共同關係，形成任何的全國性的聯繫，形成任何
一種政治組織」，因而，他們還不能算作是一個眞正的階級，即「自爲的階
級」。由此，「階級能動意識或意識能動」（覺悟——實踐），指的應是這樣一
種情況，即人們不僅因爲其共同的階級地位和共同的階級利益而在客觀存在
上成爲了一個階級，而且人們還因爲意識到這種共同的階級地位及共同的階
級利益而緊密地聯合起來、組織起來爲這一階級共同的命運去抗爭。只有這
樣，才能說這一階級是眞正意義上的階級，即自爲的階級。

　　由之，我們所說的設法對自爲階級的避開，即是指設法對自在階級上昇
到自爲階級之間的這種「階級能動意識或意識能動」（覺悟——實踐）的避開。
而就文學與階級能動意識或意識能動之間的關係來講，作爲具有一定意識形
態和輿論導向性的文學，其對於人們的階級能動意識或意識能動，是具有一
定的激發、鼓動、喚醒作用的，並在大眾傳播的條件下，一定程度上還可具
有一定的武器批判和社會組織及階級鬥爭功能。如此，文學中的階級規避即
是指設法避開文學喚起「階級意識」、不發揮其在社會任務方面的「組織能力」
和不以其作爲「階級的武器」而進行「鬥爭」。

〔註9〕馬克思：《路易·波拿巴的霧月十八日》，見《馬克思恩格斯全集》（第八卷），
　　　　北京：人民出版社 1961 年版，第 217 頁。

二、國家同構

　　「同構」（Isomorphism）一詞源出希臘文〔註10〕，在哲學和一般系統論中，它是一個具有普適性的範疇，有時，它也被稱作同形，指事物與事物或認識與對象在結構方面的一致性。如果兩個系統，其中一個系統的因素與另一個系統的因素具有對應性或一致性，並且一個系統的各因素之間的相互關係與另一個系統各因素間的相互關係，也具有對應和相符的關係，那麼，這兩個系統就是同構的〔註11〕。一般認為，在具有同構關係的對象之間，我們可以通過一組對象去把握另一組對象。因而，在某種程度上它也可以看作是同一（等同、等值）概念的一種〔註12〕。不過，在我們這裏，「同構」除了指對象之間的某種關係狀態外，主要還指這樣一種行為，即基於某對象與另一對象或部分與整體之間的必然關聯性或不可分離性，而進行的某種對應性或指涉性行為，這種行為既包括對象之間對彼此某種關係的認同，也包括對這種關係的建構。其中，認同更多地是側重於對某種關係或外在於自身的某種客觀對象、目標、行為過程的靜態肯同或認可；建構則更多地是側重於對某種關係形成、鞏固或進一步發展的動態性參與。從具有同構特徵的對象之間存在的認同與建構來講，一定的認同是需要通過並表現在一定的建構過程中，或通過一定的建構而推促形成的；而一定的建構是建立在一定的認同基礎之上的，它是一定的認同的具體實現或呈現，它們之間是一種雙向施為、互為指涉的關係。如此，同構既不單指認同，也不僅指建構，它是同構對象之間基於必然關聯性或不可分離性，而呈現出的某種對應性或指涉性的復合狀態與行為過程，它既包含對象之間某種關係或已然狀態的靜態意義的呈現，也包括對象之間某種關係發展可能性或創造條件使這種關係現實形成並鞏固的動態意義的實踐或衍生過程。因此，作為一種整體性的關係狀態或行為過程而言，同構中的認同與建構本質上是難以分開的，一定的建構既可視為一定的認同呈現，一定的認同亦可視為一定的建構展開。當然，就同構中一定的建

〔註10〕　本意為「形式相同」。據說，是德國哲學家兼科學家萊布尼茨把它引入到科學之中的。他在歷史上首次提出了用機器模擬人類思維的思想，同時還使用了「模型」、「算法」和「同構」等術語。在今天，「同構」一詞已廣泛出現在哲學和科學的諸多研究領域。

〔註11〕　參見李淮春、王霽、楊耕、陳志良：《馬克思主義哲學全書》，北京：中國人民大學出版社1996年版。

〔註12〕　參見張鐵聲：《相似·同構·認知》，南京：江蘇科學技術出版社1995年版。

構本身或其過程展開來說，其在包含一定的認同的同時，在諸如個人性等偶然性因素作用及具體政治影響的情況下，既可能偏離此建構基礎的原有認同或曲折迂迴式地接近此建構基礎的目標認同，也可能隨著環境條件或關係的發展，特別是人們的認識或事物本身進一步發展的必然性，產生新的對立統一，也即新的認同，從而亦需要有、并事實已開始另一意義上的新的建構。

按照馬克思主義的觀點，國家作爲社會政治現象和組織實體不是從來就有的，它是社會發展到一定歷史階段產生的，是經濟上占統治地位的階級對被統治的階級進行政治統治的工具。恩格斯曾指出：「國家表示：這個社會陷入了不可解決的自我矛盾，分裂爲不可調和的對立面而又無力擺脫這些對立面。而爲了擺脫這些對立面，這些經濟利益互相衝突的階級，不致在無謂的鬥爭中把自己和社會消滅，就需要一種表面上凌駕於社會之上的力量，這種力量應當緩和衝突，把衝突保持在『秩序』的範圍以內，這種從社會中產生但又自居於社會之上並且日益同社會相異化的力量，就是國家。」〔註 13〕而列寧則有更明確地結論說：「國家是階級矛盾不可調和的產物和表現。在階級矛盾客觀上不能調和的地方、時候和條件下，便產生國家。反過來說，國家的存在證明階級矛盾不可調和。」〔註 14〕因此，國家的意義，除了在表層上是一個具有主權的社會組織或政治共同體──機構外，在深層上或實質上它還是一定的階級關係的反映，或者換句話說，國家即是一定的階級或階級關係的同構。由此，國家同構，既包括對國家這一具有主權的社會組織或政治共同體──機構的表層同構，還包括對國家性質或階級及階級關係的深層同構。

一般來說，作爲一個具有主權意義的國家而言，國家同構在其內部的政治體制、經濟制度、社會組織管理、意識形態等方面均需要有或必然有相應的反映。就文學與國家同構之間的關係或其表現來說，作爲一種話語蘊藉的文學，其除了在關聯到國家的某些意義時，可能會表現出作者及文本自身意蘊之內的對國家關係的認同與建構之外，整體的國家同構對於特定的文學也會產生一定的影響，而這種文學中的國家同構反映本身，亦是更高意義上或更廣泛意義上的國家同構的具體方式或表現領域之一。不過，我們這裏所說

〔註 13〕恩格斯：《家庭、私有制和國家的起源》，見《馬克思恩格斯選集》（第四卷），北京：人民出版社 1995 年版，第 170 頁。

〔註 14〕列寧：《國家與革命》，見《列寧選集》（第三卷），北京：人民出版社 1995 年版，第 114 頁。

的國家同構，它主要是指文學文本中的意義呈現與國家性質、意義（具有主權的社會組織、政治共同體——機構、階級或階級關係）相關聯時，表現出的某種對應性或指涉性行為及其關係狀態。一般來說，它既與具體的社會狀況或社會實踐及國家的根本性質相關，也與一個國家的國家意識形態相聯。

三、國家意識形態

　　國家意識形態，即國家的意識形態。在階級社會，在一個國家中占統治地位的意識形態，總是在這個國家的社會裏占統治地位的階級的意識形態，因此，國家意識形態，本質上即是指一個國家裏的統治階級的意識形態，它一般亦可視作是該國的主體意識形態、主導意識形態或主流意識形態。至於意識形態概念的涵義，它最初是被用來界定一種「觀念的科學」，指某種觀念的集合或觀念形成的學說，後來又泛指對於社會存在反映的社會意識，及基於某一階級利益而進行的脫離實際、歪曲現實、純粹觀念思維形態的，具有欺騙性和虛假性的宣傳。在馬克思主義看來，它主要有以下四個方面的指向：第一，從社會存在決定社會意識的角度來看，意識形態是一定的社會現實生活的反映，是建立在經濟基礎之上的各種觀念形態。它指向於物質是不依賴於意識而存在的一種客觀存在、社會意識是對社會存在的反映的這一唯物主義歷史觀的根本認識。第二，從價值觀或階級性、社會形態性質的角度來看，意識形態是社會生活中某一階級、集團的思想、理想與信仰。這一思想、理想與信仰是為這一階級、集團利益服務的。具體的意識形態的種類，是按照時代屬性、階級因素、集團利益、政治傾向等劃分的，它指向於由生產力與生產關係決定的階級關係反映及社會形態的歷史性質。第三，從意識的能動角度來看，意識形態既是組織領導或指導某一階級、集團進行實踐的觀念體系，也是實現這種組織領導或指導的一種手段或途徑，具有宣傳、批判功能和實踐、建構品格。它一方面對本階級、集團自身存在的合法性進行辯護、申述自己的主張、爭取自己的利益；另一方面對與之對立的階級、集團的非法性進行揭穿，並通過描繪與提供自己所肯定的、嚮往的理想生存方式與圖景，從而動員群眾、影響群眾，使群眾組織起來進行實踐。它指向於意識的能動性。第四，從社會歷史發展的角度來看，意識形態是歷史的具體的產物，它是隨著社會歷史的發展而不斷更新的，並有進步、先進與落後之分。它們在本質上是社會實踐反映之於思想領域的衝突與鬥爭中發生演變，

或走向衰落；或隨著歷史的發展，不斷排斥虛假成分而更新其內容，生成新的意識形態，極力保持其進步性、先進性；或是利用強權，掩蓋其虛假性，進一步建立霸權主義的意識形態。它指向於人們認識的進一步深入及人類的未來發展〔註 15〕。就意識形態的具體構成來看，它主要有以下三個層面：1. 認知——解釋層面；2. 目標——策略層面；3. 價值——信仰層面。其中，認知——解釋層面，它是一定的意識形態對於包括人與人、人與社會、人與自然等在內的人類社會發展，特別是社會的經濟基礎和與各階級社會地位有關的基本理念，進行理論說明的內容，是意識形態的知識論前提。如馬克思主義意識形態的認知——解釋系統主要即是在唯物史觀和唯物辯證法基礎上所建立的社會發展觀。目標——策略層面，即一定意識形態基本理念的實現方法、途徑和藝術，具體表現為各種政治路線、施政方針、政策措施等。如我國實行的人民代表大會制度、中國共產黨領導的多黨合作和政治協商制度、民族區域自治制度、基層群眾自治制度等政治制度，各民族共同團結奮鬥、共同繁榮發展的民族政策和宗教信仰自由政策，及自 1953 年開始進行的「五年計劃」等。價值——信仰層面，即一定的意識形態的價值觀及信仰成分，它是區分不同意識形態的定性標準，是一定社會的意識形態體系的核心內容之一，是意識形態各要素的綜合反映形式，它集中體現了意識形態導向功能。國家意識形態中的價值——信仰層面，總是向人們表明——什麼樣的價值才是正價值，什麼樣的價值是負價值；什麼樣的價值觀是高尚的價值觀，什麼樣的價值觀是卑下的價值觀；應該信仰什麼，應該拒斥什麼；什麼樣的信仰價值才是具有恒久性的，值得國民為此而不懈追求甚至是獻身等問題。簡言之，它要向國民建立一個判斷社會事物是否具有合理性和先進性的評價標準體系〔註 16〕。因此，可以說，在一定意義上，國家意識形態中的價值——信仰層面是普通國民在進行價值判斷和選擇時所依賴的重要根據之一，也是他們對現實世界進行價值評價的尺度之一，同時，也是他們產生激情的觀念基礎。如以社會主義意識形態來說，社會主義與共產主義的無私奉

〔註 15〕　參見北京師範大學文藝學研究中心編：《文學與意識形態論》，北京：中國社會科學出版社 2008 年版。李志宏主編：《文藝與意識形態論爭集》，長春：吉林大學出版社 2006 年版。

〔註 16〕　參見蔡靖：《「意識形態」理解指述》，載《湖北師範學院學報》2006 年第 2 期。何懷遠：《意識形態的內在結構淺論》，載《江蘇行政學院學報》2001 年第 2 期。

獻精神不僅激勵了一代又一代的革命建設者，而且始終是社會主義國家提倡和遵從的價值觀。

由此，我們這裏提出的「國家意識形態」概念，它指的是這樣一種情況，即它是對國家統治階級所賴以形成的經濟基礎及社會形態性質與階級關係前途的意識能動反映。

以上，我們簡要闡述了本書中「階級規避」與「國家同構」及「國家意識形態」等基本概念。下面談一談本書的研究方法。本書的研究方法主要是話語分析——文本結構系統比較法和社會歷史形態——階級分析法。其中，話語分析——文本結構系統比較法，是將單一文本的審視和文本間的審視，綜合起來進行結構系統分析比較的研究方法。這種方法既重視單一文本自身話語系統內，說話人——受話人——文本——溝通——語境的功能性存在，也強調文本結構層次內，表層結構和深層結構及媒型層——興辭層——興象意義層〔註17〕等的顯現，同時，這一研究方法還把各單一文本放置於另一個更大系統之內進行文本間的審視，從而對「文本集束」（多文本）的結構性存在進行剖析。社會歷史形態——階級分析法，主要是從社會歷史形態以及其中各階級賴以存在的經濟關係的特點分析著手，通過對經濟關係的分析去認識社會歷史階級的運動和其意識形態包括文藝領域的各種表現。這種分析法要求在文學與意識形態的關係中牢牢地把握住階級存在的事實，首先注意社會形態性質中生產力和生產關係的表現，繼而注意到在社會歷史中各階級、階層或社會集團在當時社會中的經濟狀況、社會地位、政治態度如何；繼而從這些分析入手，去抓住當時歷史運動的方向，認清哪個階級、階層或社會集團起著推動或阻礙歷史上昇、前進的主導作用，並從這些階級、階層或社會集團的力量對比關係和具體特點中，對文學與意識形態的關係及特定社會歷史形態的性質，做出說明，從而引出可資借鑒的歷史經驗〔註18〕。

最後，這裏還需要做出說明的是，本題中的西藏漢語文學是指長期生活、工作在西藏或由行政組織〔註19〕安排到西藏進行短期采風和體驗生活、慰問

〔註17〕參見王一川：《文學理論》，成都：四川人民出版社2003年版。

〔註18〕李振宏：《階級分析方法》，視頻，超星名師講壇。http://video.sslibrary.com/playaudio.asp 敖 id=3003.

〔註19〕毛澤東在中國人民政治協商會議的宣言裏曾有這樣的論述：「我們應當進一步組織起來。我們應當將全國大多數人組織在政治、軍事、經濟、文化及其它各種組織裏，克服舊中國散漫無組織的狀態，用偉大的人民群眾的力量，擁護人民政府和人民軍隊，建設獨立民主和平統一富強的新中國。」因此，行

的作者，寫作的包括解放西藏、進軍西藏及建設西藏等關聯到西藏的漢語文學作品。同時，這裏的漢語文學作品除了作家文學的書面作品外，還包括一些對集體創作及民間創作進行了搜集和整理的漢語呈現。另外，本書中「和平解放」後至「民主改革」前西藏漢語文學所涉及的具體文本，主要是「和平解放」後至「民主改革」前，也即 1951 年 5 月至 1959 年 3 月間曾公開發表或正式演出的作品，那些雖然是創作於這一時期但並未在這一時期公開發表或正式演出的作品，在本書中，我們並不將其作爲這一時期西藏漢語文學的表現。

政組織在這裏不僅是一種機構的存在，也是社會成員所依存的、獲取生活資料來源的工作或勞動單位，擁有現實的最大合法性。而作家的身份和地位，相應地是由國家社會體制所確定的，當代社會對作家採取了單位化和行政化的管理方式，通過文學單位的分層、資源與權力的交換來實現對文學意識形態的整合與控制（王本朝：《中國當代文學制度研究》，北京：新星出版社 2007年版）。

第一章 「和平解放」後至「民主改革」前西藏社會形態與漢語文學活動概述

文學，既是一種文本存在，也是一種人的活動。作爲人的一種活動，「人」，固然是其出發點和歸宿點，但這裏的人並不是孤立的或抽象的，而是從事實踐活動的人〔註1〕，因此，對於人的活動——文學活動的考察，就不能不與人類社會歷史的具體存在形式，一定的社會形態相關聯。爲此，本章主要對「和平解放」後至「民主改革」前西藏的社會形態及漢語文學活動進行概述。

第一節 「和平解放」後至「民主改革」前西藏社會形態

社會形態，是馬克思創立的一個科學概念。雖然目前學界對馬克思的社會形態論有不同的闡釋，在社會形態劃分上也有不同的理解，如「單線論」、「多線論」、「先單線後多線論」、「五形態說」、「三形態說」、「兩形態說」等，而民族學、社會學及文化人類學等方面的一些研究，對社會的構成也有許多新的闡發，但生產力與生產關係構成的經濟基礎與上層建築，及主要由生產資料所有制決定的社會階級——階層狀況，仍不失爲我們對社會進行考察的

〔註1〕 童慶炳主編：《文學理論教程》，北京：高等教育出版社 2004 年第 3 版，第 29 頁。

基本出發點之一。因此，我們這裏主要從這三個方面對「和平解放」後至「民主改革」前西藏的社會形態作一簡述。

一、經濟基礎

可以說，和平解放前，西藏的社會生產是十分落後的，當時西藏地方的經濟特點是：「1. 在農奴制度的殘酷剝削下，人民十分窮苦；2. 經濟落後，地廣人稀，物質匱乏，糧食自給不足；3. 自然經濟占統治地位，商業不發達，市場為三大領主和外國商人所控制；4. 遠離內地，運輸補給線長達 2500 多公里，交通艱險。」〔註 2〕這些特點，一方面既是西藏落後的社會生產力使然，如大部分地方生產工具均較為原始、簡陋、鐵質工具缺乏，有的還在使用木犁、木鋤，珞巴等少數民族地區還實行刀耕火種。另一方面也反映了西藏特殊的自然地理環境及「政教合一」的封建農奴制度對生產的禁錮。

針對這一情況，中央人民政府在人民解放軍進藏前，即制定了「進軍西藏、不吃地方」，「一面進軍、一面建設」的方針，毛澤東主席亦多次指示，不要因為人民解放軍進藏而使當地人民生活有所下降。為此，西藏和平解放後，進藏人民解放軍和進藏工作人員在中央的領導下，認真貫徹毛澤東主席的「慎重穩進」方針，堅決執行「十七條協議」，一面大力進行開荒生產，一面積極採取各種措施幫助西藏農牧民發展生產。如進藏部隊於 1952 年即開荒 1.4 萬多畝，1954 年，又開墾荒地 4 萬多畝、植樹 15 萬餘株，興修水渠 110 多條。據統計，1952 年至 1958 年，僅八一農場就生產糧食 175 萬公斤，蔬菜 2,747 萬公斤〔註3〕。針對西藏生產工具普遍落後的情況，從 1951 年起，西藏工委開始引進新式農具，先在軍墾農場進行示範，後逐步向周圍農村推廣。自 1952 年起，又先後建立了拉薩、日喀則、昌都農業試驗場和日喀則、江孜機耕農場。1953 年，家畜門診所和血清廠在拉薩建立。1954 年昌都建立了第一座獸醫院，同年，西藏引進了熱特 25 型、德特 54 型拖拉機和康拜因聯合收割機。1957 年，開始引進水泵、畜力條播機、割曬機和畜力打場石滾等農具。1958 年，西藏軍區汽車修配廠試製了第一臺 20 馬力的

〔註 2〕多傑才旦、江村羅布主編：《西藏經濟簡史》，北京：中國藏學出版社 1995 年版，第 54 頁。
〔註 3〕多傑才旦、江村羅布主編：《西藏經濟簡史》，北京：中國藏學出版社 1995 年版，第 230 頁。

「高原牌」四輪拖拉機。與之同時，從 1951 年到 1959 年，國家還向西藏無償發放包括步犁、耙、鋤、鐮刀、羊毛剪刀、斧頭等在內的新式農具、鐵製工具共 30.69 萬件（部）〔註4〕。一批衛生醫療機構和中、小學校也相繼建立。另外，爲了幫助農牧民發展生產，從 1952 年到 1959 年，人民銀行向西藏發放農牧業貸款計 271 萬元。1952 至 1958 年，中央對西藏財政補助爲 35,666.7 萬元，其中基本建設投資（不包括康藏、青藏公路的專項投資）爲 11,355.9 萬元。1952 年初，西藏貿易總公司還以高出國際市場的優惠價格從上層人士手中收購了價值 400 多萬元積壓了兩年的羊毛，以扶持西藏的民族商業，並在平等的基礎上與印度和尼泊爾分別於 1954 年、1955 年簽訂了新的有關交通、通商協定。同時，從 1952 年開始，西藏建立了中國人民銀行拉薩辦事處、郵電部西藏郵電局、交通部西藏交通局、運輸局以及西藏貿易總公司、糧食公司等一批金融、郵電、商貿、交通運輸的國有經濟。1955 年後，西藏還建成了拉薩、昌都汽車修配廠和拉薩新奪底電廠、木材廠、地毯廠、印刷廠、石灰廠、日喀則火電廠、更樟林場、班戈湖硼砂廠以及被服廠、皮毛加工廠、鐵木加工廠等一批小型企業。而在 1954 年 12 月川藏公路、青藏公路通車之後，拉薩——日喀則——江孜——亞東，黑河——阿里，拉薩——澤當，日喀則——定日，曲水——江孜，拉孜——普蘭，黑河——昌都等公路也築成通車，新藏公路（新疆葉城——阿里噶大克）亦於 1956 年至 1957 年修通。1955 年，中央人民政府還通過了《關於幫助西藏地方進行建設事項的決定》。其中包括建立發電廠、皮革廠、小型鋼鐵廠、修築河壩、增強農業試驗場、擴建學校、修築城市街道和辦公用房及招待所等〔註5〕。

以上這些舉措，可以說均爲西藏的經濟基礎注入了新的活力。其中，十幾個工廠企業的建立，不僅改寫了原西藏經濟產業中僅有農、牧兩種社會性生產分工的歷史，而且培養了西藏新一代的產業工人；而一批金融、郵電、商貿、交通運輸等國有經濟的建立，作爲社會主義國家所有製經濟的一部分，在爲西藏經濟的進一步發展和西藏自治區籌備委員會的成立奠定了物質基礎的同時，還在西藏經濟中逐步顯示了主導的地位。但是，總體上來講，這一時期西藏的經濟屬於供給型經濟，如 1952 年至 1958 年這 7 年期間，中央財

〔註4〕 胡頌傑主編：《西藏農業概論》，成都：四川科學技術出版社 1995 年版，第 573～574 頁。

〔註5〕 黃玉生等：《西藏地方與中央政府關係史》，拉薩：西藏人民出版社 2005 年版，第 535～545 頁。

政補助收入即佔了西藏財政收入的 91%。與之同時，西藏農奴主階級的生產資料佔有關係並沒有改變。廣大農、牧奴所受的剝削依然沉重，如據 1958 年的調查，山南朗色林谿卡共有農奴 142 戶、611 人，奴隸 17 人，全年差巴戶向領主支內、外差共支出藏銀 1,185,835 兩，共合青稞 6,586 克，占全谿卡總收入的 73.63%，農奴全年辛勤勞動只得到總收入的 27%〔註 6〕。同時，三大領主非生產收入的高額孳息也依然存在，如據 1955 年的不完全統計，僅「朱頗列空」放出的債糧即為 697,573 克，以十分之一的利息計算，全年可收利息 69,757 克，約佔地方政府全年財政收入的 11.5%。而谿卡（莊園）經濟也仍是西藏農業經濟的主流，「西藏城鄉之間地區之間在經濟上也沒有形成相互依存的關係，一個莊園靠自己的生產便可以維持自己的生存，並不會因為其他莊園經濟的衰敗而影響到自己的發展。」〔註 7〕事實上，在這一時期，由於西藏舊制度的維護者們十分懼怕西藏生產力的發展超出舊制度所能承受的能力，擔心人民在比較中識破舊制度的種種弊端，一些頑固分子竭力破壞和阻撓「十七條協議」的執行及各項建設工作的開展。例如，他們不僅因害怕自己的高利貸沒有出路，破壞中央人民政府向人民發放無息糧貸和貸款，恐嚇人民說：「借了漢人的糧和錢，全家都要為漢人做一輩子苦工！」有的地方的宗政府還公開下命令，不許向工作組借貸。甚至，中央人民政府向農牧民發放新式農具，他們也多方阻撓。如，1955 年 3 月，國務院根據達賴和班禪的請求，撥款 170 萬元為西藏購買了大批新式農具，準備無償發給農牧民使用，但是，一些地方官員、貴族、頭人卻以農民不願使用為藉口，加以反對。致使除昌都地區發出 5.7 萬件新式農具外，還有幾萬件農具被積壓在拉薩等地的倉庫裏，不能與農民見面〔註 8〕。其他諸如改善交通、修建水力發電廠等，他們亦極力阻撓。如此，直至 1958 年，西藏的工業產值只有 4,500 萬元，1959 年，民族手工業產值也僅 124 萬元，占當時西藏工業總產值比重的 2.3%，而 1959 年西藏的農業總產值（「農業」概念係大農業，包括種植、畜牧、漁獵、林業等）雖然達到 1.85 億元，較 1952 年增長了 0.72%，年平均增長 0.1%，但如果不計入進藏部隊、機關的農業總產值，實際上是零增長甚或是負增長

〔註 6〕 多傑才旦、江村羅布主編：《西藏經濟簡史》，北京：中國藏學出版社 1995 年版，第 49～87 頁。

〔註 7〕 孫勇等：《西藏社會經濟發展簡明史稿》，拉薩：西藏人民出版社 1994 年版，第 105 頁。

〔註 8〕 丹增主編：《當代西藏簡史》，北京：當代中國出版社 1996 年版，第 125 頁。

〔註9〕。由此，我們可以看出，在莊園自然經濟基礎上產生的封建農奴制度不僅強力滯阻了西藏社會的發展，而且封建農奴制度本身對莊園自然經濟的不斷強化，業已作繭自縛，乃至達到了無以自拔的境地。

二、上層建築

　　總體來說，除意識形態等領域的表現外，1951年和平解放後至1959年民主改革前，西藏的上層建築存在著兩種性質三個政權轄區並列的局面。其中，兩種性質是指社會主義或新民主主義向社會主義過渡的人民民主專政性質和封建農奴制的僧俗農奴主聯合專政性質；三個政權轄區是指西藏地方噶廈政府轄區、班禪堪布會議廳委員會轄區及昌都地區人民解放委員會轄區。

　　（一）西藏地方噶廈政府轄區，即達賴喇嘛領導的轄區。在這一轄區內，共有109個宗谿、70多萬人口。1953年噶廈政府成立了以阿沛噶倫為首經達賴批准的改革局，公佈了減免烏拉（徭役）、舊債辦法和新的借貸辦法，撤銷了日喀則基宗，制定了《宗谿工作守則》，改宗谿官員采邑制為薪俸制的方案。1954年1月17日噶廈發佈了一個名為《關於根據協議改革西藏社會制度的布告》，但這個布告並未涉及社會政治制度的改革，主要是重申了一些差稅規定，個別條文雖也表示要減輕一些群眾負擔，但並未實行。而這個「改革局」，在西藏當時的政治社會情況下，由於多方面的阻力干擾，後來成了一個有名無實的機構。其轄區內的社會政治制度是典型的「政教合一」的封建農奴制度。

　　（二）班禪堪布會議廳委員會轄區，即班禪額爾德尼領導的轄區。1952年6月，班禪率領堪布廳官員返回日喀則。其後，班禪恢復了對原有9個宗谿和噶廈區內63個谿卡的管轄權，轄區人口10多萬。1953年4月，班禪報請政務院批准，正式成立班禪堪布會議廳委員會，實行委員會體制，直接受政務院領導。1953年班禪堪布廳在黨的政策的感召下，宣佈廢除堪布廳轄區內的烏拉差役，一部分堪布廳的貴族在各自的莊園內亦進行了減債、減息、減租等不同程度的改革。1956年班禪還在西藏自治區籌備委員會成立大會上發言：「我代表堪布會議廳委員會的領導人員及所屬地區全體人民，完全擁護種中央關於在少數民族地區，採取和平協商的、從上而下的、逐步改革的方

〔註9〕孫勇等：《西藏社會經濟發展簡明史稿》，拉薩：西藏人民出版社1994年版，第121頁。

針和方法」，並表示「我們願意首先在所屬地區試辦、以便取得經驗，然後推廣西藏全區」〔註10〕。但由於此後中央在西藏工作上的主動「大收縮」，「試辦」在後來並未實行。在這一轄區內，也保持著「政教合一」的封建農奴制度。

（三）昌都地區人民解放委員會轄區，即昌都地區解放委員會所領導的轄區。昌都解放後，1950 年 12 月 27 日，昌都地區召開了第一屆人民代表會議，1951 年 1 月 1 日成立了中華人民共和國昌都地區人民解放委員會，直屬中央人民政府政務院和西南軍政委員會領導。1956 年 4 月，昌都地區劃歸西藏自治區籌委會。下轄第一辦事處（丁青地區）和第二辦事處（波密地區）、28 個宗、人口 30 萬。昌都地區第一屆人民代表大會召開時即通過決定：豁免 1949 年以前人民「欠」原西藏地方政府所有內、外「差」和高利貸糧款，廢除了政府及其官兵向人民無償徵派、徵收各種徭役和實物「差」的制度。昌都地區解放委員會是中國共產黨領導下民主協商的政權機構。許多活佛、頭人擔任了副主任和各宗解放委員會的主任、副主任和委員，各宗還派駐有軍事代表，因此，它具有人民政權的屬性；但另一方面，由於原有活佛、頭人政權繼續存在，原有的封建農奴制還繼續保留〔註 11〕，因此，它又是一種政權的過渡形式。

另外，我們還應當提到的是 1956 年 4 月 22 日成立的西藏自治區籌備委員會。這是遵照憲法和「十七條協議」精神，按照民主集中制原則，反覆協商後建立起來的帶有政權性質的機構。它與對廣大農牧奴和奴隸實行封建專制統治的西藏地方噶廈政府有著本質的不同，雖然在當時的歷史條件下，它的作用受到了很大的限制，但在具體的工作中也取得了一些可喜的成績。如，在培養民族幹部和當地技術工人方面，除通過安排一批西藏上層人士到自治區籌委會及其下屬機構中工作，給予較高的職位和待遇，讓他們在工作實踐中學習和鍛鍊，使他們中大多數人的愛國主義思想和政策業務水平有了較大提高，並成了後來進行改革和建設的骨幹外，還吸收了一大批當地藏、回、珞巴等民族的青年到西藏公學等院校培訓。特別是 1957 年 9 月 15 日發生江孜地區頭人本根卻珠毒打旺傑平措事件後〔註12〕，12 月 30 日，自治區

〔註10〕民族出版社編：《民族政策的偉大勝利——慶祝西藏自治區籌備委員會成立》，北京：民族出版社 1956 年版，第 37 頁。

〔註11〕吳健禮：《西藏經濟概述》，北京：中國藏學出版社 1995 年版，第 8 頁。

〔註12〕旺傑平措今年（1958 年）27 歲，是個織絨的手工業工人。他 1956 年參加工

籌委會即召開會議通過並頒佈了《關於免去西藏各族人民參加國家機關的工作人員、學員人役稅的決定》和《關於重判本根卻珠毒打學員旺傑平措的決定》。這對保護當地民族幹部、工人的人身自由權利，促進培養民族幹部和技術工人的工作，有著積極的意義〔註13〕。不過，自治區籌委會的成立並沒有改變這一時期西藏三個政權轄區並存的局面。例如，這個時期，進藏部隊和工作人員到噶廈和堪廳轄區開展影響群眾工作，宣傳中央的民族政策，除持自治區籌委會的介紹信外，還須持有噶廈或堪廳的介紹信，才能與群眾接觸。而昌都地區人民解放委員會雖然在 1956 年劃屬自治區籌備委員會，但西藏地方噶廈政府和班禪堪布會議廳委員會及昌都地區人民解放委員會三方面間，依然各自保持自身相對的獨立性，行使自己的職權，對暫時統一不起來的事情，則各行其是，中央亦不強求一致。有的事情，還要中央代表張經武出面協商解決，而三方面都可以直接向中央人民政府提出申請和報告〔註14〕。因此，我們可以說，這一時期西藏這三個政權轄區雖然接受自治區籌委會領導進行各項工作，並將三方面通過協商同意的應辦而又可以辦的事由籌委會下達決定和命令，但其間彼此分立、並列的情況，始終是一個客觀存在。

　　事實上，這一時期，西藏如此長時間兩種性質三個不同政權的並存，乃至於西藏自治區籌委會成立後，有關工作仍然難以有更大的進展，本質上是由當時西藏舊制度維護者的階級性質決定的。例如，按照「十七條協議」的

作，先後在藏訓隊、獸醫訓練隊學習，曾被提拔為隊長。一家四口全靠他的工資維持生活。1957 年 9 月 14 日至 15 日，本根卻珠先後兩次派人叫旺階平措去割刺，他當時不在家，他的愛人快要生產，雇不到人代替支差。15 日，他回家後拿著哈達到本根卻珠家裏去道歉，本根卻珠的妻子格登說：「不來人不行，雇不到人，你自己來。」他說：「我是學員，因參加實習不能來。」格登便抓住他的衣袖說：「你是衣袋裏裝滿石頭的人」（西藏言語，意思是有後臺，有恃無恐），接著全家的人和僕人幫著她毆打旺傑平措，又用繩套住他的脖子，捆緊雙手，關進草屋。不久，本根卻珠回家，又拖出來綁在院內旗杆上，打了 150 多鞭。不久，並將其褲子撕成碎片，關進草屋，還拿來腳鐐要給帶上。當夜藏訓隊老師、同學們把旺傑平措搶救出來，並向江孜基巧辦事處報告。後來，辦事處本著從寬教育的原則，判令本根向辦事處承認錯誤，向學校道歉，給旺傑平措醫療費藏銀 50 兩（合銀元 3 元 3 角）並獻給哈達，另在幹部大會上進行檢討。——《穩步前進中的西藏》，北京：1958 年版，第23 頁。

〔註13〕 郭冠忠：《西藏社會發展述略——郭冠忠藏學文集》，拉薩：西藏人民出版社 1999 年版，第 175～176 頁。

〔註14〕 丹增主編：《當代西藏簡史》，北京：當代中國出版社 1996 年版，第 114 頁。

規定，藏軍應改編為人民解放軍，但是西藏地方噶廈政府一直阻撓藏軍的改編。1956 年竟召集 6 個「代本」的中上級軍官，秘密舉行「代表會議」，討論如何進行頑抗，並盟誓「反對在西藏進行任何改革」。1958 年，藏軍已經有組織地多次攔路阻劫解放軍，襲擊解放軍崗哨，非法逮捕漢族工作人員，向中央駐藏機關鳴槍示威。而對於西藏自治區籌備委員會的工作，西藏地方噶廈政府也是百般阻撓和破壞，甚至於 1957 年公開威脅參加籌委會工作的藏族幹部和家屬〔註15〕。如此，兩種性質三個不同政權並存的情況，其實又反映出這一時期西藏社會關係——人與人的關係——階層進而階級的對立，而這一點，既包括被壓迫階級的覺醒，也包括壓迫階級的頑抗。

三、階層——階級狀況

這一時期西藏的階層——階級狀況是怎樣的呢？根據 1959 年 8 月 10 日西藏工委上報給中央的「關於劃分農村階級的方案（草案）」及其他一些資料〔註16〕，本處製列了以下兩表：（百分數為占社會總人口比例）：

表一：1951～1959 年西藏社會階層——階級略表

農奴主階級	農奴主	佔有大量土地、牲畜和農奴，享有封建特權，不勞動，依靠剝削壓榨農奴為生的貴族、土司、活佛和官員。	2%	5%
	農奴主代理人	代表農奴主直接統治和剝削農奴，不勞動，剝削量超過全家全年總收入 50%以上者，如管家、谿堆、錯本、佐扎和少數大差巴。	3%	
農奴階級	富裕農奴	既受剝削又剝削他人，兩者相抵，剝削收入占其家庭收入 25～50%。	3%	95%
	中等農奴	不剝削別人還受別人剝削的，或者既受到剝削又剝削別人的，純剝削收入不超過家庭全年總收入 25%。	17%	
	貧苦農奴	完全受剝削者。	70%	
	奴隸	奴隸社會殘餘。	5%	

〔註15〕陳恩炎編：《祖國的西藏》，保定：河北人民出版社 1959 年出版，第 36 頁。
〔註16〕黃萬綸：《西藏經濟概論》，拉薩：西藏人民出版社 1986 年版，第 154～228 頁；《解放西藏史》編委會：《解放西藏史》，北京：中共黨史出版社 2008 年版，第 25～36 頁；丹增、張向明主編：《當代中國的西藏》，北京：當代中國出版社 1991 年版，第 75～117 頁。

表二：1951～1959 年西藏社會階層——階級細表

農奴主階級	三大領主	官家	西藏地方各級政權中的僧俗官員（僧高於俗）。		800 餘人	2%	5%
		貴族	大貴族。		25 家	197 家	
			中等貴族。		26 家		
			小貴族。		146 家		
			牧區世襲千戶、昌都地區的土司、大頭人等。		200 家		
		寺院上層僧侶（達賴班禪除外）	活佛	攝政活佛或呼圖克圖級活佛。	10 餘人	500 餘人	
				朱古朗松一級活佛。	20 餘人		
				大寺院措欽活佛（三大寺高於一般寺）。		4,000 餘人	
				札倉活佛和康村或小寺活佛。			
			職僧	堪布（主管寺廟的一切行政事務）。			
				吉索（管理全寺財務的喇嘛）。			
				格貴（負責全寺僧眾紀律）。			
	農奴主代理人		三大領主派去管理莊園的大小管家或小官員，如強佐、涅巴谿本、谿堆等。			3%	
			農牧區擁有封建特權的世襲頭人，如世襲根保、達桑等。				
			大差巴，在莊院裏領有較多份地，有大量的剝削行為，近似內地的二地主。				
農奴階級	因有豐富生產經驗和技術而被農奴主雇傭專門負責組織生產和監督農奴勞動的堆窮與差巴；大農奴主的親信傭人（貼身朗生）；一般小職員、小根保（強派、輪任、非世襲）、宗教職業者（無經濟大權和莊園、主要依靠念經和布施的收入為生者）、難計入堆窮的小商人、小手工業者。						95%
	差巴（領種差地而支差的人）		富裕差巴戶，有較多份地，雇少量長短工，人身依附於農奴主。	5%～10%	50%—60%		
			中等差巴戶，支應領主的差役租稅後，勉強可維持溫飽。	10%～12%			
			下等差巴戶，差地、勞力少，差役重、瀕於破產。	35%～42%			
	堆窮（小戶）		領少量租地，給領主自營地無償勞役，收成僅夠維持最低生活。			30%—40%	
			租種大差巴或富裕差巴的租地，交實物地租，且向領主交人役稅。				
			僅租用莊園主或大差巴的住房，靠當雇工過活，向領主交人役稅。				
			以手藝支差或外出作手藝謀生，每年向農奴主交人役稅。				
	游民		無地可耕、四處流浪，或以歌舞賣藝、做小生意為生，過著半乞討式的生活，需向所屬領主交人役稅。一些一貫游手好閒，不務正業，以不正當方法為主要生活來源者（乞丐、妓女、小偷等）亦視為游民。				
	貧苦喇嘛		又可分為學經僧與非學經僧。				

朗生 （內僕）	世襲朗生，由差巴或堆窮下降爲朗生。	
	受雇朗生，輪流朗生（外差戶與內差戶輪流做領主的朗生）。	
	明瑪約（似主非主），與主人有某種特殊如親戚關係而被收留者，本地或外地破產、逃亡而被收留者，均無工資，但人身較自由，可以離開該領主。	5%
最低賤者	乞丐、背屍者（有些地區還包括鐵匠、屠夫等）。	

從以上兩表（均未計進藏人民解放軍及其他工作人員）我們可以看出，西藏社會的階層——階級發展十分畸形，不僅極少數人佔有幾乎全部的生產資料和享受著社會生產的絕大部分財富，而且其中間階層也十分脆弱。如即使把富裕農奴和中等農奴（或富裕差巴戶和中等差巴戶）一齊算在內，這一階層也不過才占社會總人口的 20%～22%。至於包括三大領主及其代理人在內的整個社會可勉強維持溫飽以上的人數也僅占社會總人口的 25%～27%，而剩下的 73%～75%的社會人口卻處於瀕臨破產或生活極其困苦、難以爲繼的狀態，這就更不用說其中還有 5%左右的人口事實上還處於被絕對奴役、歧視和毫無人身自由可言的奴隸狀態。

事實上，早在和平解放前，西藏的階層對立和階級存在即是一個客觀事實。只不過其階級分化過程中群眾的階級意識、階級覺悟還處在自發階段，還沒有將其命運的抗爭與「政教合一」的封建農奴制度本身聯繫起來。

1951 年，西藏和平解放，這一方面既使得自近代以來由於帝國主義的入侵而造成的西藏地方政府和中央政府之間不正常的關係開始恢復正常，另一方面，隨著川藏、青藏等公路的建成通車以及其他各項建設工作的展開，西藏與祖國內地的各種聯繫也進一步增強，一些新的生產力因素逐漸改變著西藏原有莊園自然經濟的基礎，而人們從進藏人民解放軍及其他工作人員對「十七條協議」的模範執行中，更是切身感受到了新中國人民民主的偉大力量。由此，他們在由衷歌頌毛主席、「紅太陽」，讚歎「新漢人」、「菩薩兵」的同時，也開始在一系列對比中對自身有了新的認識，並不可避免地將自身的命運抗爭集中到了對民主改革的訴求上。1956 年，在中國大陸內地掀起社會主義改造高潮，鄰近西藏幾個省的少數民族地區相繼開始進行或積極準備進行民主改革的同時，西藏地區部分群眾也開始有了改革要求。當時西藏自治區籌備委員會的機關報——《西藏日報》於 8 月 4 日即刊載有參加修建當雄機場的來自西藏 104 個宗谿 6,500 名民工聯名給達賴的要求民主改革的請求書。關於這一點，儘管後來的事實證明，這一時期西藏工委對「民主改革」

進行的有關輿論宣傳和人員組織準備是不合時宜的，如 9 月 4 日，中央在給西藏工委的電報中即指出：「從西藏當前的工作基礎、幹部條件、上層態度以及昌都地區最近發生的一些事實看出，西藏實行改革的條件還沒有成熟」，但是，如若我們從另一方面看，無論是昌都地區江達宗 7 月底 8 月初發生的該宗解委會主任齊美公佈與甘孜德格土司管家俄馬日朗等聯手，以反對「江東改革偏差」為藉口掀起的武裝叛亂，還是 104 個宗谿的 6,500 名民工聯名上書這一事件本身，它們同樣也以事實說明了壓迫階級的頑抗與被壓迫階級的覺醒。事實上，這一時期，受原西藏等級制桎梏的階層——階級已悄然在發生一些變化。據統計，自和平解放到西藏自治區籌備委員會成立前夕，西藏選送到中央民族學院及西南民族學院等民族院校學習的青年就有 1,000 多名，六年中共培養藏族幹部 1,600 多名。1956 年中央宣佈西藏「六年不改」，西藏工作進行「大收縮」後，1957 年 6 月由西藏工委送到內地學習的被精簡下來的藏族學員亦有 3,000 多名，而這些學員絕大部分是農奴的子女。到 1958 年底，中共西藏各級組織在西藏吸收和培養的藏族幹部和學員計有 6,120 多名，其中，還在機關和學校中發展了 1,190 名藏族共產黨員、1,930 多名藏族共青團員。由此，我們可以看出，儘管由於西藏上層為了維護自身的階級利益而阻撓和破壞「十七條協議」的執行，但兩種制度的博弈，人民民主力量在維護人們基本權益的同時，畢竟開始突破原西藏等級制的桎梏。而當進藏的人民解放軍和工作人員按照 1952 年 4 月 6 日毛主席在《關於西藏工作的方針》中所指示的：「各種殘民害理的壞事讓他們去做，我們則只做生產、貿易、修路、醫藥、統戰（團結多數，耐心教育）等好事」，而始終模範執行「十七條協議」時，人們自然也就認清了誰才是他們利益的真正維護者。由此，這也使得被壓迫階級的覺醒和壓迫階級的頑抗在不同的兩個方向進一步發展，一方面是被壓迫階級對人民民主的強烈嚮往和自覺追求，另一方面則是壓迫階級出於階級本性的進一步負隅頑抗，並終在錯誤估計形勢的同時走上了加速整個階級自我毀滅的道路——發動全面武裝叛亂。

第二節　「和平解放」後至「民主改革」前西藏漢語文學活動

　　文學作為人的一種活動，有著兩方面的意義。一方面是指文學是不同於

動物生命活動的一種「人」的生活活動，另一方面是指文學是相對於文學物化形式——文本靜態自足呈現的活動關聯系統。對於前者，人們多從「人」的立場去區別人的生活活動與動物的生命活動的不同，從而說明人的生活活動對文學活動的美學意義及「人」的本質；對於後者，人們則多從「活動」的相互關聯性出發，去考察包括創作、接受、研究或文學生產——文學傳播——文學消費在內的整個文學活動的社會運行，從而揭示文學在社會活動系統中的某些表現。我們這裏運用文學活動這一概念，主要是基於後者的考慮。由此，我們對於「和平解放」後至「民主改革」前西藏漢語文學活動的考察，主要是探討這一時期西藏漢語文學的生產、傳播和接受情況，也即這一時期西藏漢語文學的創作主體構成、傳播媒介及接受對象構成、及相應的文學生產組織結構和社會政治規約機制。

一、創作主體構成

大致來講，這一時期西藏漢語文學創作主體總的人數並不多，在西藏域內彼此之間的交往、居處空間也相對較集中。這一方面既與西藏的地理環境和總人口數不多相關，另一方面與西藏社會的城鎮建設較緩慢也有關聯。例如，據統計，至 1952 年底，西藏人口 115 萬左右，到 1959 年底亦不過約 122.80 萬人，年增長率爲 0.94%。內地進藏人員雖無確切數據，但據 1956 年中央宣佈「六年不改」，西藏工作「大收縮」的有關資料——至 1957 年，全區實有漢、藏等族的幹部、學員、工人 4.5 萬人，精簡到 3,700 人，其中漢族工作人員精簡了 92%，軍區機關亦作了相應的精簡，總員額由 3 萬多人減至 1.8 萬人——來看，其總人數在 1957 年前不會超過 10 萬，1957 年後則僅有 2 萬餘人。而這一時期西藏的城鎮也相對有限，僅拉薩、昌都、日喀則、江孜等地人口較多，因此，總體來講，人們的交往、居處空間相對狹小、集中。

就創作主體的具體情況來看，其中，較有影響或比較活躍的作者除個別是曾於和平解放前即居住於西藏域內的藏族外，如生於雲南德欽後隨父遷居西藏昌都地區的饒階巴桑，絕大多數是首次由內地進藏的非藏族作者，且多爲男性，並有軍旅背景。其中，在語言方面，雖然許多作者在進藏前或之後曾努力學習藏語文，但能熟練運用者並不多。其所受學歷教育情況，除部分受過高等教育或有留學背景的外，如陳斐琴曾留學於日本，多爲初、中級教

育學歷，且有不少是早年失學，參軍後才在部隊繼續接受教育或在工作實踐中進行鍛鍊。

根據他們進藏的具體時間，大致可以分爲三類：（一）1951 年西藏「和平解放」初進藏或在康藏公路沿線工作的作者，如高平、楊星火、李剛夫、趙驀、徐瑢、梁上泉、徐懷中、顧工、單超等；（二）1954 年青藏、川藏公路通車前後進藏的作者，如劉克、周良沛、陳希平、柯崗、胡奇、蘇策等；（三）1956 年西藏自治區籌備委員成立前後進藏的作者，如汪承棟、郭超人、劉漢君等。

根據他們在工作中所任職務或銜職的高低也可以分爲三類：（一）中高層領導，如任西南軍區政治部文化部部長的陳斐琴、任西藏軍區政治部文化部部長的蘇策等；（二）一般幹部，如任連隊副連職的顧工、任連隊指導員的徐懷中等；（三）普通戰士和工作人員，如饒階巴桑、蕭蒂岩、鄒雨林等。

根據他們在藏工作時間長短或人事歸屬或體驗生活所在地來看，可以分爲四類：（一）人事關係和工作單位始終歸屬西藏且長期在藏的作者，如楊星火、李剛夫、單超、劉延等；（二）人事關係原不屬西藏，後中間調入者，如汪承棟、蘇策、劉漢君、劉克等；（三）人事關係曾屬西藏，後中間調離者，如夏川等；（四）人事關係不屬西藏或曾短期歸屬西藏、由組織安排入藏慰問、採訪、體驗生活或從事其他工作者，如王宗元、顧工、徐懷中、胡奇、柯崗、周良沛、陳希平、梁上泉、樊斌、李南力等。

根據他們進藏前是否已從事創作或較有文名的情況來看可以分爲兩類：一類是此前即有較多創作經歷，這一時期繼續從事創作的作者，如胡奇、蘇策、柯崗、王宗元等；一類是在此前未有較多創作經歷，其文名主要起於這一時期的作者；如高平、楊星火、梁上泉、徐懷中等。

根據他們所從事工作的具體情況來看可分爲五類：（一）主要從事行政領導工作，如陳斐琴、蘇策、夏川等；（二）專業文藝中以文字爲主的工作者，如高平、楊星火、顧工、徐懷中等；（三）專業文藝中以戲曲、歌舞等演出爲主的工作者，如張耀民、徐官珠等。（四）新聞記者，如陳家璉、林田、郭超人、宗子度、周浪聲、張鵬迅、邵長辛等；（五）其他業餘文學創作者（後成爲專業創作者），如蕭蒂岩、鄒雨林、劉延等。

另外，根據他們的出生時間，可分爲三個年齡段：（一）20 世紀 10 年代出生的——如陳斐琴（1911）、柯崗（1915）、曾克（1917）胡奇（1918）、王

宗元（1919）等；（二）20世紀20年代出生的——如蘇策（1921）、林田（1924）、楊星火（1925）、陳希平（1926）、樊斌（1926）、李剛夫（1927）、劉克（1928）、陳家璡（1928）、顧工（1928）、徐懷中（1929）等；（三）20世紀30年代出生的——如汪承棟（1930）、梁上泉（1931）、高平（1932）、徐官珠（1932）、單超（1932）、蕭蒂岩（1932）、周良沛（1933）、鄒雨林（1934）、郭超人（1934）、劉漢君（1935）等。

　　從以上所列作者的一些情況來看，這一時期西藏漢語文學創作主體，除部分是長期在西藏工作、生活的外，還有許多是短期進藏、從而積累了一些有關西藏素材的作者。而所有這些創作者中，又有許多是新聞工作者及在音樂、舞臺表演方面具有能力的文藝多面手，且大抵以中青年爲主，並且有不少是在這一時期通過發表有關西藏題材的創作從而享有文名的，例如樊斌、徐懷中、高平、楊星火、梁上泉、劉克等即使如此。

　　如果把以上這些創作主體作爲一個特定時段及地域集合的群體來看，其群體性的一些特點，一定程度上影響了這一時期西藏漢語文學不同於其他地區文學整體性的一些外在風貌。比如，人數較少，決定了其創作數量不多；人員比較集中，決定了其相似性較高；而由內地首次進藏的作家居多、特別是短期進藏進行體驗生活和采風的作者不在少數，使得其創作多流於對地方風情表面化的處理和驚歎；非藏族作家居多，使得文學中對於本地域內深層次的民族文化或民族歷史心理較少得到開掘；軍旅背景的作家居多，使得文學表現中的地方生活偏少而有關部隊的生活較多；未經過高等學歷教育的作家居多，使得知識分子文化生活的反映不足；中青年作家居多，使得文學在藝術表現上雖不乏熱情的張力，但也存在較多不夠圓熟的地方；而其中大部分作者的新聞記者或文宣工作者（含劇團演員等）身份，又使得這一時期西藏漢語文學當中，包括民歌搜集整理改編在內的詩歌創作、戲劇創作，及紀實性和介紹性的遊記散文與通訊特寫佔有相當的比例。例如，僅以部隊進藏、公路修築和在藏進行訪問的情況來看，除小說、詩歌（含歌曲）、戲曲舞臺演出方面的作品外，即使不計報刊雜誌發表的散篇及出版社出版的彙編，個人署名出版偏重於介紹性的專著即有方德的《隨軍入藏記》（1952）、蘇嵐的《康藏隨軍行》（1953）、王小石編的《開闢康藏公路的英雄們》（1953）、楊居人的《訪康藏高原》（1955）、沈石的《世界屋脊上的公路——康藏公路工地紀事》（1955）、彭逢燁的《康藏公路和青藏公路》（1955）、邵長辛的《西

藏高原旅行》（1956）、何思源的《旅藏紀行》（1956）、陳家瑛的《西藏山南區遊記》（1956）、管紀奮編的《人民的康藏公路》（1956）、楊璀編的《康藏公路》（1956）等。當然，以上這些文學當中的外在風貌與這一時期西藏漢語文學的傳播媒介及接受對象構成等也有關聯。

二、傳播媒介與接受對象構成

　　首先，我們來看傳播媒介情況。西藏和平解放前，西藏域內沒有現代大眾傳播意義上的報刊、雜誌和廣播電臺，書刊印行主要是手工雕刻木版，內容多為佛經、僧人著作或高僧傳記等。從印度進口的三臺雙合動印刷機，僅用於印製藏鈔〔註17〕西藏和平解放後，1951 年 7 月，由四川方向進藏的 18 軍先遣支隊在途中辦起了油印的《新聞簡訊》，主要是收抄選登中央人民廣播電臺的重要新聞。1951 年 8 月，由西北青海方向進藏的 18 軍獨立支隊在途中辦了一份《草原新聞》，其內容除從中央人民廣播電臺抄錄的國內外重大新聞外，還刊登有領導的重要講話、指示以及報社自己的社論、短評、新聞、通訊、詩歌等，如詩歌《月下草原》即刊登其上。1951 年 10 月 26 日和 12 月 1 日，由張國華、譚冠三率領的 18 軍機關和主力部隊，及由范明率領的 18 軍獨立支隊先後進抵拉薩後，18 軍政治部原有的《建軍報》、《建軍副刊》、18 軍先遣支隊出版的《新聞簡訊》、18 軍獨立支隊出版的《草原新聞》先後終刊，各家報紙的編輯人員除部分調去創辦《高原戰士》雜誌外，還有部分先後調去籌辦《西藏日報》。其中《高原戰士》雜誌於 1952 年 8 月 22 日創刊，1956 年試辦《高原戰士》報時終刊。而《西藏日報》方面的情況，由於當時正式創辦的條件還不成熟，便以新華社西藏分社的名義於 1951 年 11 月中旬正式出版了名為《新華電訊》的油印小報，《西藏日報》正式創辦是在 1956 年 4 月 22 日。另外，在這一時期，18 軍各師團亦分別辦有一些報紙。如 52 師的《戰線》報（另有《戰線》增刊）、53 師的《戰旗》報、54 師的《前線》報，154 團的《戰勝》報、155 團的《戰利》報、156 團的《戰勇》報、157 團的《戰聲》報、158 團的《戰友》報、159 團的《前鋒》報、160 團的《戰鬥》報、161 團的《戰士》報、162 團的《戰號》報等〔註18〕。至於廣播電臺方面，直到 1953 年 7 月，中共西藏工委宣傳部與

〔註17〕參見《西藏日報》社編：《西藏日報創刊三十週年紀念》（內部發行），拉薩：《西藏日報》社 1986 年版。

〔註18〕參見西藏軍區政治部編：《雪山號角——〈高原戰士〉報十三年》（內部發行），

原西藏地方政府協商，才籌建了拉薩有線廣播站，同年 10 月 1 日，拉薩有線廣播站正式播音。1959 年 1 月 1 日，在拉薩有線廣播站的基礎上，以「拉薩人民廣播電臺」呼號開始藏漢兩種語言無線廣播；同年，改呼號為「西藏人民廣播電臺」。在印刷方面，1956 年 4 月，《西藏日報》印刷廠在原西藏軍區印刷廠的基礎上創建〔註19〕。圖書發行方面，1953 年 3 月，西藏成立了第一家新華書店——昌都書店，其後分別在扎木、拉薩、日喀則等地建立了圖書供應站。據《新華社新聞稿》1955 年第 1680 期《新華書店在拉薩供應站門市部開始營業》報導：當時拉薩市的這座書店備有各種書籍 6 萬多冊，其中有毛主席著作、民族政策等藏文理論書籍及藏文報刊 20 多種。另據同年《新華社新聞稿》報導：在康藏公路（即川藏公路）通車前，北京出版的報刊，由汽車運到昌都後，還要經過四十八個馬站才能寄到拉薩，需要兩個月。在雪山環繞的波密區，只能看到三個月到半年以前的報紙。至於出版社方面，直到 1971 年 12 月，西藏人民出版社才成立。

從以上情況來看，雖然這一時期西藏的有關傳播媒介有了一定的發展，但總體而言，一方面限於西藏自然地理環境和當時政治情況的特殊性，另一方面限於西藏物質經濟建設的發展程度，如收音設備即僅有少部分人擁有，西藏域內的現代大眾傳播條件還是十分簡陋和有限的。例如，即使是到了 20 世紀 80 年代初，當時進藏的大學生佘學先在其創作的一篇反映他們在農牧區工作、生活狀況的小說《夏季的躁動》中還寫道：「昨天地區的郵車來了，駱駝搶回厚厚一疊《西藏日報》和為數不多的《拉薩晚報》。今天該我做飯，因為我跟駱駝打賭輸了。他說上個月郵車是十九號到縣裏的，我說是二十號。一個月郵車只來一次，我能把一年來郵車到縣裏的日期倒背如流，誰知昨晚去問郵車駕駛員時，他也一口咬定是十九號。駱駝跟他的關係不錯，我懷疑這是一個陰謀。」〔註20〕事實上，由於各方面的原因，「和平解放」後至「民主改革」前，在大部分地區特別是偏遠農牧區，西藏的書報刊發行等大眾傳播情況始終並不樂觀。

至於接受對象方面的情況，僅以地域區別來看，總體可分為兩類：（一）西藏域內的接受者；（二）西藏域外的接受者。其中，西藏域內的情況，由於

1999 年 3 月。

〔註19〕參見《西藏自治區概況》編寫組：《西藏自治區概況》，北京：民族出版社 2009 年版。

〔註20〕佘學先：《嚮往天葬》，拉薩：西藏人民出版社 2007 年版，第 71 頁。

在和平解放前，西藏的教育為三大領主壟斷、廣大農、牧奴沒有機會接受教育，西藏的文盲率高達95%以上，而即使是在這5%的人當中，也僅有部分掌握漢語言，因此，這一時期西藏漢語言文學在西藏域內的接受者主要集中在西藏上層的少數人群及進藏的人民解放軍和其他工作人員。如將西藏域內和域外的情況兩相比較，無論是從對漢語言的掌握情況來看，還是從人口絕對數來看，西藏漢語言文學的接受對象在西藏域內是比較有限的，其更大的接受群體是在西藏域外，並主要是在於內地。這一情況，與這一時期西藏漢語文學作品刊登發表媒體所在地主要集中於內地的情況是吻合的。據筆者所見及1954年至1957年中央民族學院圖書館編印的《少數民族研究資料索引》（1～4輯）反映的西藏地區在1953年至1956年文學類資料刊登發表的情況來看，這一時期西藏漢語文學除極少數是發刊登表於西藏域內的《高原戰士》報（雜誌）、《西藏日報》外，大部分是由內地的出版社及報刊雜誌出版刊行。其中，雜誌主要有《人民文學》（北京）、《解放軍文藝》（北京）、《新觀察》（北京）、《詩刊》（北京）、《文藝學習》（北京）、《說說唱唱》（北京）、《旅行雜誌》（上海）、《展望》（上海）、《少年文藝》（上海）、《西南文藝》（《紅岩》，重慶）、《邊疆文藝》（雲南昆明）、《延河》（陝西西安）、《四川群眾》（四川成都）、《青海湖》（青海西寧）等。

　　如此，上述傳播媒介和接受對象構成的特殊性——大眾傳播媒介的限制和其接受對象的語言特點及大部分內地進藏人員的軍旅背景——一方面使得這一時期西藏漢語文學有相當一部分的創作主體及其文本隱含的讀者主要是內地人群，從而使得紀實性和介紹性的遊記散文與通訊特寫比較突出；另一方面，也使得這一時期西藏漢語文學活動在面對西藏域內的接受對象（包括進藏途中和修築康藏等公路的解放軍及相關人員）時，出現大量可用於演唱的詩歌創作和綜合性的舞臺創作，如《打通雀兒山》（歌曲，1951）、《運輸線上》（歌劇，1952）、《班禪大合唱》（詩曲朗誦，1952）、《叫我們怎麼不歌唱》（歌曲，1953）、《阿媽，你不要遠送》（歌曲，1953～1954）、《重見光明》（獨幕劇，1955）、《邊疆的路》（話劇，1956）、《金色的飄帶》（話劇，1958）等。而由於這一時期西藏漢語文學在大眾傳播特別是讀者反饋方面總體來說是不充分的，不僅西藏域內的絕大多數人並不能直接接受其文學作品，而且，西藏域外讀者的意見也不能及時反饋到西藏域內，由此，這又使得部分創作的題材內容和藝術風格在深入挖掘和多樣化等方面表現出了一定的缺憾。

三、文學生產組織機構與社會政治規約機制

機制一詞，原指機器的構造和動作原理，後常用來指研究對象的內在工作方式。在對文學進行「外部研究」的文學社會學中，文學生產機制與文學生產制度、文學生產體制是經常使用的三個概念。廣義的文學生產機制，指的是文學生產中各個環節相互協調而構成的有機運作體系，它包括文學發生機制、創作機制、出版發行機制、傳播機制、評價機制、消費機制、教育機制等。與之不同的是，我們這裏用機制一詞，主要用來指受相應的組織（機構）、制度和包括上層決策者意圖在內的時代社會政治規約影響而形成的一種特殊的文學生產狀況。它雖與文學社會學中的文學生產機制、文學生產制度、文學生產體制等有關，但並不一致，其主要考察的是與文學生產相關的組織（機構）、制度和包括上層決策者意圖在內的特定時段的社會政治規約等因素，而不包括文學內部的藝術構成及外部傳播媒介與接受對象等因素。下面我們即逐一探討。

首先，我們來看組織（機構）。總體來講，這一時期西藏的漢語文學創作是缺乏整體的規劃和組織的。這一點，在 1954 年川藏、青藏公路通車前表現得較爲明顯。例如，這一時期曾任 18 軍宣傳部部長的夏川在 1981 年的一次講話中即說：「從文學藝術工作來說，在 1955 年離開時，西藏儘管有《格薩爾王傳》、《倉央嘉措情詩》等一些流傳很廣，具有強大生命力的優秀文學作品，但在和平解放後的三、四年間，根本無暇顧及，一直缺乏有組織的文學創作和民間文學作品的採集整理工作。有，也只是進藏人民解放軍的文藝工作者、記者、作家，寫了若干……作品。」[註21] 以與文學相關的團體組織機構來講，與內地大部分省市地區在 1953 年前後即相繼成立了文學藝術屆聯合會及作協等不同的是，西藏首屆文學藝術工作者代表大會是在 1981年 10 月 16 日才召開的，而西藏作家協會亦不過是此前 10 月 6 日才成立。因此，在「和平解放」後至「民主改革」前，西藏既沒有「文聯」，也沒有「作協」。期間，雖然 1956 年西藏自治區籌備委員會成立時下設有文化教育處，但一方面由於自治區籌委會本身的協商政權性質，另一方面由於其工作重心主要致力於普及性的文化教育建設，再加之這一時期西藏社會兩種性質三個政權轄區並列的局面始終存在，因而，這一時期西藏也就沒有一個全區

[註21] 夏川：《藏族小說創作的一束報春花——寫在藏族作者小說專輯前面》，載《西藏文藝》1981 年第 5 期。

性的文學社會性團體組織。當然,這並不代表圍繞西藏就沒有任何具有組織性或集體性的文學活動。事實上,當時西藏域內的漢語文學創作除了工作在其他崗位的作者自發性地在進行外,其具有組織性的創作主要是由西藏軍區政治部文化部組織有關人員進行,其下屬的文工團及各師團的宣傳隊、文工隊是主要力量。而在西藏域外則主要是中央各有關單位及西南軍區政治部等組織人員進行。例如,1954年包括蘇策、李南力、徐懷中、張柯崗、周良沛、陳希平等在內的入藏創作組,即是由西南軍區政治部文化部「為了反映築路部隊和藏族民工的偉業」,從各軍區調集創作人員組成的。不過,這樣一種情況也使得這一時期西藏漢語文學創作留下了一些遺憾。比如,對於西藏域內組織的創作來說,由於文工團本身的綜合性文藝宣傳性質,其大部分的創作主要集中在歌曲戲劇等舞臺表演方面,其書面文學作品尤其是小說創作匱乏;對於西藏域外組織的創作來說,雖然許多人有著豐富的創作經驗,但其在帶著明確的創作任務或創作目的而進行有關素材收集和生活體驗的同時,又往往只能短期在藏居留,由此,其部分作品難免具有一些趕任務式或印象式的痕迹。

其次,我們來看社會政治規約。總體來說,它包括兩個方面的內容:一是成文的規章制度方面的顯性規約,二是包括上層決策者意圖在內的特定時段的社會政治影響因素,由於其一般無具體的成文規定,因此也可以視為隱性規約。

其中,就顯性規約來講,除了國家相關的法律法規及「十七條協議」等方面的規約外,中央還在西藏實行了一些特殊的政策。例如,早在西藏和平解放前,毛澤東即對西藏問題進行過這樣的指示:「西藏問題也並不難解決,只是不能太快、不能過於魯莽……須要穩步前進,不應操之過急」〔註22〕。「十七條協議」簽訂後,他對西藏工委書記張國華再次叮囑道:「你們在西藏考慮任何問題,首先要想到民族和宗教問題這兩件事,一切工作必須慎重穩進」〔註23〕,此後,中央又有多次這樣的指示,由此,「慎重穩進」就成為西藏工作長期的重要方針。期間,雖然1956年西藏工委曾一度偏離毛澤東關於西藏工作應「慎重穩進」的指導方針,表現出「急躁」與「冒進」,

---

〔註22〕 師哲回憶、李海文整理:《在歷史巨人身邊——師哲回憶錄》,北京:中央文獻出版社1991年版,第380頁。

〔註23〕 中共西藏自治區黨史資料徵集委員會編:《中共西藏黨史大事記》(1949~1966),拉薩:西藏人民出版社1990年版,第26頁。

隨後的「反右鬥爭擴大化」和黨內整風等也衝擊到了個別人〔註 24〕，但與國內其他地區相較，歷次大規模的政治運動和文藝界的批判並未在西藏的社會上廣泛展開，相反，早在 1950 年 9 月 30 日，中共西藏工作委員會在關於解放昌都戰役的工作指示中即於宣傳紀律中提出：「不得宣傳老解放區土改反霸等階級鬥爭」〔註 25〕。1951 年 1 月，18 軍政治部在下發給所有官兵要求學習和嚴格遵守的《進軍守則》中亦明確規定：「在康藏地區……不得宣傳土地改革，不得宣傳階級鬥爭」，為此，在西藏，類似《白毛女》這樣的影片曾被禁止給當地藏族老百姓觀看〔註 26〕。在宗教方面，西藏工委在 1954 年 12 月下發的一份指示中，除重申了類似進軍途中即頒佈的應尊重西藏宗教信仰的一些條款外，還作出了這樣的規定：「在目前，主要宣傳保護宗教信仰自由，不宣傳改革宗教自由或不信教自由。任何對宗教感情有直接刺激性的語言、文字、都需絕對避免。」「不得和喇嘛教徒舉行科學與迷信的辯論。」「報紙、課本、宣傳品以及一切來往信函，不得有直接刺激宗教的詞句。各地應做一次系統的檢查，已有的應即刪去。」「民族幹部一般為了避免脫離群眾，均可承認信仰佛教，不信教者也應表示信為好。」〔註 27〕而且，在 1956 年 9 月 4 日中央下發《關於西藏民主改革問題的指示》後，西藏地區在進行「大收縮」的同時還實行「五為」、「四不為」工作。其中「四不為」包括「停止和結束民主改革的準備工作」、「不干涉西藏的內部事務」、「不在社會上發展黨員」、「不辦不是西藏上層下層迫切要求和同意的建設事宜」。1957 年 10 月 15 日，中央發出《關於在少數民族中進行整風和社會主義教育的指示》後，西藏工委曾於 12 月 27 日發出《關於黨內進行整風和在社會上進行社會主義教育的指示》，但是不久，根據中央指示，1958 年 3 月 18 日西藏工委即發出通知，要求各地（西藏公學除外）「停止在社會上農牧民中有組織的專門進行社會主義教育。」〔註 28〕由此，我們可以看出，這

〔註24〕如范明、白雲峰、高平、蘇策等。

〔註25〕西藏自治區黨史資料徵集委員會、西藏軍區黨史資料徵集領導小組編：《和平解放西藏》（內部版），拉薩：西藏人民出版社 1995 年版，第 99 頁。

〔註26〕《西藏解放日特別節目》，CCTV 東方時空，2009 年 03 月 27 日播出。http://www.sina.com.cn.

〔註27〕中國藏學研究中心宗教研究所編：《藏傳佛教與社會主義社會相適應研究論文集》，北京：中國藏學出版社 2006 年版，第 224～225 頁。

〔註28〕《解放西藏史》編委會：《解放西藏史》，北京：中共黨史出版社 2008 年版，第 323 頁、337 頁。

一時期西藏的有關工作,特別是其意識形態領域的表現,如對社會主義意識形態的教育及對階級鬥爭的宣傳等,與國內其他地區相比,是有著相當特殊性的。從而,這亦使得此一時期西藏漢語文學與「民主改革」後西藏漢語文學及當時國內其他地區的文學創作相較,有著一些不同的面貌。其中,階級規避是其顯著的外在特徵。

另外,我們再來看隱性規約。關於這方面的情況,我們先來看看 1957年《西藏日報》發表的一篇名為《談談清規戒律》的文章,作者莫移在其中寫道:「去年我到內地,曾遇見幾個來過西藏的作家。當談起他們過去來西藏見聞和西藏未來遠景的時候,都是眉飛色舞的,但當我提到希望他們再來西藏搞創作時,幾個人都搖了搖頭說:『你們的規矩太多太嚴,寫點東西太難了。』究竟在西藏寫作有什麼難處呢?有些什麼規矩呢?當我留心的時候,就聽到了一點。比如:作品不能涉及到宗教問題,為的是怕違反了宗教政策;不能寫社會上的某些現象,為的是怕引起誤會,不能……,怕……總之,卻是清規戒律多得很。這些『不能』,雖然沒有明文規定,但它的力量是很大的。有時候,我覺得甚至比有明文規定還凶,因為,它不加解釋,不用說明,不允討論。如果有文可據,那麼文中必然會說出個為什麼『不能』的道理來的。」〔註29〕由此我們可知,對於文學創作具有影響的隱性規約,大體是出於創作者對有關政策或明文規定的未深入、全面理解或對有關題材感覺不好把握而視之為「敏感」的一種潛在約束。而這種潛在約束除了與整體的時代社會政治背景和有關的政策或明文規定相關外,有時也表現在與之相連的上層決策者的意圖中。關於這一點,我們可以從賀龍對《荒山變樂園》劇本的委婉批評一事中略窺一斑。據高平《步行入藏紀實》一書的記載,這一事件的緣起是 1951 年 3 月,根據賀龍司令員的指示,時為西南軍區戰鬥文工團創作室副主任的陳野民率高平與趙騫到進藏部隊去體驗生活,以創作一部反映這一偉大實踐的劇本。在他們出發前,西南軍區政治部文化部特意為他們召開了座談會。會上,陳斐琴部長、蔡國銘副部長和西南軍區政治部戰鬥文工團的副團長董小吾、副政委魏風等都講了話,內容主要是談解放西藏的意義、執行政策的問題以及反映進藏部隊的業績等。他們一行於 1951年 3 月 16 日從重慶浮圖關出發,於 8 月 29 日返回浮圖關。根據他們此行的生活體驗——主要是在入藏先遣部隊先遣團 154 團 1 營 1 連修建臺站的體驗

〔註29〕莫移:《談談清規戒律》,載《西藏日報》1957 年 1 月 29 日。

——他們創作了一部共有六場、主要反映修建臺站情況的名爲《荒山變樂園》的劇本。此劇本的具體內容是怎樣的，筆者目前尙無具體資料，不過據高平所述，他們之所以以修建臺站爲首選題材，是「順著由『兵演兵』『寫中心』的倡導形成的慣性來幹的。」同時，他們認爲：「在世界屋脊的大雪山修臺站，與大自然作殊死的搏鬥，是一種十足的英雄業績，是很應當歌頌的。」但正是這一劇本，據高平書中所載，賀龍司令員在一次大會上作報告時提到：「我們有三個同志到西藏去搞創作，跑了那麼遠很辛苦，卻寫的是修房子」。「批評的話不多，可以說只有一句，但是明白地透出了他的不滿，他的遺憾」。事後，陳野民以敢於承擔責任的高姿態，沒有告知高平和趙騫，僅以他一個人署名寫了一篇檢討，發表在西南軍區的內部刊物《文藝工作》上。對此事，高平一直難以忘懷並進行了反思，他書中寫道：「多年來，我經常想起他的那次批評，我想，他不滿意的是我們所選定的題材，即『修房子』。我們沒有能夠從解放西藏這一偉大行動的全局進行宏觀的把握，對它的歷史淵源，時代背景，深遠意義缺乏思考，對於人與自然的關係，民族之間的關係表現浮淺。我們只是就事論事地、孤立地寫了一次蓋房勞動。如果就這樣搬上舞臺，怎麼能不使渴望觀賞西藏題材作品的觀眾失望？」〔註30〕由這一記述，我們或可知上層決策者的意圖作爲一種隱性規約對於文學創作的某些影響。

事實上，無論是上述的顯性規約，還是隱性規約，作爲影響文學生產的一種機制，本質上，是不可能脫離一個時代的國家意識形態的。以賀龍的委婉批評來講，解放西藏、進軍西藏、建設西藏，它既是「十七條協議」有關條款的具體落實，也是國家整體建設的一部分。由此，作爲上層決策者的賀龍，其特意指示組織有關人員入藏體驗生活寫作劇本，自然並不僅僅意在於反映「修臺站」這樣的事情，雖然此事也是他重視的，但其顯然更看重於整個進藏部隊和西藏和平解放時代性質的反映，乃至於國家意識形態的寄寓。而這也正是高平反思到的：「我們沒有能夠從解放西藏這一偉大行動的全局進行宏觀的把握，對它的歷史淵源，時代背景，深遠意義缺乏思考」。如果仔細閱讀「十七條協議」的序言及其各條內容，我們不僅可以尋溯到自近代以來西藏地方與祖國內地關係的歷史沉澱，更可以看到整個中華民族的國家追求。「十七條協議」的第一條規定：「西藏人民團結起來，驅逐帝國主義侵略

〔註30〕高平：《步行入藏紀實》，天津：百花文藝出版社 2000 年版，第 147～148 頁。

勢力出西藏，西藏人民回到中華人民共和國祖國大家庭來。」這是一條具有總綱性的規定，其下的各條，無論是四、五、六條對西藏現行政治制度及達賴喇嘛和班禪額爾德尼固有地位及職權的不予變更，還是九、十、十一條對發展西藏的社會、經濟、文化等各項事業和改革的規定，均是其性質的具體體現。而在 1951 年至 1959 年間，無論是和平解放初期，西藏地方政府上層企圖餓跑進藏人民解放軍，還是期間發生的僞「人民會議」騷亂事件，抑或是少數叛亂分子打著「民族」與「宗教」旗號反對在西藏進行任何改革而發動的局部叛亂，實質都是破壞和阻撓「十七條協議」實施的具體反映。1959 年 3 月 28 日國務院下令解散西藏地方政府，其原因，即是由於 1959 年西藏地方政府上層撕毀「十七條協議」發動了分裂祖國的全面武裝叛亂。如此，是否執行和維護「十七條協議」，實際上正是「和平解放」後至「民主改革」前西藏社會歷史發展的焦點。如此，包括表層同構與深層同構在內的國家同構，亦成爲這一時期西藏漢語文學最爲緊要的隱性規約和內在質性。

從「和平解放」後至「民主改革」前西藏社會形態及其漢語文學活動的情況中，我們可以看到，這一時期西藏的社會形態總體上雖然處於由封建農奴制社會向新民主主義社會的過渡，但「政教合一」的封建農奴制度嚴重阻撓了西藏社會的進一步發展。在這一時期，人民解放軍解放西藏、進軍西藏、建設西藏無疑是西藏社會歷史發展與過去相比最爲突出的地方。康藏人民支持解放軍進軍西藏、鞏固國防，以及進藏部隊和其他工作人員與西藏各族人民一道進行的包括修築康藏公路、青藏公路等在內的西藏各項建設，也無疑是推動西藏社會歷史進程發展的重要內容。而西藏的階級——階層亦正是在這一過程中悄然發生變化，並圍繞著是否執行和維護「十七條協議」，被壓迫階級的覺醒與壓迫階級的頑抗，在兩個不同的方向發展著。如此，在這一宏闊的社會歷史背景下，西藏漢語文學活動，在努力衝破各種條件限制的同時，亦被打上了鮮明的階級規避與國家同構的時代烙印。

第二章　階級規避

　　正如我們前面所述，在「和平解放」後至「民主改革」前這一時期，西藏不僅沒有進行土地改革，而且連階級鬥爭的宣傳也是禁止的。關於這一點，卓義在《從甘孜到拉薩》這篇文章中即說道：「進藏區後，一切都是新事，新問題。共產黨是強調階級鬥爭、土地革命和翻身解放的。《進軍守則》卻明文規定：在康藏地區，只准按工委規定的內容進行宣傳〔註1〕，不得宣傳土地改革和階級鬥爭。共產黨最反對迷信，可《進軍守則》卻規定：『不得宣傳反迷信和對宗教不滿的言論』〕〔註2〕。由此，這也使得這一時期的西藏漢語文學具有階級規避的顯著外在特徵，並一定程度上影響到了特定文學作品的藝術表現力本身。例如，劉旭林在《話劇團的奠基禮》這篇文章中談到當時18軍（後爲西藏軍區）話劇隊創作的兩部話劇《重見光明》和《彩虹萬里》時即說道：「最早，只有詹望同志根據拉薩人民醫院給藏胞治療白內障的素材編寫了一個獨幕話劇《重見光明》。再就是根據修築康藏公路西線而寫的《彩虹萬里》。這兩個戲都是受當時執行少數民族地區特殊政策的制約——不宣傳階級鬥爭，不刺激上層，因而不得不迴避矛盾，使戲劇黯然失色。」〔註3〕另外，李連君在《在北京拜訪「2號」》這篇文章中，也談到了階級規避對他們創作的一些影響：「1959年5月，孫培生政委率領話劇隊在蘭州排演節目，準備參

〔註1〕 在西藏未和平解放前，主要是宣傳「共同綱領」及西南局擬定經中央批准的同西藏地方進行和平談判的「十項條件」，這「十項條件」實際上已初具「十七條協議」的雛形。在西藏和平解放以後，主要是宣傳「十七條協議」，並相應地開展西藏地方的上層統一戰線工作。

〔註2〕 西藏軍區政治部編：《高原文藝戰士》（内部發行），2002年版，第19頁。

〔註3〕 西藏軍區政治部編：《高原文藝戰士》（内部發行），2002年版，第109頁。

加全軍第二屆文藝匯演。所排節目是大型話劇《彩虹萬里》。由於該劇本的創作初期是在西藏上層反動集團尚未發動全面武裝叛亂之前，為了嚴格遵守和執行『17條協議』，在西藏的宣傳和文藝作品中是不能表現階級鬥爭的。所以該劇本的頭兩遍稿，僅限於民族團結和軍民團結中的一些情況。試演後，徵求群眾和領導意見，都認為，比較浮淺。我們也束手無策。」「平叛以後的情況不同了，階級鬥爭的蓋子揭開了，可是我們的思想，一下子還沒能跟得上來。《彩虹萬里》這個劇本最大的缺憾，就是在表現我軍在與上層反動分子鬥爭中的分寸把握不準，掌握不好既要鬥爭又要爭取的原則……」「我們就是因為對上層人物瞭解的不深不透，最多也只是熟悉他們的一些現象，一些表面的東西，所以老是把握不準」。〔註4〕

其實，從階級本身來講，自有剩餘產品和生產資料私人佔有制以來，階級即是一個客觀存在。因此，從根本上說，在階級社會，階級是無法規避的。不過，我們這裏所說的階級規避，並不是指西藏漢語文學創作者忽視階級或無視階級的存在，恰恰相反的是，正是由於西藏漢語文學的創作者十分清醒地意識到了西藏社會存在嚴重的階級對立，但由於有關政策的約束，而不得不在特殊的時代社會政治背景下，設法對自為階級避開，也即設法對自在階級上昇到自為階級之間的「階級能動意識或意識能動」（覺悟——實踐）的避開。雖然，這種避開並不是說所有的作品都完全沒有西藏階層——階級關係方面的反映，在其具體的階級規避中，「階級」也是有所隱現的，但如果我們將這一時期西藏漢語文學，與早期一些「革命文學」倡導者將文學與階級的關係推至極致的觀點——「文學為意德沃羅基的一種，所以文學的社會任務，在它的組織能力。」「在暴風驟雨的時代，我們的文學應該是暴風驟雨的文學」，「我們在思想上有一致的傾向，在文學上亦同樣的應有一致的傾向：——喚起階級意識的一種工具。」「文學，有它的社會根據——階級的背景。文學，有它的組織機能，——一個階級的武器。」「無產階級文學是：為完成他主體階級的歷史的使命，不是以觀照的——表現的態度，而以無產階級的階級意識，產生出來的一種的鬥爭的文學。……所以我們的作品，不是……什麼血，什麼淚，而是機關槍，迫擊炮。」〔註5〕——進行對照的話，顯然，它

〔註4〕西藏軍區政治部編：《高原文藝戰士》（內部發行），2002年版，第147～149頁。

〔註5〕李初梨：《怎樣地建設革命文學》；《流沙》同人：《前言》，見中國社會科學院文學研究所現代文學研究室編：《文學革命論爭資料選編》，北京：人民文學

們是不一致的，也即這一時期的西藏漢語文學是避開文學喚起「階級意識」、不發揮其在社會任務方面的「組織能力」和不以其作為「階級的武器」而進行「鬥爭」的。

關於這一點，如果我們進一步將這一時期的西藏漢語文學與同一時期國內其他地區的文學及其後西藏漢語文學的有關情況進行比較，並總體審視這一時期西藏漢語文學在有關題材內容選擇上的偏側、及其在社會衝突方面的有關表現的話，將能得到更清楚的認識。

第一節　階級規避事實與階級規避中的直接避開

對這一時期西藏漢語文學中階級規避的表現，我們可從以下三方面的比較中得到一些認識。首先，我們可以將這一時期西藏漢語文學與同一時期國內其他地區的文學創作情況進行比較。可以說，總體來看，在這一時期，西藏漢語文學不僅與國內非少數民族地區的創作相比，沒有出現《紅旗譜》、《三里灣》、《山鄉巨變》、《不能走那條路》那樣反映群眾由自發進而自覺，並在黨的領導下進行革命和階級鬥爭及土地改革、走合作化道路方面的作品，即使是與國內其他少數民族地區的情況相較，也沒有出現蒙古族作家瑪拉沁夫《在茫茫的草原上》、烏蘭巴幹《草原烽火》、彝族作家李喬《歡笑的金沙江》等直接將民族內部上層階級作為鬥爭對象的作品。1958 年《青海湖》（總第 25 期）刊發的五幕六場話劇《草原上的風暴》（程秀山、高鵬、韓士珍），雖然反映了藏族內部兩個階級之間的激烈的鬥爭，直接出現了上層大千戶多爾吉、活佛兼州長拉莫倉這樣的反面人物，但其故事地點並非是西藏，而是青海黃仁藏族地區。

其次，我們可以再看一下這一時期西藏漢語文學和其後西藏漢語文學的情況。這裏，我們僅以《康藏人民的聲音》和《西藏歌謠》，及胡奇的《五彩路》和陳斐琴對《五彩路》的兩篇評述的比較為例，分別從民間文學和作家文學兩方面進行說明。

《康藏人民的聲音》是由李剛夫整理的一部藏族民歌集，作家出版社將其作為中國民間文藝研究會主編的「民間文學叢書」之一，於 1958 年 6 月出版。《西藏歌謠》是由中共西藏工委宣傳部編的一部西藏歌謠集，人民文學出

出版社 1981 年版，第 154～169、245 頁。

版社將其作為中國民間文藝研究會主編的「中國各地歌謠集」之一，於 1959年 6 月出版。兩部歌集先後出版相距的時間並不長，歌謠搜集的來源地也大體一致，但後者與前者相比，不僅在「內容說明」中直接以「在舊西藏野蠻、黑暗、殘暴的農奴制度的統治下，西藏勞動人民用歌聲傾吐心頭的哀愁和對壓迫者的憎恨，控訴農奴主的殘暴」這樣的語句取代了前者——「本輯包括38 首解放前的民歌，這些歌，是悲痛，是血淚，並在悲痛和血淚中滲透著對邪惡的辛辣的諷刺，倔強的冷笑，不可抑制的憤慨和對幸福生活的渴望」——這樣隱曲含蓄的介紹；而且出現了諸如《奴隸苦》、《無奈我是奴僕》、《高山即使變成酥油》、《哪有還清的年限》、《阿爸丹增啊》、《不見老爺叫收工》等或將矛頭直指統治階級、或反映封建農奴制下人身依附和經濟剝削關係的歌謠，甚至相似的同一歌謠，其具體的漢語呈現在前後兩個文本中也有較大差別。如 1958 年本中的《並不是毛驢善走》：「在拉薩的林鍋大道上，／毛驢比馬跑得還快。／並不是毛驢善走，／因為破爛的馬脊背上馱著重載／／」在1959 年本中，其歌名換為《降塘那卡的原野上》：「降塘那卡的原野上，／毛驢比馬走得快；／不是毛驢善走，／是鞭子逼得太緊。／／降塘那卡的原野上，／毛驢比馬走得快；／不是毛驢善走，／是毛驢悲傷的傷疤痛得厲害。／／降塘那卡的原野上，／小喇嘛跑得比兔子還快；／不是小喇嘛腿健，是他的師父太兇險。／／」由此，我們可見「民主改革」前、後西藏漢語文學中的民間文學漢語呈現在階級處理上是不同的。前者不僅直接迴避了對西藏社會政治制度的批判，而且在具體的語言上也避免了一些「敏感」或容易激起階級壓迫聯想的詞句。

再看作家文學方面的情況。《五彩路》是胡奇於 20 世紀 50 年代創作的一部中篇兒童文學小說。作品講述的是三個藏族孩子去看解放軍築路的故事。這一作品自《延河》1957 年 1 月號刊載了其中的 9 節，中國少年兒童出版社於 1957年 4 月初版、1958 年 5 月再版後，還有人民文學出版社 1959 年 8 月版、1960年第 2 期《電影創作》刊載的同名電影文學劇本、書名譯為《雪山上的路》的蘇聯莫斯科出版社 1961 年翻譯版、中國少年兒童出版社 1978 年修改版、花山人民出版社 1996 年版等版本。其被收入情況，至少有作家出版社 1960 年版的作者中篇小說集《神火》、人民文學出版社 1978 年版的作者中篇小說集《神火》、中國少年兒童出版社 1980 年版的《胡奇作品選》等。其中，中國少年兒童出版社 1978 年版，作者標明「1977 年 12 月修改」，人民文學出版社 1978 年版的《神

火》中亦有「此次再版，作者對《五彩路》作了較大的修改」的「內容說明」，
爲此，我們這裏就以中國少年兒童出版社 1957 年 4 月版的《五彩路》〔註6〕與
中國少年兒童出版社 1978 年版進行比較。至於陳斐琴的兩篇評述是：《文藝報》
1958 年第 10 期載的《勇敢者的路——介紹「五彩路」》和 1959 年 8 月人民文
學出版社版《五彩路》前的代序《勇敢者的道路》。

首先，我們來看胡奇《五彩路》修改前後正文的比較。

1957 年中國少年兒童出版社《五彩路》

1. 「孩子們，是我呀，你們等一下，等一下吧。」

……

喊聲已經跑到孩子們的前邊了。

可是，這個人是怎麼回事？現在站在孩子跟前，雙手捧著尖尖
一把糌粑面的，是那個高顴骨黑鬍鬚的趕馬漢啊！

「孩子們，你們等等我，等等。……」（P73）

2. 「相巴芝瑪媽媽是誰？」

「是曲拉的媽媽。不，我說錯了，曲拉的阿爸阿媽早死了，是
相巴芝瑪媽媽拿羊奶把他餵大的。」

桑頓一談到自己村裏人，他心裏就高興了，這會兒，他又給姑
姑說了很多相巴芝瑪媽媽的事：「姑姑，這個媽媽常常鬧病，有一回
她的丈夫多吉伯伯幫她去找治病的藥，就從雪山上掉下來摔死了。」
（P92～93）

3. 原來，在曲拉很小的時候，他的父母就被壞人暗害了……如
今曲拉一天天長大，也一天天懂事了。他除了到處打聽謀殺他父母
的仇人外……（P10）

1978 年中國少年兒童出版社《五彩路》

1-1.喊聲又從孩子們的前邊響起來：

「孩子們，是我，我……，跟你們一樣的受苦人啊！」

〔註6〕感謝四川大學陳思廣教授惠贈了中國少年兒童出版社 1957 年 4 月版《五彩路》
複印本。另，據筆者對勘，1957 年《延河》刊載的《五彩路》與中國少年兒
童出版社 1957 年 4 月版《五彩路》，除個別字句有所不同外，二者在「階級」
的處理上是較爲一致的。鑒於 1957 年《延河》刊載的《五彩路》僅有 9 節，
故本書以中國少年兒童出版社 1957 年 4 月版與中國少年兒童出版社 1978 年
版進行比較。

可是，這個人是怎麼回事？現在站在孩子跟前，雙手捧著尖尖一把糌粑面的，不是胖掌櫃，卻是那個高顴骨黑鬍鬚的趕馬漢啊！

「孩子們，那胖子，是錯仁老爺家的一個管家，我是給他們趕馬的，快，快收下我這一點點糌粑！……」（P57～59）

2-2.「相巴芝瑪媽媽是誰？」

「是曲拉的媽媽。不，我說錯了。」桑頓用小得不能再小的聲音說：「姑姑，曲拉的阿爸阿媽，早就給錯仁老爺害死了。」（P102）

桑頓一聽到這聲音，不由得就想起相巴芝瑪的丈夫多吉伯伯。在早些年，多吉伯伯被錯仁老爺派到遠方去背貨物，不知走過多少地方，後來他經過一座險峻的雪山，就摔下來跌到大河裏淹死了。（P9）

3-3. 原來，在曲拉很小的時候，父母就被錯仁老爺害死了……如今曲拉一天天長大，也一天天懂事了。他牢記著謀殺他父母的仇人……（P6）。

1957 年中國少年兒童出版社《五彩路》

3.「過了這三天還讓我們過江嗎？」

「還過江哩，這江過不去。」

「爺爺，我們坐牛皮筏子過去呀。」

「牛皮筏子也過不去。看看吧，這江裏的風浪有多大！」

「爺爺，我們該怎麼辦呢？」

「怎麼辦嗎？」老爺爺笑了笑：「過了這三天，全給我把繮繩往回拉——你們這些小馬駒呀，可也跑得太遠了！」

「爺爺，那我們什麼看不到了。」

「少說廢話。我再說一遍，過了這三天你們就向後轉，統統回自己的家去！」（P82）

4. 穿紅褂子的胖掌櫃坐在白馬上，齜著滿嘴金牙，用兩顆又圓又大的突眼珠子，看著三個被飢餓折磨得快倒下的孩子，這才哼了一聲：「啊呀，原來是三個小要飯的！」（P68）

1978 年中國少年兒童出版社《五彩路》

3-3.「過了這三天還讓我們過江嗎？」

「還過江哩，這江過不去！

「爺爺，我們坐牛皮筏子過去呀。」

「牛皮筏子倒是有，可它不是窮人家的。」

「誰的？」

「只有索南老爺有牛皮筏子。他規定窮人家不許有。誰要過江，就得拿上銀子、糌粑面跟他去借。他怕人們過江，到那邊找解放軍，早幾天封了渡口，他管轄下的百姓要是過江，不管誰，事先不去稟告，都要從嚴處罰。」

「爺爺，我們該怎麼辦呢？」

「怎麼辦嗎？」老爺爺笑了笑。「過了這三天，全給我把繮繩往回拉——你們這些小馬駒呀，可也跑得太遠了！」

「爺爺，我們的錯仁老爺跟索南老爺不一樣，他沒有說不許我們去看解放軍。」

「少說廢話，天下的老爺，心腸都一樣歹毒！我再說一遍，過了這三天你們就向後轉，統統回自己的家去。」（P90）

4-4. 穿紅褂子的人坐在白馬上，齜著滿嘴金牙，睜著兩顆又元（圓）又大的突眼珠子，這才哼了一聲：「啊呀，原來是三個小要飯的！在索南老爺管的地面，要飯的百姓，也跟牛身上的毛一樣多啊！」胖掌櫃不懷好意地譏笑著。（P72～74，中有插圖）

其次，我們來看陳斐琴兩篇評述的比較：

1958年《文藝報》介紹《五彩路》

A. 轟金爺爺把這把腰刀傳給自己的孫兒。路上丹珠用它殺死了一隻向他們進攻的獨眼狼，保衛了夥伴們的安全。

B. 第三個男孩桑頓，是一個牧人的孩子，就是他的叔父浦巴首先把好消息帶回來的。

C. 作者寫這本書，顯然是抱著以勇敢精神教育兒童的崇高目的。書中解放軍的那種「讓高山低頭，叫河水讓路」的共產主義氣魄，孩子們的勇敢、忠誠、友愛、團結精神以及他們的理想和幻想，對培養兒童的社會主義品德，無疑是十分有益的。我們歡迎這種反映時代精神、有鮮明教育目的的兒童文學作品。……我們很容易理解，作品的後一部分，作者是企圖通過小主人公的觀察，來顯示和宣揚英勇的人民解放軍。但是，因爲作者在思想上、創作方法和對

現實的觀察上，還沒有登得更高，走得更遠，這個意圖終於未能充分實現。

1959 年 8 月《五彩路》代序

A-A. 轟金爺爺把這把光榮的腰刀傳給了自己的孫兒。在路上，他同小朋友同甘苦、共患難，在鬥爭過程中克服了自負、勝人一籌的缺點，發展了集體主義精神，並且在夥伴們的協同下，勇敢地用腰刀殺死了一隻向他們進攻的獨眼狼。

B-B. 第三個男孩桑頓，是一個牧人的孩子。……前進和後退在他的思想中鬥爭著，終於在集體的幫助下，在轟金爺爺的戰鬥故事的鼓舞下，桑頓感到充滿前進的力量。

C-C. 作者通過這個美麗的故事，反映了這樣一個事實：黨對少數民族的關懷和黨的正確的民族政策給藏族人民帶來幸福的生活，使藏族的新的一代能夠向著正確的方向發育成長。對於孩子們的思想發展發生過影響的藏族勞動人民和英雄的解放軍，作者對他們也做了不同程度的描繪，如自己處在貧窮和不幸中而又對貧窮和不幸的人們充滿階級同情心的相巴芝瑪……三個藏族孩子去尋找五彩路，實際上是去尋找解放軍，希望他們幫助藏族人民驅除那五位一體的瘟神，把真正的幸福帶給他們。

1958 年《文藝報》介紹《五彩路》

D. 兒童小說「五彩路」取材於偉大變革時期的現實生活。它通過幾個勞動人民孩子的形象，以勇敢精神培養兒童性格。作者胡奇在兒童文學方面所走的道路，我以為是正確的。這條道路，正確地解決著創作新時代兒童形象的問題，以及作家把怎樣的禮物送給新時代兒童的問題。

E. 頭一個男孩曲拉，他童年的命運，是和自己家鄉落後、貧窮、疾病、仇殺纏繞在一起的。曲拉很小很小的時候，父母就被壞人暗害了

F. 相巴芝瑪是一個病人，在那樣偏僻的地方，簡直得不到醫生治療。

G. 同時又賦與予他以堅強的意志。當解放軍修公路的消息傳來的時候，給他帶來了幸福的幻想，於是……

E. 這一切，後來都降臨到他的家鄉了。曲拉經過這一段<u>生活</u>之後，寂寞和悒鬱的陰影消失了，變成一個勇敢而又開朗的少年。不幾年之後，曲拉成了自己村裏的少年先鋒隊的中隊長。

1959 年 8 月《五彩路》代序

D-D.《五彩路》創造了四個兒童的形象。他們是勞動人民的孩子，勇敢、忠誠、友愛。他們對千百年來第一次降臨的幸福，充滿著美麗的幻想，並且勇敢地用行動去迎接它。經過艱苦的鬥爭，他們終於實現了自己的理想並且在黨的關懷下鍛鍊成堅強的<u>紅色少年</u>。

E-E. 頭一個男孩曲拉，他童年的命運，是和自己家鄉<u>閉塞、落後、貧窮、疾病、仇殺</u>這五位一體的瘟神纏繞在一起的。

F-F. 相巴芝瑪是一個病人，在那樣偏僻的地方，<u>那樣的社會環境</u>，簡值得不到醫生治療。

G-G. 同時又賦與他以堅強的意志。<u>他強烈地要求走上獨立生活的道路，要求解除不幸者的不幸，幻想為居住小屋的人修起大廈來</u>。當解放軍修公路的消息，神話一般傳來的時候，<u>給他帶來了改變現狀的曙光</u>，實現幸福幻想的曙光。於是……

E-E. 這一切，不久也都降臨到他們的家鄉了。曲拉經過這次<u>鍛鍊</u>之後，變成了一個勇敢而又開朗，<u>會團結又會領導的新型藏族少年</u>，幾年後，曲拉成了少年先鋒隊的中隊長。

從《五彩路》修改前後正文的對比中，我們可以看到二者在「階級」處理上是明顯不同的，即中國少年兒童出版社 1957 年版中的「階級規避」在 1978 年的修改版中已非作者的主要或必要考慮，作者不僅對「階級」不再避開，而且直接顯現，甚或有意結構〔註 7〕。例如，以小主人公曲拉父母之死來說，在中國少年兒童出版社 1957 年版中，我們可以看到，「曲拉很小很小的時候，父母就被壞人暗害了」，這一「壞人暗害」是不知兇手是誰的「仇

〔註 7〕即使是在 1959 年 8 月人民文學出版社出版的《五彩路》中，我們也還可以看到小說並沒有說明曲拉的父母是被錯仁老爺害死的，曲拉自己也不知道誰是仇人，而一直在尋找仇人。對比 1957、1959、1978 年這幾個版本，可以發現錯仁老爺和索南老爺是後來增加的人物。由此，亦可見「民主改革」之前與之後，西藏漢語文學在「階級」處理上的不同。

殺」，而曲拉亦「到處打聽謀殺他父母的仇人」，但在 1978 年中國少年兒童出版社版的《五彩路》中，不僅已經指明其父母是被錯仁老爺害死的，而且曲拉還「牢記謀殺他父母的仇人」。另外，就相巴芝瑪丈夫多吉的死因來說，1957 年版中多吉是為了幫相巴芝瑪找治病的藥，「從雪山上掉下來摔死」的，而在 1978 年版中，多吉是被錯仁老爺派到遠方去背貨物，經過一座險峻的雪山，摔下來跌到大河裏淹死的。再如小主人公們途中碰到的那個胖掌櫃，在 1957 年版中他似乎只是一個一般的馬幫私商，但在 1978 年版中，他是錯仁老爺家的一個管家。這樣，1978 年版的《五彩路》已十分明確地將民族內部社會的兩個階級——壓迫階級與被壓迫階級對立起來，並將批判的矛頭直指向了被壓迫階級具體可觸可感的上層統治階級。類似的修改，在《五彩路》前後兩個版本中還有許多。如果說以上《五彩路》前後兩個版本的不同，還僅僅是作家出於藝術需要而對情節有所改動的話，那麼，陳斐琴對於應該是幾乎一致的同一版本進行的評述，卻也表現出了不同時代政治背景下其對社會「階級」處理的不同。例如，在 1958 年的介紹中，陳斐琴對於五彩路的褒揚還僅在於書中描寫了解放軍的那種「讓高山低頭，叫河水讓路」的共產主義氣魄，孩子們的勇敢、忠誠、友愛、團結精神以及他們的理想和幻想，對培養兒童的社會主義品德，無疑是十分有益的。在 1959 年的代序中，已經十分明確地指出「三個藏族孩子去尋找五彩路，實際上是去尋找解放軍，希望他們幫助藏族人民驅除那五位一體的瘟神，把真正的幸福帶給他們」。而且，在 1958 年介紹中的「團結」精神，在 1959 年的代序中，也鮮明地轉換為了「集體主義」，並讚揚曲拉「要求解除不幸者的不幸」，及相巴芝瑪對於「自己處在貧窮和不幸中而又對貧窮和不幸的人們充滿階級同情心」。同時，1958 年的介紹中提出的解決創作「新時代兒童形象的問題」，在 1959 年的代序中，也已明確為是「紅色少年」。如此種種，事實上已經明確無誤地向我們表明，不同的時代社會政治背景給這一時期西藏漢語文學所烙下的「階級規避」痕跡。

而如果我們再將這一時期西藏漢語文學大部分創作在題材內容上的特點進行審視的話，我們也將發現「階級規避」這一事實。例如，雖難作確切統計，但從筆者所見作品的總體情況上看，這一時期西藏漢語文學中有關西藏山川地理、自然風貌、礦藏物產和新人新事、社會歷史一般性情況的介紹、宣傳是佔了相當比例的；而且許多作品的主要人物亦多為進藏部隊的官兵或

由內地進藏的其他工作人員，其社會生活內容的反映也多為部隊自身或有西藏各族人民參與的諸如修築青藏公路、川藏公路等各種生產建設，及醫治疾病、創辦學校、開墾荒地、建設農場和其他一些好人好事等方面。這種情況，雖然反映了當時西藏社會的一些實際，並與當時西藏社會形態的特點及西藏漢語文學創作主體、接受對象及傳播媒介等方面的限制有一定的聯繫，但其總體上對於西藏社會歷史文化是開掘不深的，作品中的西藏上層人物也十分罕見，對於宗教亦僅是一般性地描寫，而且，毋庸置疑地是，這種情況與社會政治顯性規約中的階級規避是緊密相關的。事實上，作者這種在題材內容上的有意選擇，我們不僅可以看作是這一時期西藏漢語文學階級規避的結果，也可以看作是西藏漢語文學創作者在階級規避方面所採取的一種具體方式，即直接避開。

一般來說，要使文學能夠喚起「階級意識」、發揮其組織能力和使其作為階級的武器進行鬥爭，文學總是要在一定的社會生活內容的基礎上對相關階級之間的矛盾衝突有所反映。如此，我們可以根據文學的反映對象——以社會或自然為主（相對而言），文中各種矛盾關係的展開——有或無激烈衝突（相對而言），將其與階級的關係分為四種類型：（一）主要以自然為其反映對象，無衝突型（簡稱自然無衝突型）；（二）主要以自然為其反映對象，有衝突型（簡稱自然有衝突型）；（三）主要以社會為其反映對象，無衝突型（簡稱社會無衝突型）；（四）主要以社會生活為反映對象，有衝突型（簡稱社會有衝突型）。按照其對「階級能動意識或意識能動」（覺悟——實踐）反映的顯隱或作用的強弱關係，可以依次排列為：（一）社會有衝突型（顯，強）——（二）自然有衝突型（較顯，較強）——（三）社會無衝突型（較隱，較弱）——（四）自然無衝突型（隱、弱）〔註8〕。

如我們將以上四種類型放置於這一時期西藏漢語文學中進行考察的話，我們會發現，其自然無衝突型、自然有衝突型和社會無衝突型作品較多，社會有衝突型作品是相當有限的，而且其中的「社會」，還可分為三種具體情況：（一）西藏域內以藏族生活為主的社會生活，反映在具體的作品中，其主人公一般是藏族，如劉克的《央金》、《曲嘎波人》，楊星火的《波夢達娃等》

〔註8〕當然，以上劃分及排列僅是以一般性而言的，並不能排除具體作品其他解讀的可能性。例如，在自然有衝突型的作品中，如果將其「自然」作為社會的象徵或隱喻來看，那麼此類作品與「階級」的關聯度將增強，甚至在一定曲意附會的情況下，將達到極致。

等；（二）西藏域內以進藏部隊或由內地進藏的其他工作人員為主的社會生活，反映在具體的作品中，其主人公一般是非藏族，如徐懷中的《地上的長虹》、柯崗的《金橋》等。（三）西藏域內既有藏族亦有非藏族在內的一般性的社會生活，反映在具體的作品中，其主人公或是藏族或是非藏族（進藏部隊或由內地進藏的其他工作人員），但非主人公的藏族或非藏族生活的反映並不僅僅是點綴，而是具有多層次的複雜關係或緊密聯繫，例如徐懷中的《我們播種愛情》、胡奇的《五彩路》等。其中，第一種情況的作品較少，第二種情況的作品較多，第三種情況的作品次之。另外，就自然與社會中的「衝突」表現來看（這裏的衝突並不是指作品沒有任何矛盾的展開），其衝突可分為六種情況：（一）與大自然之間的衝突，如高平的《紫丁香》、樊彬的《雪山英雄》、蘇策的《在怒江的激流上》等，其除了反映西藏特殊的自然地理對人們生活造成的不便如信息交通方面的閉塞阻隔外，主要反映的是進藏部隊和由內地進藏的其他工作人員在進軍西藏、建設西藏過程中征服自然、改造自然的英雄壯舉；（二）西藏域內藏族內部非階級的一般性衝突，如高平的《梅格桑》、徐官珠的《桃花林中的故事》；（三）西藏域內藏族內部帶有一定階級內容的衝突，如高平的《大雪紛飛》、劉克的《央金》、《馬》等；（四）西藏域內藏族和非藏族之間帶有階級壓迫性質的衝突，如民歌及其他一些作品中有關帝國主義對西藏侵略及國民黨政府時期實行民族壓迫政策的一些反映等；（五）西藏域內進藏部隊或由內地進藏的其他工作人員之間的衝突，如劉克的《新苗》、柯崗的《春江牧人》等；（六）西藏域內進藏部隊或由內地進藏的其他工作人員與內地人員之間的衝突，如劉克的《白局長》、周良沛的《遠方》、徐懷中的《雪松》等。其中，第一類和第二類、第四類的情況較多，第五類、第六類次之，第三類則十分有限。

事實上，綜合以上各種情況，這一時期的西藏漢語文學除了少量反映了西藏域內以藏族為主的社會生活，及藏族內部帶有一定階級內容的具有衝突性的作品之外，西藏漢語文學是極少出現藏族內部壓迫階級與被壓迫階級兩極之間鮮明對立，從而群眾由自發到自覺進行階級反抗的作品的，其中的部分作品，如劉克的《央金》和《馬》等，其主人公大抵是自發的個人性掙扎與反抗。

毫無疑問，在階級社會裏，階級是一個客觀存在，它是不以我們的意識為轉移的；但從另一個方面來說，階級的存在並不表示其與人類社會生活的

所有方面都有著直接的聯繫，在那些不與社會生活直接關聯的領域，如人們對自然的讚賞和激歡、對自然界所進行的生產性建設和開發，其階級性是不太明顯的。這也是爲什麼這一時期西藏漢語文學中介紹性的遊記散文或一般性的通訊報導比較多的緣故之一。而具體到階級鬥爭或階級意識，它首先是人們社會生活的重要反映，並涉及到人們具體的階級關係，對於一個地域或民族來說，它應當涉及到這個地域或民族內部的各階層——階級關係，特別是壓迫階級和被壓迫階級的對立和衝突等。因此，從這一點來講，我們前面提到的自然無衝突型、自然有衝突型的作品，及那種雖然反應了西藏域內藏族社會生活，或進藏部隊以及由內地進藏的其他工作人員之間各種矛盾關係，但並沒有反映西藏地域之內或藏族內部社會生活及其階級——階層關係的作品，均可視爲社會階級無衝突型。

而如果我們將這一時期西藏漢語文學中的社會階級無衝突型作品，認爲其在階級規避中採取的是直接避開的方式的話，那麼，與之相反的社會階級有衝突型的作品，其在階級規避中採取的則是間接避開的方式。如此，這一時期西藏漢語文學進行階級規避的方式即可總體分爲兩種：一、直接避開；二、間接避開。直接避開這種階級規避方式在文學中的反映，除了作者在具體的行文中避免直接對西藏社會性質進行批判和在言辭上有所激烈或刺激之外，其在創作之初於題材和內容上對西藏域內或藏族內部社會和階層——階級關係有意無意的避開，也是其表現之一。至於社會階級有衝突型作品中的間接避開，其具體方式又可分爲：（一）矛盾轉移；（二）矛盾淡化這兩種。下面即分述之。

第二節　間接避開——矛盾轉移與矛盾淡化

正如我們前面所說的，在階級社會，階級本質上是無法避開的。作者在創作之先，雖已存在階級規避的意圖，但其在具體的階級規避中，「階級」有時又是會被隱現的，這在以西藏域內包括藏族與非藏族在內的一般性社會生活、特別是以藏族的社會生活爲主要反映對象的作品中，尤其如此。其原因，根本上說是因爲西藏社會在政教合一的封建農奴制統治下，其本身即是一個存在社會階層——階級嚴重對立的社會。例如，在西藏延續了上百年的《十三法》、《十六法》中即明確將人分爲「三等九級」。1934 年黃慕松入藏主持十

三世達賴喇嘛冊封致祭典禮後，在其向中央的報告書中也寫道：「西藏人民階級，概別爲四種，即貴族、活佛、僧侶、平民四也。然細分之，是階級區別極嚴」〔註 9〕。1940 年吳忠信入藏主持十四世達賴喇嘛坐床事宜後，在其於1941 年 5 月 3 日正式呈送行政院的報告書中再次提道：「西藏社會階級之劃分，細微嚴密，亦遠非他處所可企及。其制係分上中下三級，每級又分上中下三等……各階級之間不通婚媾，不作交往，富貴者世爲富貴，貧賤者世爲貧賤。富貴者衣必錦繡，食必珍饈，出必乘駿馬，攜僕從，貧賤者勞苦終日，不得一飽。各階級各等之間，界限分明，不稍僭越，禮節亦有區別。各級各等之人員，對於本身所屬階級視爲前生命定，形之若素，即極下賤者，亦甘之如飴。階級觀念深入人心，故西藏乃以階級森嚴之社會。」〔註 10〕由此可見，西藏社會等級之森嚴。不過，黃幕松在報告書中所提到的：「各級各等之人員，對於本身所屬階級視爲前生命定，即極下賤者，亦甘之如飴」的說法，雖然反映了命定觀等宗教思想對人們意識的絕對統治和麻痺，以及廣大西藏農奴眞正「階級意識」的缺乏，但全以「形之若素」、「甘之如飴」而論，卻並非盡是事實。例如，在一定範圍內，西藏的農牧奴即曾自發組織起來進行過激烈的反抗。如 1926 年，波密群眾爲反抗西藏地方政府差役掠奪，用石頭、農具殺死藏軍代本以下 30 餘人。1937 年，山南隆子宗恰美的 29 戶農奴，用亂石、刀棍將暴虐的貴族才旦‧格巴擊斃。噶廈派兵前來鎮壓，農奴們逃入森林藏匿 22 年之久，直至平叛勝利後農奴們才解放。1940 年，那曲憤怒的牧民將兩個殘暴的宗本捆起來暴打，並讓其在賽馬會上示眾。1948 年，那曲羅馬讓學部落的牧民衝進宗政府，救出被關押的群眾代表，迫使噶廈派高級官員前來接受了群眾的要求〔註 11〕。等等。不過，總體說來，和平解放前，

〔註 9〕 中國第二歷史檔案館、中國藏學研究中心合編：《黃幕松 吳忠信 趙守鈺戴傳賢 奉使辦理藏事報告書》，北京：中國藏學出版社 1993 年版，第 90 頁。1934 年黃幕松入藏主持十三世達賴喇嘛致祭冊封事宜，1934 年 8 月 28 日，黃幕松一行抵達拉薩，11 月 28 日離開拉薩，1935 年 2 月 16 日回南京復命。

〔註 10〕 中國第二歷史檔案館、中國藏學研究中心合編：《黃幕松 吳忠信 趙守鈺戴傳賢 奉使辦理藏事報告書》，北京：中國藏學出版社 1993 年版，第 158頁。1940 年吳忠信入藏主持十四世達賴喇嘛坐床事宜，《吳忠信報告》係 1941年 5 月 3 日正式呈送行政院，由蒙藏委員會秘書、入藏主要隨員之一的周昆田整理彙編而成，1940 年 1 月 15 日吳忠信抵達拉薩。4 月 14 日，吳忠信一行離開拉薩，6 月 11 日返渝，1940 年，8 月 26 日在國民政府聯合紀念周作了「入藏辦理達賴轉世事宜」報告。

〔註 11〕 《解放西藏史》編委會：《解放西藏史》，北京：中共黨史出版社 2008 年版，第 32 頁。

西藏的階級分化在莊園自然經濟與西藏地理環境及宗教近乎「完美」結合的情況下，群眾最初的階級意識、階級覺悟還處在自發階段，還沒有將其命運的抗爭與「政教合一」的封建農奴制度本身鮮明地聯繫起來。1951 年西藏「和平解放」後，雖然囿於「西藏的現行政治制度，中央不予變更」，西藏原有的社會階層——階級關係未得到根本的改變，但原先西藏社會基本處於封閉、隔絕的凝滯局面畢竟被打破了，西藏域內的社會生活出現了一些新的氣息，部分人員的現實生活，實際亦開始有了一些改變，特別是在與模範執行「十七條協議」的進藏部隊和由內地進藏的其他工作人員的日常接觸中，部分群眾的思想與行為出現了一些新的變化。作為不僅僅局限於表現西藏自然地理和進藏部隊及由內地進藏的其他工作人員生活的一些作品，自然不會不敏銳地覺察和捕捉到這一點，並涉及到西藏有關階層——階級關係，如此，在這些作品中，出於盡量團結最大多數人的統一戰線而不刺激西藏上層的政治需要，作者不得已進行了相關的階級規避，其方式主要是矛盾轉移和矛盾淡化。

一、矛盾轉移

　　壓迫階級與被壓迫階級關係之間的對立和鬥爭，歷來是尖銳而殘酷的，更何況是在「政教合一」的封建農奴制統治下的西藏，但囿於時代社會政治的需要，作者又不得不進行規避，由此，作者在涉及到有關方面的內容時，盡量將矛盾轉移。具體來說，其轉移方式有三種：一是將社會矛盾轉移至自然矛盾；二是將民族內部統治階級的血腥轉移到民族外部；三是將壓迫階級與被壓迫階級之間的衝突，轉為同級之間的衝突，也即統治階級內部的衝突。關於第一種，由於其主要涉及的是人與自然的衝突，而不明顯表現人與人之間的矛盾，其解讀大抵要作象徵或隱喻方面的回溯。例如：《無情的旱災》——天降的旱災，／為什麼這樣殘酷無情？／雪山啊！／救救我們吧——／求您下幾滴珍貴的雨珠。／／秋天的雨水，／只落到潮濕的山頭上。／雨水啊！／貧窮人家的青稞地裏，／為什麼不落一滴？／／再如《希望你給以溫暖》——最可貴的朝陽啊！／請不要光躲在雲霧之中，／因為衣襟單薄的弱女們，／希望你給以溫暖。／／《有主的綿羊》——有主的白綿羊，／趕不上無主的野鹿自由。／在盛開著鮮花的草地上，／野鹿可以低頭吃草。／／《何時烏雲吐紅日》——何時烏雲吐紅日？何時雪山梅花開？／災難的歲月哪天盡？／

解放軍的人馬哪天來？∥〔註12〕我不是沒有家鄉，／我的家鄉是三種三熟的
地方；／我不是不愛家鄉，／是因爲那裏沒有太陽！∥太陽永遠掛在天上，
／烏云是遮不住它的∥〔註13〕因此，爲避免牽強附會，本處不作詳細說明。
不過，由於1978年版《五彩路》是作者在基本相同的同一文本的基礎上修改
而成，且主要是增加了有關階級關係的表現，因此，從《五彩路》前後兩個
版本的對比中，我們略可窺見社會矛盾轉化爲自然矛盾的一般表現。例如，
在1958年版的《五彩路》中，除了個別地方如黑貂皮、胖掌櫃等描寫具有較
爲隱晦的階級關係呈現外，推動作品情節發展的矛盾衝突，基本上是孩子們
克服自然障礙的過程。但在1978年版的《五彩路》中，則增加了社會因素，
如江邊老爺爺說船都是老爺的，但老爺禁止大家過江接觸解放軍，等等，這
可以說，作者在呈現自然矛盾的基礎上還原了其中部分的社會矛盾。而1958
年版中，作者則在突出自然矛盾的同時，基本省略了社會矛盾。由此，這也
可以看作是在象徵與隱喻之外，抽離社會矛盾的將社會矛盾轉化爲自然矛盾
的一般模式。關於這一作品，前面我們已有過詳細對比，此不贅述。至於矛
盾轉移的後兩種具體方式，我們以徐懷中的《我們播種愛情》、《松耳石》、《無
情的情人》三部作品之間的比較爲例進行說明。

　　《我們播種愛情》是作者完成於1956年4月的一部長篇小說，《解放軍
文藝》從1956年12月開始連載，1957年10月中國青年出版社出版了其單行
本。小說主要以一個農業技術推廣站爲中心，通過其從籌建到發展爲國營農
場的歷程，展現了這一時期西藏社會發生的一些變化。其具體情節較爲繁雜、
人物的頭緒也頗多，在此，我們僅簡單敘述一下與本處論述有關的一些人物
的基本情況和相關情節。

　　宗本格桑拉姆——更達土司降澤工布的妻子，隆熱土司堂叔的大女兒。
更達土司與隆熱土司之間由於權勢均衡，其在歷史上交往甚厚。兩家不是相
娶，便是互嫁，重親疊戚，層層牽扯，都有些難以理清的頭緒。某次，隆熱
土司打獵時意外傷亡。由於他無後嗣，依照公議，本應由土司的弟弟繼位，
但土司的堂叔——格桑拉姆的父親——聲稱自己第二個妻子的兒子是土司的
私生子，土司之位應由這位私生子來繼承，遂引起紛爭。先是那個孩子在玩

〔註12〕 李剛夫整理：《康藏人民的聲音——藏族民歌集》，北京：作家出版社1958年
　　　　 版，第94頁、95頁、105頁。
〔註13〕 《穩步前進中的西藏》，北京：民族出版社1958年版，第119頁、120頁。

耍時從屋頂上掉下去摔死了，跟著土司的弟弟在喝了一碗奶之後忽然渾身青腫當晚咽氣，接著，格桑拉姆的父親一家也都死在自己院子裏。降澤工布得知這事以後，連夜徵集了 300 多名差巴，前往隆熱莊園復仇。除隆熱土司弟弟的小女兒契梅姬娜由於早幾天到外祖母家去沒回來之外，隆熱土司弟弟一家，在這次降澤工布的血腥復仇中，全部被滅。降澤工布死後，格桑拉姆獨自帶著兒子丹夏寡居，後出任地方宗本。

邦達卻朵——契梅姬娜的舅舅，山匪首領。原是一個權勢極小依靠戰功而取得地位的小頭人，爲躲避降澤工布的斬草除根，他把外甥女契梅姬娜馱到馬背上逃命出來。後隱姓埋名流浪各地，依其超人的勇猛和無限量的義氣，在山裏聚集了一批人於其周圍，以劫掠、竊盜爲生，並努力幫助外甥女契梅姬娜復仇。其勢力一度被潛藏特務利用，後被部隊清剿。

珠瑪（契梅姬娜）——隆熱土司弟弟的女兒，始終欲報家仇，先是下山放火，被格桑拉姆的涅巴俄馬登登抓獲，因糜復生出眾的槍法幸免於死，後在農業站做洗衣娘。某次，糜復生醉酒與之發生關係，故要糜復生代爲射殺格桑拉姆，但因糜復生畏懼，便自舉槍射殺，未中格桑拉姆，傷呷薩活佛，逃至察柯多吉姘頭俄馬登登的女兒茨頓伊貞處，被其「奶茶」毒斃。

糜復生——農業站馬車隊長。曾在國民黨軍隊裏給一個炮兵營長作衛士。受營長影響，糜復生曾秘密加入共產黨。其原與營部某副官太太有染，曾失口向其透露過自己的「另一種身份」，爲此，當某副官從其太太處得到這一消息向團部告密後，糜復生被捕。審訊中，其出賣了營長和相關同志，靠同志的鮮血換取了一疊金夯和一副血紅色的少尉領章。其後，在一次戰鬥中，糜復生身受重傷，被收容在野戰醫院。出院後，他作爲一名解放軍戰士入伍。長時間裏，他過去的經歷，沒有被查出，憑藉其出眾的槍法一度提升爲偵察排長，並第二次入黨。後來，其不光彩的歷史被查了出來，遂被復員安插在農業站，成爲馬車隊長。因槍法出眾，救下了珠瑪（契梅姬娜），珠瑪對其心生感激。某次醉酒，與珠瑪發生關係。珠瑪要其射殺宗本格桑拉姆，他未敢開槍，但終爲察柯多吉煽動憤怒的群眾亂石擲死。

察柯多吉——原國民黨政府蒙藏委員會駐西藏辦事處人員，1949 年辦事處被逐後，留在西藏潛伏，成爲俄馬登登的相子。

洛珠——流浪老人。曾經歷過英帝國主義入侵、趙爾豐川邊改土歸流等歷史事件。多年流浪，44 歲時與一寡婦生有一子郎加。年老時，因國民黨24

軍從當地退出，搜刮搶掠，拖走其子，不得已四處尋找。兩年後，饑乏無依，得農場收留，後兒子與其一道在農場做工。

《松耳石》是作者 1957 年 1 月發表於《邊疆文藝》的一篇短篇小說。其內容主要是關於多吉桑和伊西卓瑪之間的情愛糾葛。多吉桑是一個背水娃子的孩子，母親在河邊生下他後即死去了。他被正巧路過的一位老獵人收養。老人死後，多吉桑賣掉了其留下來的一支步槍和牛毛帳篷給他進行了天葬，然後四處流浪，期間加入劫匪郎扎一夥，認識了伊西卓瑪。伊西卓瑪原是某大土司的獨生女兒，多吉桑的母親即是她家的背水娃子，因草場爭執，土司一家除伊西卓瑪外全部被害，伊西卓瑪在逃亡的過程中做了郎扎的老婆，成為劫匪的一員。一次，多吉桑顯露了出眾槍法，伊西卓瑪對其忽然親近起來。某夜，或是由於劫匪的內訌，郎扎被人在心口上插了一刀，於是，多吉桑趁機離開，伊西卓瑪亦尾隨其後。兩人遂以盜馬為生。一次，兩人正在盜馬，被騎兵部隊抓住送往藏民團。藏民團不僅醫治好了多吉桑的傷，而且還收留了他，並答應安置伊西卓瑪到農場做工，但伊西卓瑪一心想著復仇，沒有答應，獨自離去，曾託人送過一支松耳石給多吉桑，但從此未有聯繫。幾個月後，作為騎兵的多吉桑等奉命前往找尋一個攜有電臺的「商隊」（土匪），在壩子上偶遇正在賣藝的伊西卓瑪。夜晚，伊西卓瑪找到多吉桑，說她找到了仇人，請求他幫忙，而這時多吉桑才明白，伊西卓瑪兩年來像藤條一樣纏著他，隨聲順語待著他，不是為了愛，而是為了恨。不是為了他，而是為了她自己。她至死都不能忘掉她那顯貴的、然而已經化為灰燼的家族。儘管伊西卓瑪的仇人正是多吉桑等要追蹤的土匪，但多吉桑毅然、決然地策馬離去。馬蹄揚起，一支發光的松耳石被踏入沙土。

《無情的情人》是作者 1959 年 11 月發表於《電影創作》的一個劇本。內容講述的是多吉桑和娜梅琴措的情愛悲劇。其故事原委是這樣的：藏族自治區政府主席卻路丹珠的母親是某土司的家奴，生下他之後，因無力養活，便置於十字路口，後被一路過的好心老獵人收養。二十年後，老人臨死前，將獨生女兒卓瑪嫁給了他。兩人生活雖不充裕，但還稱心。某次，土司阿訇魯魯見到了在草坪上揀蘑菇的卓瑪，貪其美色，便派管家和幾個人藉口寺廟活佛打卦指認卓瑪為活鬼，為免其禍害四方，本應在跳神之時，讓鐵棒喇嘛將其當場打死。考慮到卻路丹珠是個順從的子民，土司寧肯自己犯佛法，也要照應他，但卓瑪這個女鬼應送到土司家裏去念經消罪，一兩個月消了罪之

後送回。卻路丹珠欲衝向帳篷抓起步槍抗爭，但被兩三把刀逼住不能行動。無奈，順手拿了一把匕首放在懷裏的卓瑪被橫捆在馬背上，強行帶入土司家裏。土司正面打量卓瑪之後，才發現其已懷有身孕。管家便生毒計，讓卓瑪去當背水婆娘，以打掉孩子。卓瑪忍辱負重做了背水婆娘。在冰河舀水時，生下多吉桑，但卓瑪不幸去世。憤怒的卻路丹珠趁阿訇魯魯上山打鳥之際，開槍將其射死，並於當晚串聯了幾個人在土司的馬棚裏放火。阿訇魯魯家的上百個家奴，不但沒有一個人救火，而且趁機逃跑。從此，卻路丹珠帶著多吉桑在深山老林裏過了 8 年。一次，卻路丹珠獨自在給紅軍當嚮導時，半路聽了前衛隊黨代表的宣傳，很受鼓舞，當下決定跟紅軍走，原想返回帶上多吉桑，但白軍緊跟其後，不得已，卻路丹珠丟下了多吉桑。失去父親的多吉桑，爲了生活，四處流浪，給人當娃子、洗羊毛、放馬、做零工，後來又幹過金伕子，給賣藥的蒙古人牽過駱駝，只要管他糌粑吃他就給人做什麼。後偶遇劫匪郎扎，因其槍法出眾，被邀入夥，並受到既是郎扎的外甥女又是其情婦的娜梅琴措的關注，而娜梅琴措即土司阿訇魯魯的獨生女。在卻路丹珠火燒土司家那晚，她正在舅舅郎扎家中，僥倖未死。阿訇魯魯死後，其手下的兩個頭人俄馬和蔡旺仁登藉口土司沒有兒子，將阿訇魯魯的家業對半分了，並欲剷除留在郎扎處的娜梅琴措。爲此，郎扎帶著娜梅琴措做了土匪，並於娜梅琴措 15 歲那年與其姘居。郎扎一夥多年來殺人越貨、四處劫掠。娜梅琴措在多吉桑顯露出眾槍法之後，對其十分留心。某次有意勾引其與之發生關係，遂引起郎扎與多吉桑之間的互毆。打鬥中，多吉桑將刀插入郎扎心口後逃走，娜梅琴措亦追隨其後。於是，兩人在一起相處並以盜馬爲生。期間，娜梅琴措曾告知多吉桑自己是土司女兒。某次，娜梅琴措發燒生病，多吉桑獨自前去盜馬時，偶遇已經回到家鄉並成爲藏族自治區政府主席的父親卻路丹珠。失散十七年的父子相認後欣喜異常，多吉桑帶著父親去尋娜梅琴措，但此時娜梅琴措已不見蹤影。於是，多吉桑便與父同回。夜晚交談中，卻路丹珠將多吉桑母親的經歷告知了他，並初步啓發多吉桑的階級意識。半年後，根據情報，有股山匪打算進行武裝活動，爲此，自治區決定組織一個偵察隊前往偵察，正在自治區藏族幹部學校學習的多吉桑被派往一同前去。某日，在一壩子上，有一夥賣唱人正在演出，站在高處觀望的多吉桑突然發現其中有娜梅琴措，興奮之際，不由得打起一聲尖利的口哨。娜梅琴措聽到口哨，認出他來，便向其走去。這時，多吉桑才猛然醒悟自己正在執行任務

不能暴露身份，遂慌忙擠入市場人流、繼而躲進了叢林。但娜梅琴措仍跟隨其後。不得已多吉桑與之交談。這時，娜梅琴措告訴多吉桑，這壩子上就要打仗了，並支吾其言要多吉桑跟他去見個人。這引起了多吉桑的警覺。為了探查到更多消息，多吉桑和她一起到了某寺廟。在這裏，多吉桑意外發現娜梅琴措讓他見的人竟是郎扎。原來那日，多吉桑並沒有將郎扎刺死，而多吉桑領著父親去找娜梅琴措卻沒有發現其蹤影的緣故，正是郎扎把她帶走了。同時，多吉桑也探聽到了山匪的消息。特務利用郎扎和俄馬與蔡旺仁登之間的仇恨，答應臺灣方面一定兌現幫他奪回阿訇魯魯土司的地面，並提供武器支持，為此郎扎和特務勾結在一起，陰謀策劃殺死卻路丹珠和大活佛，嫁禍共產黨，以挑起事端。令多吉桑更為吃驚失色的是，此時他才知道，娜梅琴措正是害死了其母的阿訇魯魯土司的女兒，而娜梅琴措一直要復仇的對象正是他的父親，她找多吉桑來正是看中了他的槍法，希望多吉桑能夠幫他的忙。憤怒與痛苦的多吉桑冷靜地把消息送了出去。在早已設好埋伏的卻路丹珠那邊，郎扎等人自投羅網。然而，當多吉桑掏出當年母親懷揣過的那把匕首，面對娜梅琴措說出自己的身份，並要為千千萬萬下賤的背水婆娘算賬時，娜梅琴措發出了一陣極端輕蔑的、失常的笑聲，她尖叫道：「你不配殺我！我自己會死！你這家養的，你不配！」暴怒的多吉桑把舉起的匕首收下，退後幾步，傲然地把身體背轉了過去。娜梅琴措斜視著多吉桑的背影，咬牙切齒地說：「我恨你們」。隨即傳來一聲淒厲的、歇斯底里的尖叫，娜梅琴措僵硬地從崖頭倒了下去。

以上，我們概述了一下三部作品的有關人物和情節。其中，《無情的情人》一劇，曾被指責為「宣揚資產階級人性論，鼓吹階級調和」受到過批判，1960年4月號的《電影創作》曾載有徐懷中關於此劇的《我的初步檢查》。對此，人們在確認其是對《松耳石》進行了改編，並從有關「人性論」、「階級調和論」的角度對其有過否定性的批評外，新時期以來，人們亦從其受到過「批判」的角度，從作品表現了「人性」出發，有過眾多肯定的評述。在這裏，我們並不討論其是否應當受到「批判」或表現了怎樣的「人性」，而主要將其與《我們播種愛情》、《松耳石》聯繫起來，考察特定時代社會政治影響下西藏漢語文學階級規避的有關表現。

三部作品的完成時間，除《我們播種愛情》作者標明「1956年4月」，《無情的情人》標明「1957年12月草，1959年改定」外，《松耳石》無確

切標記，筆者目前所掌握的資料也沒法確定其創作的具體時間——無法確定其與《我們播種愛情》之間，何者構思在先，抑或二者是於同一時期醞釀完成——但從三部作品正式發表出版的有關情況和作者的自述及其他評述來看，其先後順序應當是《我們播種愛情》、《松耳石》、《無情的情人》。而本處之所以把這三部作品聯繫起來，除了從我們上面有關人物和情節的簡要介紹中可以看出，它們之間表現出了一定的相似度、應是有著緊密的聯繫外，更重要的是，作者在原載《青春》1982年第3期《爬行者的足迹——文學自傳》一文中曾敘述道：「1957年底，我調解放軍報社任副刊編輯。趁調動工作前的幾天空閒，寫了電影文學劇本《無情的情人》。剛剛經過一場大的政治風浪，我很小心，劇本擱了兩年。到1959年西藏平叛，自認爲這個作品多少反映了西藏階級鬥爭情況，拿出去發表了。」〔註14〕作者自身亦認爲《無情的情人》「多少反映了西藏階級鬥爭」，如此，我們即將它們聯繫起來看看三者在有關情節設置和人物衝突的處理上有何不同。

　　首先，我們來看《我們播種愛情》。總體來講，在《我們播種愛情》中，雖然作者寫到了宗本格桑拉姆、活佛呷薩、涅巴俄馬登登等西藏統治階級中的上層人物，並通過格桑拉姆想：「王子怎麼能和別的孩子在一起坐呢？但，在這一所從古未有的學校裏，如果只是差把們的後輩在求取知識，而沒有貴人家的子女，那麼又未免過於有失體統」，而花錢雇扎西頂替其子丹夏上學出學差，及俄馬登登派差巴們造紙印經卷等事件，一定程度上表現出了西藏社會階層——階級的關係，但一方面，小說整個故事的推進並非西藏域內藏民族被壓迫階級對壓迫階級的反抗，另一方面，其中有關人物的衝突也不是來源於藏民族內部階級間的激烈衝突。相反，其中有關宗本格桑拉姆寡居寂寞生活和多年不出寺廟的活佛呷薩對宗政府有關工作的支持，如參加通車典禮及捐九封銀子給更達小學蓋房子等描寫，還是對其階級屬性直接避開的階級規避反映，特別是其中珠瑪和格桑拉姆間的衝突，僅止於統治階級之間——更達土司和隆熱土司——的血仇矛盾。而洛珠老人一生顚沛流離、四處流浪、兒子失散及其自身的窮困潦倒等，也主要源於英帝國主義的入侵、趙爾豐川邊改土歸流的激進政策及國民黨24軍的潰退劫掠。如此，在《我們播種愛情中》，作者不僅通過直接避開的方式進行了階級規避，而且通過矛盾轉移的方

〔註14〕劉金庸、陸思厚、房福賢編：《中國當代文學研究資料叢書　徐懷中研究專集》，北京：解放軍文藝出版社1983年版，第14頁。

式——將珠瑪、邦達卻朵和格桑拉姆之間的矛盾止於統治階級之間，將洛珠老人的悲慘經歷轉至英帝國主義、滿清趙爾豐的屠殺、國民黨政府的劫掠等藏民族外部因素——一定程度上避開了西藏域內藏民族壓迫階級和被壓迫階級之間亦具有衝突的階級性質〔註15〕。

其次，我們來看短篇小說《松耳石》。與《我們播種愛情》相比，《松耳石》中階級衝突較爲明顯一些。例如，雖然在《我們播種愛情》中，作者也寫到了珠瑪（契梅姬娜）對家族昔日輝煌的留戀：如她求麇復生開槍射殺宗本格桑拉姆時的那段話：「你當眞不知道？想想！你該知道呀！我不是沒跟你講過，我講過的。我們家做了幾十代土司。我們家有五座莊園，光是背水娃子就用著四十多個……」但與《松耳石》中多吉桑在暗咒自己是個沒有良心的人時醒悟到的：「瞧吧！她至死都不能忘掉她那顯貴的、然而已經化爲灰燼的家族。可他呢，竟然忘記了他那生身的不曾相見的母親，正是在苦役中爲這個家族而耗盡生命的……」相比，《我們播種愛情》中的階級衝突，顯然是不太明顯的。但儘管如此，《松耳石》中仍進行了一定程度的階級規避。例如，與《我們播種愛情》中珠瑪和格桑拉姆具有衝突的階級性質一致，《松耳石》中伊西卓瑪所要復仇的對象其階級身份與伊西卓瑪是一樣的，同屬壓迫階級。而且，在有關矛盾轉移中，作者也將民族內部的矛盾轉移到了民族外部，如，伊西卓瑪復仇對象的民族屬性即是在藏民族之外——回族，並引向了國民黨政府系統中的馬步芳。如小說中寫道：「伊西卓瑪的父親是爲了爭執一片草場，用毒茶害死了一個回族頭人。這家頭人的兒子在馬步芳手下當什麼大隊長。一聽到信，當下就帶兵圍住了莊院，把土司全家趕進屋裏放火燒。」

<hr>

〔註15〕關於這一點，在同一時期反映康藏地區生活的一些作品中也有體現，如楊居人的《訪康藏高原》在敘述老人期麻日錯曾近悲慘經歷時即寫道：「五十年前，老人正是身強力壯的時候，他的家鄉被滿清王朝的趙爾豐統治著。那時，他經常被拉去擡轎子，肩上已經磨成一堆爛肉了，還不准休息。經常挨皮鞭和亂石塊打，現在，在老人的身上還殘留著傷痕。滿清王朝倒臺了，又隔了一些年，國民黨來了，老人和大孫子被抓去修康青公路。國民黨不供給吃，期麻日錯家裏有沒有一點糌粑，只得在工地上向別人討一點，或者下了工領著孫子上山打野羊子吃。這樣期麻日錯和他的孫孫，作了一年工，空著兩手回家。家裏人也正在飢餓中，老人只得帶著一家人去流浪。那時他想，自己一生都在忠實的勞動，從沒有欺騙過人，躲過懶，可是總得不到一點好處。也許這一生完了，不知那一天，自己就葬到雅礱江裏去了。日子一天一天的過去，期麻日錯由身強力壯的青年變爲彎腰駝背的老人，頭髮由黑變成白，牙齒也脫落了。七十年，他嘗夠了風霜，七十年他帶著眼淚生活在荒涼的康藏高原上（北京：作家出版社1955年版，第31～32頁）。

這樣，我們就可看到，小說在階級規避中，實際上採用了矛盾轉移的方式——即將民族內部的矛盾轉移為民族外部，將壓迫階級與被壓迫階級的矛盾轉移到壓迫階級同級之間。

現在，我們再來看看《無情的情人》。可以說，在這一劇本中，作者人物衝突的設計實際上是直接顯性了階級衝突的。例如，與《我們播種愛情》、《松耳石》相比，契梅姬娜的復仇對象不僅不再是與其階級身份相符的壓迫階級，而且，通過卻路丹珠的具體身份——藏族自治區政府主席——還將這一矛盾衝突隱性地轉化為壓迫階級與新政權之間的衝突。在《我們播種愛情》中，珠瑪（契梅姬娜）與格桑拉姆之間的血仇起因是土司繼位之爭；在《松耳石》中，伊西卓瑪和阿翁拉魯之間的血仇起因是頭人之間的草場爭執；在《無情的情人》中，娜梅琴措與卻路丹珠的血仇，則是因為卻路丹珠為了報妻子之仇而槍殺了阿訇魯魯及放火燒了土司莊院；以上三種血仇從表面上看，雖然都表現了家族血親的人命，但從衝突起因的階級性質上看，前兩者的本質是統治階級之間的權位或物質利益之爭，而後者則是被壓迫階級對壓迫階級的反抗。由此，他們之間的階級反映是不一樣的，前兩者是不具有階級鬥爭性的，而後者則是鮮明的階級鬥爭反映。另外，從復仇女主人公顛沛流離的人生經歷來看，雖然三者的最初原因，都在於家族的被毀滅，但是，在《我們播種愛情》與《松耳石》中，珠瑪與伊西卓瑪的顛沛流離更主要地是直接殺親者——降澤工布、阿翁拉魯的斬草除根所致，而在《無情的情人中》則不是直接殺親者——卻路丹珠後續斬草除根的行為，而是阿訇魯魯手下的兩個頭人——俄馬與蔡旺仁登瓜分了土司的財產繼而想永除後患的追殺所致，這樣，在《我們播種愛情》和《松耳石》中，復仇女主人公的血仇肇始者及其顛沛流離人生經歷的造成者是一致的，都在於殺親者，其矛盾衝突也始終圍繞在統治階級內部展開；但在《無情的情人》中，這兩者是分開的，其矛盾衝突原本應該是有所區別的，可是，在劇作中，作者雖然通過郎扎與特務喇嘛之間的對話，表現了統治階級內部的矛盾——郎扎欲借特務相助奪回阿訇魯魯土司的地面——但一方面，由於俄馬與蔡旺仁登的始終不在場，劇本的有關內容也沒有與之相關的正面衝突敘寫，因此，這一統治階級內部的矛盾呈現是極不明顯的；另一方面，作者通過娜梅琴措夢境和有關囈語的突出描寫：「烈火。娜梅琴措披頭散髮在烈火中顯現。富麗堂皇的西藏式樓房，在大火中焚燒。一道道牆壁，朝娜梅琴措倒塌下來，而她卻不動聲色，只是帶著

冷靜的、深深的仇恨，注視著烈火。一群赤身裸體的大漢，像野人一般，機械地舞蹈著，把娜梅琴措圍困在中央。他們個個手持火把，腰刀，臉上掛著猙獰的笑。」——等等，不僅不自覺地將敘述鏡頭更多地集中在了娜梅琴措身上，較多地表現了莊園被燒對其造成的傷害，忽略了統治階級內部方面的其他因素，而且通過劇本最後娜梅琴措面對多吉桑的尖刀突然尖叫道：「等等，你不配！你不配殺我，我自己會死！你這家奴養的，你不配！」之後發出淒厲的尖叫自己跳崖等的敘寫，還將娜梅琴措一生經歷的所有悲劇性衝突似乎全部集中在多吉桑——階級——的無情上。如此，劇本固然表現出了西藏的階級鬥爭及階級鬥爭的殘酷性，但也將統治階級內部存在的衝突和矛盾削弱了。而如果我們再從女主人公與其所求槍手之間的關係來看，也能發現三者在矛盾衝突設計上表現出來的對「階級」的不同處理方式。例如，在《我們播種愛情中》，珠瑪（契梅姬娜）所求的槍手麋復生，不僅曾經出賣過同志，具有國民黨身份，而且麋復生對她也不存在男方對女方真摯的情愛，珠瑪的死也不是麋復生造成的。在《松耳石》當中，伊西卓瑪所求的槍手多吉桑，雖然對其有過真摯的情愛，他們之間的情愛糾葛緣於階級屬性的不同，但多吉桑與伊西卓瑪的血仇之間並沒衝突，伊西卓瑪的仇人阿翁拉魯正是多吉桑所要追捕的對象，因此，從這一點來講，他們之間是不存在對立關係的。而且，在這篇小說中，也沒有提到伊西卓瑪最後的結局，即她並沒有死。但在《無情的情人中》，多吉桑不僅曾對娜梅琴措有過真摯的感情，而且，娜梅琴措所要復仇的對象還是多吉桑的父親，如此，他們之間有了尖銳的衝突，同時，相對於《我們播種愛情》中珠瑪是由第三方茨頓伊貞毒斃的，《松耳石》中沒有伊西卓瑪的死亡結局，《無情的情人》無疑是更加突出了娜梅琴措與多吉桑之間的衝突性，她是在多吉桑的匕首相向下跳崖的。如此，《無情的情人》在完成情人的無情的敘述時，也就將這一主題轉至了階級鬥爭和階級鬥爭的無情。

　　通過以上比較，我們已能明顯看到《我們播種愛情》、《松耳石》與《無情的情人》三者在階級處理上的不同。事實上，如果僅從矛盾本身來講，我們是不能夠將所有的矛盾轉移都視為階級矛盾的轉移，它也可視作文學作品本身情節設置、矛盾衝突設計的藝術需要，但在特殊的時代社會政治背景下，通過與之相關、特別是有所承續的文本之間的比較，卻是可以發現其中的聯繫的。例如 1978 年版和 1958 年版的《五彩路》即使如此。而徐懷中寫好了

《無情的情人》之後，連續擱置了兩年之久，直到 1959 年西藏平叛開始，才因「自認爲這個作品多少反映了西藏階級鬥爭情況」拿出來發表，我們自然沒有理由不認爲其在與之相關的之前的作品中，是沒有進行階級規避的，也即不能說其作品中的矛盾轉移不是相關階級矛盾的轉移。如此，通過上面的比較，也就證明了我們提出的這一時期西藏漢語文學階級規避中間皆避開裏矛盾轉移方式的存在，而其具體表現除了一些民歌中的象徵、隱喻及《五彩路》中在基本抽離社會矛盾的基礎上突出自然矛盾外，還包括我們在《我們播種愛情》、《松耳石》、《無情的情人》的比較中可看出的：（一）將民族內部統治階級的血腥轉移到民族外部；（二）將壓迫階級與被壓迫階級之間的衝突，轉爲同級之間的衝突。

二、矛盾淡化

以上我們主要談了這一時期西藏漢語文學階級規避中間接避開裏的矛盾轉移，下面我們則談一談矛盾淡化。如果說，間接規避中矛盾轉移與矛盾淡化均是肯定了其中存在社會階層──階級的矛盾，或是有關社會階層──階級的內容有所隱現的話，那麼前者的方式雖然可能並不改變矛盾衝突的激烈程度，但卻轉移或遮蔽了矛盾衝突本身的階級性質；而後者則雖不轉移或遮蔽矛盾衝突本身的階級性質，但在一定程度上卻可能緩和矛盾衝突的激烈程度。大致來說，矛盾淡化的具體方式主要有兩種：（一）兩極隱現、迴避上層；（二）過程省略或虛化、單極境況改善、另一極不再出現、衝突自我消解。

其中，兩極隱現、迴避上層，主要是指作品中矛盾對立的兩極較爲隱蔽，被壓迫階級與壓迫階級的兩端不明顯呈現，而且在涉及到統治階級的壓迫性方面，盡量迴避上層人物，尤其是其「極點」（不一定是整個社會上層人物的「極點」，而是在特定作品具體語境內，其人物世界中壓迫階級與被壓迫階級衝突的兩個極端）人物，其中統治階級的一些壞事或具有負面效應的事情大抵是「極點」以下人物的行爲。譬如在徐懷中的《我們播種愛情》中，雖然統治階級的頂端──宗本格桑拉姆和呷薩活佛有所呈現，但並不是作爲反面對象呈現的。其中，欲殺珠瑪、囤積貨物、支使差巴造紙印製經卷等壞事，均是涅巴俄馬登登所爲；而群眾和寺院之間的矛盾或者說得罪群眾的具體行爲也是由下層僧侶進行的。例如，呷薩活佛出行的那一段描寫：「現在山民們蜂擁而來，大有不可抵擋之勢。鐵棒喇嘛們不得不履行自己的義務

了。他們掄舞起鐵棒，並不答話，儘自向擠在最前邊的人亂敲亂打，沒頭沒腦地打呀……許多人，因爲經不起鐵棒的考驗而退縮了。」而呷薩活佛對於求其摸頂賜福的人大抵表現得是十分親善的。如：「其實，呷薩活佛本人對於這樣的事實絲毫也不吝嗇的。既然他的一個不費吹灰之力的動作就能給人以永久的好運，那麼，他爲什麼不樂意這樣做呢！所以，每逢此時，他總是抱著對於他的信仰者愛惜的感情而伸出雙手。現在，他便抱著同樣的感情輕輕地在斯朗翁堆蒼白的頭頂撫摸了一下。」至於斯朗翁堆在被摸頂之後——「斯朗翁堆回過頭，見一個寺廟中的管事喇嘛站在他身後。於是他立刻覺悟到，他還不曾敬獻佛禮呢」——的情形，活佛是並不知曉或並不直接顯性的。事實上，作品在提到呷薩活佛時，其形象一般是正面的，如除了我們上面提到的摸頂及其參加通車典禮和捐九封銀子給更達小學蓋房子等對宗政府有關工作的支持外，還寫到呷薩活佛對涅巴俄馬登登的厭惡，如：「呷薩活佛把他的滿腔厭惡一轉而至俄馬登登身上去了。他對這位涅巴早已有一種固定的印象，覺得他活在人世不爲別的，只是爲了儲積一箱一箱的雪白的銀元。如果能夠的話，他甚至會把神都出賣掉去換銀元呢！另外，作品中雖然提到：「山民們無論採取什麼方式醫治自己的疾病，總要先去求卦。實際上，等於在寺廟裏掛號而到衛生院去治病。」但也提到呷薩活佛本人不知疲倦地誦讀「墨納」（藥神經）、「澤珠」（延壽經），且對工委會在農業站旁邊開辦的衛生院並不排斥，並且「最近他對於任何一個求卦者的回答總是不假思索的，千篇一律的——到衛生院去治。」因爲「作爲神明，最重要的應當是誠實；他不願意欺瞞別人，更不願意欺瞞自己。」如此，作品雖然反映到了統治階級與被統治階級的矛盾，但由於對上層人物，尤其是「極點」人物的迴避，又一定程度上淡化了這種矛盾。再如對宗本格桑拉姆的描寫也是如此。而且，其人物形象總體說來不僅不是反面的，甚至似乎有一些讓人「同情」之處，例如作品寫其丈夫降澤工布去世後，下屬頭人對土司地面的侵吞及格桑拉姆的委屈：「一想到莊院以內的情形，格桑拉姆立刻就鎖起了雙眉，閉起了眼睛，她有一種奇怪的痛楚的感覺，覺得自己像一條置身於即將乾涸的死水中的魚。自從降澤工布去世後，這種痛楚的感覺沒有一天離開過她。她的下屬頭人們，不僅像以前那樣，公然顯露出對土司的怠慢與漠視，而且近來更得寸進尺，甚至並不掩飾他們的雄心。前些天，包括三個村莊的很大一片地產，就被一位頭人憑著不足爲憑的歷史根據佔有了。簡直不敢想像，長

此下去，再過若干年，他們還會給土司留下什麼呢？格桑拉姆滿腹怨恨，歎息了一聲，不想了！想這些太寒心，太可怕。……」再如格桑拉姆打獨子丹夏一巴掌時的情形：「這位年幼的王子不大識相，倒越發賴得厲害了。於是，母親在盛怒之中擡手就是一巴掌。丹夏後腦上挨了一下，立刻放聲嚎哭起來，並且越哭越痛。這使格桑拉姆陡然一陣心酸，她俯下身，一把將兒子摟在懷裏，疼愛地將面頰貼住兒子的臉，並以各種好話闌勸兒子莫哭，而她自己的眼淚卻悄悄跌落下來。」純然一幅孤兒寡母令人惜憐的景象。

　　另外，我們還可以高平的敘事長詩《大雪紛飛》為例進行說明。《大雪紛飛》曾載於 1957 年《人民文學》第 5～6 期，1958 年作家出版社出版的作家詩集《大雪紛飛》中收入有這首詩。這首詩的主要內容是敘述了與江卡相戀的年輕女子央瑾受主人的支派前往岡斯拉尋找最好的羊群，最後凍僵在雪山中的故事。從作品的隱在批判對象來看，實為西藏的封建農奴制度。例如詩中敘述道的：「我們的父母，／不都是在出差的路上，／白了他們的頭髮？／／」「不知是什麼神，／為我們安排了同樣的命運！／江卡，我第一次想到／我們未來的兒子／還得去當僕人。／／」而詩中也曲折表現了央瑾對主人的「否定」態度：「我是一個女僕，／每天都出入主人的大門，／可是為什麼，／除非看見了華麗的樓房，／總不會想起主人？／／」「如果我走得更遠、更遠，／我會完全忘記了他們。／江卡，這樣不對嗎？／」但是，從全詩直接顯現的衝突來講，央瑾對於主人僅止於「看不見華麗的樓房，總不會想起主人」，除此之外，她對於主人是抱有幻想的，例如：詩中寫道：「主人會欺騙我嗎？／啊，有誰會對我存著壞心？／我，央瑾，／什麼時候／欺騙過別人？／／……一路走著，想啊，想啊，／我想起來啦，江卡！／我的主人他說過他認得你，／他說你是一頭好牛，／但是他說：除非央瑾為主人立下大功，／不讓她離開主人的家門。／他說我在你和成婚以前，必須盡完僕人的責任。／／是的，他說過這些話！／雖然說了很久了，／今天差我到岡斯拉，／就是要實現他的話。／／啊，江卡，／你看我這麼傻！／走了這麼遠了，／才猜出主人的好意，／才明白，將來回到家／會得到怎樣的快樂！／／……等我為主人立功回來，／等我做完了僕人該做的事，／那時候，／央瑾就不只是你愛戀的姑娘了，／央瑾就成了你的妻子！／／」而且，詩中央瑾儘管也懷疑主人，並且想到：「不對！他沒有主人錢多，他收買不了主人。」但詩中直接顯現的人物矛盾的衝突，央瑾直接所恨的並不是主人，而是主人的親信珠金，並稱他為「眞

正的惡鬼」，例如，詩中寫道：「江卡呀，／我突然想到了珠金，／我不禁兩眼發黑了，／恐懼，佔據了全身。／珠金侮辱過我，／他強迫我收下／那條繡花的圍裙，／並且罵你是惡鬼轉生。／想到他，想到這個／真正的惡鬼，／我就氣得發抖，／你知道，我把裙子撕得粉碎，／當時，我顧不得他是主人的親信。／／」「主人派我遠行，／難道是他的主意嗎？／難道是他存心要折磨我？／難道是珠金這個鬼，／不想讓我和你成婚？／／。」如此，我們看到，儘管《大雪紛飛》這曲悲歌，寫出了了農奴們的心酸和痛苦，寫出了他們對美好愛情的嚮往和人生幸福的追求，也寫出了封建農奴制隱在的罪惡，並曲折地表達了農奴對「主人」的忿恨，其對西藏封建農奴制度的內在批判是十分強烈的，但是綜觀全詩，其外在言辭是隱晦的、情感表達是內斂的，「主人」的負面形象是有所保留的，統治階級的「極點」人物實際上是被迴避了的，詩中直接的負面行為主要是由其親信，也即「極點」以下的人物——珠金來具體承載。

再如 1958 年版的《五彩路》。其中，關於「黑貂皮」的描寫，雖然陳斐琴認為「寫出了孩子們對被剝削階級和剝削階級愛憎分明的觀念」，但如果我們將之與 1978 年版的《五彩路》相比，可以發現，1958 年《五彩路》的通篇不僅避開了統治階級中的「極點」，而且其由黑貂皮所反映的階級關係也是不明確的，至多只能算是隱晦的顯現而已。例如，在未修改前的《五彩路》中，孩子們在路上遇到的那個胖掌櫃趁他們餓得發昏的時候，企圖用僅給一個人吃的糌粑面來換丹珠的黑貂皮，被丹珠憤然拒絕了。但由於在這個版本中，胖掌櫃的身份並不明確，只是馱載貨物的私商馬幫而已，因此，和修改後的版本中胖掌櫃成了「錯仁老爺家的管家」相比，它不僅避開了統治階級中的「極點」，而且是沒有明確顯現出社會的統治階級的。再如，1958 年版的《五彩路》中，雖然通過國營商店對黑貂皮的公平貿易——孩子們原想這塊黑貂皮能換 1 包 4 塊錢的茶葉就很滿足了，但商店給它估價為 40 塊錢——反襯出了西藏原來經濟貿易中的剝削，但由於這一版本中並沒有指明過去西藏是誰在把持或壟斷著社會的經濟貿易，也即其剝削主體的階級身份並不明確，因此，其階級關係反映實際上是避開了統治階級的，僅將這一貿易的「不公平」推向社會個別人的行為，如私商馬幫的胖掌櫃等，迴避了社會經濟貿易中的整個階級性質。相反，在 1978 年版的《五彩路》中，不僅增加了「黑烏烏的鋪子」一節，將國營百貨商店和西藏原來的貿易行為進行了鮮明的對比，而

且，直接指明這黑烏烏鋪子的擁有者就是「錯仁老爺」，如此，社會經濟貿易的不公平即集中到了社會的統治階級，其剝削主體也即其「極點」人物。事實上，在 1958 年的《五彩路》中，除了「佛爺」等宗教關係的隱現外，不僅沒有出現社會經濟關係中統治階級的「極點」人物，也沒有出現被統治階級的「極點」人物，這一點和這一時期西藏漢語文學創作的一般情況是一致的。通觀這一時期西藏漢語文學的創作，總體來講，除了個別作品，如高平《大雪紛飛》中的央瑾、劉克《央金》中的「央金」、《馬》中的洛桑，及《「曲嘎波」人》中「鐵匠」出身的老爺爺等外，其中不僅「極點」中的上層人物很少顯現，即使是下層人物如壓迫階級的最底層「朗生」等，也是很少顯現的。而即使是個別作品中出現了這樣的一些人物，其形象與在這一時期之後文學作品中的一些形象相比，如影片《農奴》中的土登活佛、熱薩老爺、農奴強巴、帶鐵鐐的鐵匠洛桑等相比，他們之間的差別也是十分明顯的。相對來說，這一時期西藏漢語文學中所呈現的藏族內部社會階級——階層人物，大抵是處於兩個「極點」之間的人物，如《地上的長虹》中的牧民，《五彩路》中的孩子們，《我們播種愛情》中的斯朗翁堆，《森林中的火光》中的藏族築路民工，及其他流浪遊走藝人、馬幫私商等。

以上主要是矛盾淡化中迴避階級「極點」人物的一些表現，那麼，在出現了一些「極點」人物的作品裏，其階級規避情況又是怎樣的呢？我們認為它主要是通過「過程省略或虛化、單極境況改善、另一極不再出現、衝突自我消解」來使矛盾有所淡化。在這裏，我們以劉克的《央金》、《「曲嘎波」人》、《馬》三篇作品為例進行說明〔註16〕。

〔註16〕另外，據 1962 年解放軍文藝出版社版的劉克的中短篇小說集《央金》記載，劉克在這一時期還完成有其他一些作品，如《巴莎》後即標有「1958 年 7 月 27 日於拉薩」，《古茜和德茜》後標有「1958 年 9 月 6 日於拉薩」，但據筆者目前掌握的資料，劉克的《巴莎》發表於 1959 年《人民文學》第 7 期，《古茜和德茜》發表於 1959 年《解放軍文藝》第 10 期。二者的正式刊發時間均在民主改革之後，而政策規約在組織環境下，其對於作品的影響，主要應以其正式刊載情況來判斷，未刊發或未公開演出的創作，只能視作個人的例外行為，因此，本書未將之作為論述對象。其後，若有其他資料證明這兩部作品在這一時期曾經公開發表，那麼，我可以視其為這一時期西藏漢語文學階級規避的例外，例如徐官珠的《桃花林中的故事》即是如此，此文發表時間已經是 1959 年的 2 月 15 日，不過，從總體上講，這些例外並不改變這一時期西藏漢語文學中階級規避大部分存在的事實。而且徐官珠的《桃花林中的故事》也具有「過程省略或虛化、單極境況改善、另一極不再出現、衝突自我消解」的一些表現。

　　《央金》、《「曲嘎波」人》、《馬》是作者劉克在 1958 年分別發表於《解放軍文藝》1 月總第 77 期、2 月總第 78 期、5 月總第 81 期上的三篇短篇小說。關於前兩篇，1959 年茅盾在部隊短篇小說創作座談會上的講話中曾談道：「劉克的兩篇小說『央金』和『曲嘎波人』都是寫西藏農奴的悲慘生活的。『央金』通過一個女人的一生，概括了西藏農奴的一生，又通過母女兩代命運的不同，指出了解放前後西藏人民命運的不同。這篇小說筆墨樸素，但是嚴肅，讀後十分感動。『曲嘎波人』也寫得好。這篇同『央金』相同，也是通過一個個人的命運，概括了很多人的命運。」〔註 17〕至於後一篇《馬》，雖然茅盾在這篇文章中沒有提及，其他論者對之關注也不多，但從其對個人命運的反映看來，實際上也能概括很多人的命運。不過在此，我們主要關注的不是其如何反映了解放前後西藏人民命運的不同，及個人是怎樣地進行了自我抗爭，而是作者在涉及到西藏社會階層——階級中的「極點」人物的有關衝突時，是如何進行表面的矛盾淡化處理的。

　　首先來看《央金》。這篇小說的人物同時出現了壓迫階級和被壓迫階級的兩個極點——多倫老爺和央金等。其中，兩個「極點」的人物之間還發生了身體上的正面衝突，如多倫老爺帶人追上逃跑的央金和旺堆，並揚鞭鞭打旺堆時，央金在老爺的面頰上憤怒地回擊了一記響亮的鞭打——「第三天早晨，旺堆在一個光禿的土坡上忽然聽見了後面憤怒的喊叫。他猶疑的勒住了馬，隨著，老爺的鞭子便在他的身上呼嘯起來——一下，兩下，三下，當老爺第四次把鞭子揚過頭頂時，啪的一聲，老爺的面頰上挨了一記響亮的鞭打。在他前面立著的，是一個又髒又瘦的女人，扁圓的臉上呆滯而又死板，可是在那又黑又深的眼睛裏，卻閃動著一種可怕的仇恨的火焰。」——對這種情況的描寫，在這一時期的西藏漢語文學中是少之又少的，這可以說是作者劉克在文學創作領域對政策規約的某種突破，具有一定的勇氣。不過，限於總體的時代社會政治背景，小說的階級衝突雖然十分明顯，但作者仍然通過一定的藝術處理淡化了其中的矛盾。其方式即「過程省略或虛化、單極境況改善、另一極不再出現、衝突自我消解」。以過程省略或虛化來講，雖然上面這段描寫反映了階級之間激烈的正面衝突，但作者對於其後多倫老爺的具體反應則匆匆帶過。如：「多倫老爺摀著火辣辣的面頰，恐怖地抖擻了一下，剎那間他

〔註17〕茅盾：《在部隊短篇小說創作座談會上的講話》，載《解放軍文藝》1959 年 8 月號。

弄不清在他面前到底發生了什麼事情，但緊接著便痙攣的吼叫道：『抓起來！』」至於央金可能受到的種種報復及這一報復的實施過程，作品沒有提及，只是十分含蓄地寫道：「回來後不久，並沒有等到兩年，果然旺堆有了一如克又八魯古的地。可是央金，卻再也沒有人看見她了。」如此，通過多倫老爺報復行為的省略或虛化，階級激烈衝突的敘寫在讀者的當下閱讀中可能引起反應的強烈程度得到了一定弱化。這種藝術處理方式，類似於影視鏡頭的拉遠、虛化或轉切，即在某一具有強烈刺激的畫面或有關人物行為將要引起觀眾的強烈刺激時，鏡頭迅速拉遠或虛化，不呈現人物動作景象的具體細節，或者轉至另一可能沖淡或緩和這一行為動作效果的畫面。此種藝術表現在《央金》中，除了我們前面提到的央金可能遭受多倫老爺種種慘烈報復的虛化敘寫外，還表現在對生活評判細節的省略。例如：小說中多次出現扎西頓珠對央金說：「央金，你太苦了」，但作品除了「央金啦，你為什麼不應該有雙鞋子呢？」並沒有讓扎西頓珠說出央金的生活是如何的苦。而小說在時間處理上的極度壓縮，也是過程省略或虛化的一種反映。例如作品中多次出現的「第二年春天……第三年春天；第二天早晨……第三天早晨」及「一年、兩年，又是第三年的春天」，「一年，兩年，又是第三年的春天」等，即是如此。至於「單極境況改善、另一極不再出現、衝突自我消解」，主要是指作品有關人物主要是被壓迫階級這一極的單極境況得到了某種改善後，另一極主要是壓迫階級不再出現，兩個「極點」之間的衝突不再呈現，由此，衝突自我消解。以《央金》來說，已成為金珠瑪米本布的扎西頓珠的出現，使小央金這一單極的境況得到了改善，她最後到了北京民族學院上學，並用十幾年前她母親遺留給她的唯一遺產——五塊銀元繳了黨費，而多倫老爺的結局如何，作品中沒有呈現。但是在這一「單極境況改善、另一極不再出現、衝突自我消解」的同時，其具體過程卻又是被省略或虛化了的。如小說寫道：「一年，兩年，又是第三年的春天，人們的談話中開始出現了金珠瑪米這樣的新名詞，不久，莊子裏也就真的來了金珠瑪米。一天，在塵土漂浮的大路上馳來了一個金珠瑪米的本部。他有著寬闊的胸脯、明朗的眼睛，來到莊子裏第一句話便是：『央金在哪裏？』小央金跑出來看時，而他已經走遠了。一年，兩年，又是第三年的春天，在北京民族學院裏，一個叫央金的年青姑娘以五塊銀元繳了中國共產黨的黨費，這便是十幾年前他（她）的母親遺留給她的唯一的遺產。」可以說，作者對這一過程的省略或虛化，既是藝術處理的一

種反映，也是這一時期西藏漢語文學階級規避的一種表現。

其次，我們來看《「曲嘎波」人》。這篇小說的主要內容是：在一個名叫曲嘎波的莊子裏，人們主要以趕騾幫為生。在這裏，差不多家家都有騾子，貧富的差別，也是以騾子的多少來定。但丹增家裏除了一隻乳羊外，連半隻騾子也沒有。丹增本有一個很好的阿爹和阿媽，由於生活太苦，阿爹在一次喝醉酒後走了，阿媽在一次背馱子中摔到崖底下死了，於是家裏就只剩下他和年邁的爺爺。但由於有人說丹增的爺爺是一個谿卡里逃跑的農奴，又有人說他是流浪的小鐵匠，再加上爺爺的年紀大了，沒有人願意雇傭丹增的爺爺趕馬幫，丹增的爺爺只好靠自己的兩肩給商人背馱子，爺孫倆度日艱難，而丹增因為爺爺的出身也受到了莊子裏其他孩子的歧視。一天，莊子裏來了一隊解放軍戰士，起初，丹增不時地往那裏跑。在那裏，他第一次受到了別人的尊重，第一次聽到了關於西藏、關於中國、關於世界的許多事情。但是不久，莊子裏的其他孩子卻攔住丹增，不許丹增到解放軍那裏去，因為他是「下賤人」，如果下次再見到丹增去兵那裏，他們就要狠狠地打他。為此，丹增傷心地哭了，他只好避開解放軍。某天，解放軍要來給丹增家幹點小活，他不安地把門扣上，躲了起來。第二天，莊子裏的兵們因為要修築另一段路，全部悄悄地走了。但不知情的丹增卻以為兵們生氣了，生氣的原因是由於他的過錯，是他這個下賤的人所惹起的，晚上，丹增又哭了。半年後，當那隊兵又來到莊子裏時，丹增聽說解放軍要松果，他便偷偷地將自己拾來的松果放在解放軍門前，但第四天，解放軍就發現了他的善意行為，而這時，駕駛著汽車的丹增的阿爹回來了。

從這篇小說出現的有關人物看，丹增一家無疑是西藏被壓迫階級的「極點」，其不僅在生產關係上屬於被壓迫的底層，即使是在社會文化關係上，也屬於被歧視的最底層。例如，小說寫道：在曲嘎波，「差不多家家都有騾子，貧富的區別，都是看騾子多少來定的。就是一般窮戶人家也有一兩匹。可是丹增家裏，連半匹也沒有，只有一隻乳羊。」這說明丹增一家是極為貧窮的。除此之外，由於爺爺是一個谿卡里逃跑的農奴，又有人說他是流浪的小鐵匠，丹增從小便受到歧視，當他拿這些話去問爺爺時，爺爺「像被針刺進了心裏，滿是塵土的鬍鬚顫慄著，隨著轉過身去，昏暗的眼睛裏滾下了大顆大顆的淚珠。」受西藏封建農奴制度和宗教文化的影響，西藏原有的社會階層——階級關係中，農奴的逃跑是要受到嚴酷的懲罰的，而鐵匠和屠夫及背屍人等亦

被視爲是最下賤的人。爲此，小說寫道：「人們都說，逃跑的農奴是最壞的人；而鐵匠的骨頭是黑色的，也是最下賤的人。」孩子們不許丹增去解放軍那裏，也是因爲丹增下賤的出身「不配」接觸解放軍，如小說寫道：「『丹增，以後不許你到兵哪裏去！』『爲什麼？』他翻著眼，小心地說。『爲什麼？你不配，你是下賤人……』是的，你不配，你下賤，你是逃跑的農奴和鐵匠家的孩子。這些話包含著多少辛酸和侮辱啊！」這種處於社會經濟生產關係和社會文化關係雙重壓迫下的底層身份，使得丹增這一形象可視爲西藏被壓迫階級「極點」的典型。而小說雖然沒有直接出現壓迫階級的「極點」或其階級中的有關人物，但人們不願意雇傭丹增爺爺趕騾幫及孩子們對丹增的歧視行爲等，實質上是壓迫階級在社會輿論和文化方面的反映，如此，丹增這一被壓迫階級「極點」和壓迫階級之間的衝突，便主要是其和無形的社會文化及輿論之間的激烈矛盾。但即使是在這種主要反映壓迫階級「極點」與社會輿論和文化衝突的作品中，作者仍採用了「過程省略或虛化、單極境況改善、另一極不再出現、衝突自我消解」的矛盾淡化方式。如以過程省略或虛化來說，作品雖然也描寫到了丹增家的一些具體生活情境，但丹增爺爺是怎樣從別的谿卡里逃出來，他又是如何被人家拒絕趕騾幫，及他用自己的兩肩給商人背馱子過程的細節等，作品沒有直接呈現。在丹增追問爺爺出身的那段描寫中，爺爺的痛苦及辛酸等也沒有具體展開，僅以爺爺背轉身去，「昏暗的眼睛裏滾下了大顆大顆的淚珠」收場。其生活勞作境況之苦，作品也僅以「一天，爺爺疲憊不堪地回到了家，一進門就昏倒了。丹增看見爺爺醒來後，才哭著說：『爺爺，我們走吧，走吧，走開這倒霉的曲嘎波！』『唉，孩子呀，能走到哪裏去呢？』爺爺低聲說，『別處有老爺的鞭子、鞭子』，說到這裏，他渾身抖動了一下。隨後擡起頭來，『丹增啊，你說，你說爺爺能買起騾子麼？……』」加以表現。其後，作者的筆頭即轉到了爺爺對存錢買騾子的渴望。再如解放軍戰士初次離開莊子後的情景，小說除了寫到丹增以爲「兵們生氣了，而生氣的原因一定是由於他的過錯，是他這個下賤的人所惹起的，這使得他更加悔恨和不安。夜晚，他哭了。」之外，對於丹增其他方面的具體情況，也進行了省略或虛化。如：「兵們沒來以前，曲嘎波就是曲嘎波，它是滿足而安靜的，彷彿什麼也不多，什麼也不少；可是兵們一走，莊子裏才突然感到，原來是那樣地又空又大……半年過去了。」即是如此。而單極境況改善、另一極不再出現、衝突自我消解，則表現在丹增的阿爹回來了，且是開著汽車回

來了。如此，作品雖然沒有再涉及這一事件在社會有關輿論和文化方面的反映，也即另一極不再出現，但丹增這一單極境況的改善無疑是蘊藏其中的，這也使得小說中壓迫階級「極點」和社會文化或輿論之間的衝突自我消解。如小說最後寫道：「曲嘎波人，世世代代都是靠趕騾幫為生的，而丹增家，卻要靠趕汽車為生了。」而這一「單極境況改善、另一極不再出現、衝突自我消解」也是和「過程省略或虛化」相聯繫的。如，作者不僅未對丹增的阿爹出走後的情況進行敘寫，即使是其回來的情況，也極為惜省筆墨：「第四天，當他又把松果倒在兵的門口時，門，嘩啦一聲開了。陳小樹叢裏面跳了出來。丹增驚惶地轉身向山上跑去。陳小樹一面追趕，一面大聲呼喊：『丹增呀，快停下，別跑了！』正在這時，一輛載貨汽車開進了曲嘎波。一個著藏族服裝的駕駛員跳下車來，他有著壯實的身體和明亮的眼睛。到處打聽爺爺和但丹增。終於，大夥認出了，他是丹增的阿爹。」這樣，我們就可看出，雖然《曲嘎波」人》與《央金》相比，其中沒有出現壓迫階級的「極點」，但其矛盾淡化同樣採用了「過程省略或虛化、單極境況改善、另一極不再出現、衝突自我消解」的方式。

最後，我們再來看看《馬》。《馬》的主要內容是這樣的：我本要去青海，突然接到報社電報，要我立刻去喜馬拉雅山邊防第五騎兵連，拍攝一組騎兵照片。由於騎兵連就要開往西部大草原，所以，我必須十日內趕到，因此我向參謀處要了一匹全身閃著光澤的棗紅馬。我騎著這匹馬出發了。一天傍晚，天突然下起了暴雨。我不得已借宿在麻麻繞吉老爺家裏。晚上，莊園裏的家奴洛桑到經堂找我，請我把他帶走，他要當兵，當解放軍。不過為避免引起糾紛，讓麻麻繞吉說我鼓動他的農奴逃走，我拒絕了他。但洛桑一定要我帶他走，我即板起臉嚇唬他說再這樣，我就要告訴老爺。洛桑聽後，憤憤地離開了。之後，我心裏很不安，在問過其他下人關於他的一些情況後，我曾想再找他好好談談，但可惜沒有找到他，直接去問麻麻繞吉，顯然也不恰當。於是我回經堂睡下。在我睡下沒多久，我聽到一陣鞭打的聲音。原來麻麻繞吉聽到了洛桑和我在經堂的談話。我當下衝出去制止這一行為。看到我在，麻麻繞吉不得已放過了洛桑。半夜，我在馬廄里再次見過洛桑，原想和他談談。但他不容我說，很快就走了。第二天，我準備出發，但我的馬不在了，原來洛桑騎著它跑了。於是麻麻繞吉便和我一起去追。在一個三叉路口，我們分路追趕。在一條峽谷的入口處，我找到了那匹軍馬，也看到了洛桑。但

我沒有要回軍馬，而是讓洛桑騎上它自己去找解放軍，並把自己身上的十幾塊銀元給了他，洛桑表示見到解放軍就把馬交給他們。由於我沒有了馬，只好一站又一站地雇馬前行，等我趕到目的地時，騎兵連早已開走了。因此，我拍照片的任務沒有完成。三年後，我跟一個勘測隊又到了西藏，並在當年我借宿的那個莊子偶遇第五騎兵連，於是我便和他們的領導聯繫，想把那組圖片補起來。令我感到意外的是：電話通知後不久，一對整齊的騎兵在明朗的陽光中順著河過來了，其中，我看見了一匹也閃著光澤的棗紅馬，馬上的騎者正是洛桑。

　　從上面的內容概述中，我們可以看到，小說裏的人物出現了其小說世界裏的被壓迫階級和壓迫階級兩個方面的「極點」，洛桑與麻麻繞吉。在這個作品中，作者反映的階級衝突是十分尖銳的。而且，就人物衝突之間的關係來講，其中不僅有洛桑與麻麻繞吉之間的衝突，在這一衝突中——「我」，還直接參與了其中，這是較為敏感的。這種情況，在這一時期西藏漢語文學的相關作品裏是比較少見的。限於當時的政策約束及統戰的需要，對於這種情況，在當時有關的文學作品中是少有表現的。另外，就是與同一時期其他出現了類似情況的相關作品相比較，我們也可以發現《馬》在人物衝突反映方面的一些獨特性。例如，在《我們播種愛情》中，雖然也出現了陳子璜帶著麋復生去救珠瑪的場景，但無論是事件的起因還是解救的過程，兩者之間均有較大的差異。如，在《我們播種愛情》中，俄馬登登處死珠瑪，是因為其盜馬和放火，她的行為和陳子璜及麋復生所代表的農業站是沒有關聯的；而在《馬》中，洛桑被打，卻是和「我」代表的解放軍有直接關聯的，麻麻繞吉毒打洛桑的直接原因是其聽到了洛桑和「我」在經堂裏的談話。由此，在事件起因方面，《我們播種愛情》還僅僅是藏民族內部的事情，但在《馬》中，由於「我」的參與，便使之具有了一定的複雜性。可以說，其在一定程度上是遊走在有關政策規約的邊緣。另外，就解救過程來講，在《我們播種愛情》中，俄馬登登沒有料到麋復生有那麼出眾的槍法，因此，其假意答應如果陳子璜一方能夠射落珠瑪頭頂上的瓷杯，便放過她；而在《馬》中，「我」是直接衝出去阻止麻麻繞吉的行為的。這樣，兩相相較，雖然二者都有壓迫階級一方看在解放軍情面的因素，但《我們播種愛情》顯然更為曲折，並帶有一定的交換或不違背賭誓承諾的性質，如俄馬登登答應只要陳子璜一方能射落珠瑪頭頂上的瓷杯，便「解開繩子放她走」。在《馬》中，「我」與麻麻

繞吉之間則沒有任何交換或賭誓承諾的內容，如此，《馬》中的矛盾衝突也就更加的直接和敏感。然而，即使是這樣的作品，也不表示其中沒有進行相關的階級規避。其規避的方式仍有著「過程省略或虛化、單極境況改善、衝突自我消解」的表現。例如，從過程省略或虛化方面來講，小說中雖然呈現了麻麻繞吉毒打洛桑的場面，但也僅僅是一個片段，對於其毒打的細節並沒有具體呈現，如我尖叫一聲衝過去後，麻麻繞吉即「把鞭子一扔，臉上綻開了一絲勉強的笑容，溫和地說⋯⋯」在這之後，儘管洛桑徑直衝到我的面前，嚷道：「你別管，讓他們打，打，打，⋯⋯」但麻麻繞吉也沒有再動手打他，只是喊了一聲「混蛋」，便得意地呲了呲牙說道：「看在解放軍的面上，今天饒了你。下次，唔，打斷你的腿。」另外，作品中雖然也提到了洛桑父母的情況，如「他父親是十幾年前支差出去的，差支得很遠，從那以後就再也沒有回來；母親由於欠了麻麻繞吉數不清的債，去年也就病死了」，但其父母具體情況如何，作品一方面僅僅是轉述他者的話，另一方面也沒有再次涉及。而「我」阻止麻麻繞吉的毒打行為，固然將「我」介入了其中。但洛桑為什麼要逃跑、為什麼要參加解放軍等，作品除了一句「顯然，解放軍對他來說，不是生疏的」之外，是沒有相關說明的，也即進行了省略或虛化。而從「單極境況改善、另一極不再出現、衝突自我消解」來講，作品最後在第五騎兵連看到了洛桑，即表明其已找到了解放軍，並參加了解放軍，從而，在其境況改善的同時，小說中原有的衝突（農奴洛桑與農奴主麻麻繞吉之間的階級衝突，洛桑請求我帶他離開去參加解放軍與「我」限於政策難以應允之間的衝突）得到了自我消解，麻麻繞吉亦沒有再呈現。而這種「單極境況改善、另一極不再出現、衝突自我消解」，同時又是與過程的省略或虛化聯繫在一起的。如，作品既沒有敘述到洛桑是如何找到解放軍並參加解放軍，也沒有說明其在期間或者又可能經歷到了其他一些怎樣的曲折。這種情況與《央金》、《「曲嘎波」人》的有關表現，實際上是一致的。即單極境況改善之後，另一極不再出現，從而兩極之間在文本之內的衝突無形中得到自我消解，由此亦淡化了文本固有的矛盾。這種惜憐筆墨、時間極度壓縮和類似大團圓結局的結構方式，固然是短篇小說自身承載有限的一種反映，但從閱讀效果上來講，無疑也是淡化了有關矛盾的。由此，這也可視作這一時期西藏漢語文學在特定時代政治背景下階級規避的有關表現。而就長篇文本來講，例如《我們播種愛情》，其中關於部隊清剿邦達卻朵及和山匪之間談判細節

的省略，亦可視爲階級規避中間接避開裏矛盾淡化的表現。

　　以上，本章主要論述了「和平解放」後至「民主改革」前，西藏漢語文學階級規避的事實及其階級規避中直接避開和間接避開方式的有關表現。其中，間接避開方式裏，雖然作者盡力進行了有關矛盾轉移和矛盾淡化的處理，但仍不可避免地在文本中有著階級的隱現。這種情況本質上是由階級社會的階級特徵及西藏當時存在社會階層——階級關係嚴重對立決定的。而階級規避這一顯著的外在特徵，又是和西藏當時有關的政策規約分不開的。例如，郭超人在《西藏十年間》即曾提到：「有一次，我從江孜地區一座大莊園旁邊路過，目睹莊園門口兩根粗大的木椿上捆綁著一位老人和一位少女，幾個兇神惡煞的藏兵正輪流用皮鞭抽打他們赤裸的脊背……那時，中央對西藏的政策是，在西藏上層沒有必要的思想準備以前，暫不實行民主改革，進藏人民解放軍和工作人員不許直接干涉西藏地方政府的事務。我雖然用一個青年人難以避免的魯莽行動制止了藏兵們的鞭打……然而，由於當時的政策形勢和政策規定，我無法用宣傳報導來表達我的滿腔憤怒，默默地盼望和等待，總有一天，摧毀這萬惡的農奴制度的革命終將到來，那時我將理直氣壯地向全中國和全世界揭露這一切，控訴這一切……」〔註18〕事實上，囿於特定時代的社會政治背景，有關矛盾轉移及矛盾淡化的表現，在建國初期其他一些少數民族的文藝作品中也有所顯現。例如，影片《內蒙春光》到《內蒙人民的勝利》的修改即是如此。《內蒙春光》是由王震之編劇，干學偉導演，恩和森主演，東北電影製片廠攝製完成的新中國成立後第一部少數民族題材的影片。1950 年春在北京上映後，曾得到好評，但公映不到一個月，即接到政務院文化部的停映的通知。其原因即在於其中有部分內容有悖黨的有關民族宗教政策、不利於上層統一戰線。爲此，1950 年 7 月，文化部特別召開座談會，提出了以下具體的修改意見：1. 將王公的罪惡轉移到特務身上，將民族內部矛盾轉移到與國民黨反動派的矛盾上去。如馬拖死人，拿刀叫頓得布殺人，殺死孟赫巴特等場面，由王公的命令改爲特務的命令，打工人和騎馬的小孩等場面則予以減輕。2. 增加一個好的王公，或者給王公加一個好的兒子。3. 表現王公本來是好的，但另外有一個控制他的攝政王與國民黨特務勾結。4. 在王爺府里增加一個奸細，一切與國民黨特務勾結欺壓人民的事情，都是瞞著王爺做的。5. 加強對王爺當時所處環境的描寫，加強王爺和國民黨特務之間的矛盾，安排使王爺動搖的伏筆，而王爺終於被我們所爭取。在修

〔註18〕郭超人：《西藏十年間》，北京：新華出版社 1985 年出版，序，第 3～4 頁。

改後的影片中蒙族的王爺最終醒悟了，成爲黨的爭取過來的對象；而一直受蒙族奸細和美蔣特務矇騙的頓得布，最後也回到了祖國的懷抱。〔註19〕可以說，《內蒙人民的勝利》這部在周恩來總理親自關懷下進行修改，並由毛主席爲其更名的影片，既是建國初期，政治鬥爭環境複雜性的反映，也是黨的民族宗教政策的具體體現。而這種出於政治統戰需要而進行的文學作品中的有關矛盾淡化或轉移的方式，雖然在國內的其他一些地區也曾出現，但無論是從時間持續的長度上看，還是從文本集束的體現上看，特別是從圍繞著「階級」而進行的有關規避上看，西藏這一時期的漢語文學創作是更爲典型的。雖然我們不能依此即得出文藝必須直接反映政策或圖解政策的結論，但在特定時代社會政治背景下，那些與現實有著密切關聯的文學創作，無疑是應當在有關政策精神的表現方面，再三斟酌的〔註20〕。而即以我們上面所論述到的這一時期西藏漢語文學階級規避的有關表現來看，那種認爲——「80 年代之前的西藏現代文學作品……基本的修辭策略是將『新』、『舊』西藏社會進行效果強烈的並置，在舊時代的農奴、皮鞭、貧病等恐怖、悲慘景象與新時代的欣欣向榮的鮮明對比中凸現階級鬥爭話語和對新時代的頌揚；……『解放的西藏』展現的階級鬥爭話語與『解放』的敘述模式，與國內其他文化地區的文學處於同質性的關係中。」〔註21〕新時期前我國的少數民族文學，「它們大都是他民族（漢民族）生活在本民族生活的投影；作家在本民族生活中所關注、所提煉的恰恰不是該民族特有的、帶有某種本質性的生活意蘊，而是尋找一種與漢族、與流行的看法相契合的生活表象。他們不過是證明在漢民族生活中發生的事情，諸如階級敵人破壞生產、落後人物的轉變、先進人物的鬥爭精神等，在少數民族中也同樣存在。」〔註22〕——的觀點，是可以進一步商榷的。事實上，即使拋開階級規避不論，

〔註19〕 干學偉、張悅：《由〈內蒙春光〉到〈內蒙人民的勝利〉》，載《電影藝術》2005年第 1 期。

〔註20〕 干學偉：《憶周總理對〈內蒙春光〉的關懷》，載《電影藝術》1983 年第 1 期。

〔註21〕 張煜：《「民族志」、「文化西藏」與文化生產——對馬麗華〈走過西藏〉的文化解讀》，載蔣述卓、李鳳亮編：《批評的文化之路——文藝文化學論文集》，北京：中國社會科學出版社 2003 年版，第 413～414 頁。李豔在《阿來筆下的西藏想像》（碩士學位論文，暨南大學，2006 年 5 月 22 日）一文中認爲：「西藏」的意義被凸現出來是 1980 年後的事情，這在文學作品中反映比較明顯。1950 年後 1980 年前的西藏漢語小說，表述的是一種普遍的政治意識。同時，她引述了張文中「基本的修辭策略是將『新』、『舊』西藏社會進行效果強烈的並置」，在「對比中凸現階級鬥爭話語和對新時代的頌揚」的敘述。

〔註22〕 該敘述最初是尹虎彬《從單質文化到雙重文化的負載者——論新時期少數民族青年作家對民族文學的貢獻》一文談到瑪拉沁夫的《科爾沁草原的人們》

這一時期西藏漢語文學固然不乏新舊對比修辭手段的運用、也確實在民族文化開掘方面有一定的缺憾，但是其在文化方面的有關表現——如果我們不是在否定性意義或對文化狹隘理解意義上借用上述所引中的「與國內其他文化地區的文學處於同質性的關係」中的「同質」一詞的話——其「同質」的原因，既非是由於作家不關注和不提煉「該民族特有的」的生活意蘊，也不是由於要去「尋找一種與漢族、與流行的看法相契合的生活表象」，更非是要去「證明在漢民族生活中發生的事情」，「在少數民族中也同樣存在」，而是由於「國家同構」的內在需要。如從更為寬泛的意義理解「國家同構」一詞，「階級規避」亦是「國家同構」的表現。事實上，從根本上說，這一時期西藏漢語文學的所有表現均與新中國成立相關。而這即是一個新的時代、一個新的政權、一種新的生活樣態，乃至人類文明的一種新的拓展，在人們具體的生活和文化實踐中的反映，他們本身即是同步的，因而亦是緊密相連渾然一體的。

及李根全的《洪水泛濫的時候》這一類作品時的論述，但經一再轉引後成為新時期前我國少數民族文學創作的普遍特徵。如意娜的《當代藏族漢語文學創作的文化身份意識初探》（載《西南民族大學學報》（人文社科版）2005 年第 1 期）即是如此。另，劉俐俐的《後殖民主義語境中的當代民族文學問題思考》一文為了說明「十七年少數民族文學缺乏主體意識」時，亦引述了這一論述。而該文在被一再轉引的過程中，除個別字句有誤外，篇名亦成了《單重文化到雙重文化的負載者》。

第三章　國家同構

　　眾所周知，中國是一個多民族的國家，包括西藏藏民族在內的 56 個民族在中國歷史疆域的形成和新中國的發展建設中均作出了應有的貢獻，而 1949 年新中國的成立，無疑是中國社會發展史上具有重大影響和深遠意義的一次偉大的社會性變革。它不僅使得「西方侵略者幾百年來只要在東方的一個海岸上架起幾尊大炮就可以霸佔一個國家的時代是一去不復返了」〔註 1〕，而且，它還使得中國各民族之間的關係進入了一個新的歷史發展時期。相對於歷代封建王朝對於各邊疆民族地區的統治，只重視於其版圖納入和部落首領或地方諸侯的俯首臣服、歸化朝貢，因而採取所謂恩威並重或以夷制夷的權謀之術，使其或感激於皇恩的浩蕩，或攝服於天子的威儀不同；新中國對於各邊疆民族地區的治理，既不是建立在武力征伐、民族壓迫的基礎之上，也不是依靠少數封建貴族和部落頭人的聯合專政以壓迫社會上最大多數的人，它是建立在反對一切人對人的剝削和壓迫制度的基礎之上，為了最大多數人的利益，通過各民族的共同團結奮鬥、以實現各民族的共同繁榮發展。因而，作為社會主義人民民主新中國的國家同構，它既有對祖國——中國國家這一具有主權的社會組織或政治共同體——機構的表層同構，還有著實質上是對人民民主——勞動人民的階級同構或階級關係的深層同構。本章，我們即對「和平解放」後至「民主改革」前西藏漢語文學在國家同構方面的有關表現作一論述。

〔註 1〕　彭德懷：《關於中國人民志願軍抗美援朝工作的報告》，見中國人民抗美援朝總會宣傳部編：《偉大的抗美援朝運動》，北京：人民出版社 1954 年版，第 392 頁。

第一節　表層同構

西藏自古以來即是中國的一部分。雖然自近代以來，由於帝國主義勢力侵入了中國，因此也就侵入了西藏地區，並進行了各種的欺騙和挑撥，但西藏是中國領土的事實，始終沒有改變。在新中國成立前，不僅西藏各族人民曾對帝國主義的入侵進行過英勇的反抗，如 1888 年和 1904 年抗擊英帝國主義的入侵，而且在認識到帝國主義侵略本質後，1920 年，十三世達賴喇嘛在向北洋政府入藏人員的談話中也表明：「親英非出本心」，「余誓傾心內向，同謀五族共和」。1930 年，其在與南京政府入藏人員談話中，曾懇言：「吾所最希求者，即中國真正和平統一」，「英人對吾確有誘惑之念，但吾知主權不可失……中國只須內部鞏固，康藏問題，不難定於樽俎。」〔註 2〕當其得悉日寇進犯上海後，立即命令西藏各大寺廟數十萬喇嘛同為抗戰勝利祈禱，詛咒侵略者，「冀中央政府取得最後勝利」〔註 3〕。1923 年迫走內地的九世班禪，為了祖國的統一、民族的團結，更是殫精竭慮、奔走籲告。針對日本帝國主義的侵略，1933 年 3 月 16 日，其在致國民政府、軍事委員會等的電文中即稱：「近聞暴日不顧公理，蔑視盟約，仗其武力，攻我榆熱……現在我軍民時至忍無可忍，官兵義師前仆後繼，為自衛而抵抗，為正義而舍生，救國熱忱，中外皆欽……班禪目擊時艱，憂憤不已，雖身屬空門，而於救國圖存之道，何敢後人？」〔註 4〕1936 年，九世班禪不幸圓寂，所留遺囑中言：「余生平所發宏願，為擁護中央，宣揚佛化，促成五族團結，共保國運昌盛……此次奉派宣化西陲，擬回藏土，不意所志未成，中途圓寂……至宣化使署槍枝，除衛士隊及員役自衛者外，其餘獻與中央，共濟國難……最後望吾藏官民僧俗，本五族建國精神，努力中藏和好。」〔註 5〕其拳拳愛國之心、切切報國之誠溢於言表。而西藏攝政熱振呼圖克圖在十三世達賴喇嘛逝世後，亦曾繼續帶領西藏僧俗群眾，舉行了三次大規模的祈禱法會。其在 1939 年 7 月 1 日致蔣介石、表示支持抗戰的電文中稱：「頌我軍得勝之經，詛倭寇立滅之咒，繼續懺誦得最後之勝利」。其他地區各階層的藏族群眾亦通過

〔註 2〕　《西藏地方歷史資料選輯》，北京：生活・讀書・新知三聯書店 1963 年版，第 315 頁、323 頁。

〔註 3〕　蘇晉仁等：《藏族史論文集》，成都：四川民族出版社 1988 年版，第 511 頁。

〔註 4〕　江平等：《班禪額爾德尼評傳》，北京：中國藏學出版社 1998 年版，第 77 頁。

〔註 5〕　張云：《漂泊中的佛爺　九世班禪內地活動的前前後後》，北京：中國藏學出版社 2002 年版，第 115 頁。

各種方式或發表抗日宣言、激勉國人奮起抗戰，或捐款捐物、積極支持抗戰，或主動請纓殺敵，誓與敵寇血戰到底。如 1943 年甘肅臨潭縣治力關的藏族人民即聯合當地漢、回、東鄉等族人民，組成「抗日救國義勇軍」，並鑒於國民黨政府的消極抗戰，提出了「抗日救國，打到國民黨，建立共和國」的革命口號〔註6〕。以上種種表明，西藏不僅是中國的一部分，而且在國家危難之時，西藏域內和其他地區的廣大藏族人民群眾，還表現出了與祖國同呼吸共命運以度時艱的偉大的愛國主義精神。而 1949 年 10 月 1 日，中華人民共和國宣告成立後，十世班禪即致電毛澤東主席和朱德總司令，電稱：「鈞座以大智大勇之略，成救國救民之業，義師所至，全國翻騰……茲幸在鈞座領導之下，西北已獲解放，中央人民政府成立。凡心血氣，同聲鼓舞。今後人民之康樂可期，國家之復興有望，西藏解放，指日可待。班禪謹代表全藏人民，向鈞座致崇高無上之敬意，並實擁護愛戴之忱。」〔註7〕10 月 23 日，毛澤東在與朱德聯名覆班禪的電文中指出：「西藏人民是愛祖國而反對外國侵略的，他們不滿意國民黨反動政策，而願意成爲統一的富強的各民族平等合作的新中國大家庭的一份子。中央人民政府和中國人民解放軍必能滿足西藏人民的這個願望。」〔註8〕「十七條協議」簽定後，1951 年 10 月 24 日，達賴喇嘛致電毛主席表示擁護「十七條協議」，電稱：「……雙方代表在友好的基礎上，已於 5 月 23 日簽訂了關於和平解放西藏辦法的協議。西藏地方政府及藏族僧俗人民一致擁護，並在毛主席及中央人民政府領導之下，積極協助人民解放軍進藏部隊，鞏固國防，驅逐帝國主義出西藏，保護祖國領土主權的統一。」〔註9〕其後，1954 年達賴與班禪聯袂進京參加了第一屆全國人民代表大會和第二屆中國人民政治協商會議，親自參與了《中華人民共和國憲法》的討論及國家領導人員的選舉以及其他國事的商議，並分別當選爲全國人民代表大會副主任、中國人民政治協商會議副主席。1956 年，根據黨解決民族問題的基本政策及在 1949 年《共同綱領》中即明確提出、1951 年

〔註6〕蘇晉仁等：《藏族史論文集》，成都：四川民族出版社 1988 年版，第 511～518 頁。

〔註7〕譚玉琛主編：《毛澤東與黨外人士》，石家莊：河北人民出版社 1993 年版，第 183 頁。

〔註8〕郭茲文編：《西藏大事記（1949～1959）》北京：民族出版社 1953 年版，第 1 頁。

〔註9〕唐家衛編著：《事實與眞相——十四世達賴喇嘛其人其事》，北京：中國藏學出版社 2003 年版，第 74 頁。

「十七條協議」中有規定、並在 1954 年《憲法》中得到確認的民族區域自治的有關精神，西藏自治區籌備委員會成立。關於其具體的人員組成，在其《組織簡則》第三條中規定：「本委員會以西藏地方政府、班禪堪布會議廳委員會、昌都地區人民解放委員會等各方面的人員，各主要寺廟、各主要教派、社會賢達、西藏地方政府等的有代表性的愛國人士和中央派在西藏地區工作的幹部組成之。」〔註10〕由此可見，包括達賴與班禪在內的西藏地方群眾對於國家這一具有主權的社會組織或政治共同體——機構——中國及其有關政權組織的機構——在政治上是表示了認同並參與了建構的。然而，亦不容忽視的是，出於階級本質及其他方面的原因，如帝國主義的挑唆和支持等，西藏地方中的部分上層對於中國國家的認同與建構並非是完全一致的。例如司曹魯康娃和羅桑扎喜等，即始終執迷不悟，甚至氣焰囂張、公開反對協議。再如 1951 年 11 月間由西藏地方反動上層支持成立的偽「人民會議」，亦是一個激烈反對協議、鼓吹「西藏獨立」的反動組織〔註11〕。而 1956 年後西藏發生的一些局部地區的武裝叛亂、乃至於 1959 年 3 月西藏反動上層公開撕毀「十七條協議」、發動分裂祖國的全面武裝叛亂等，均與中國國家這一具有主權的社會組織或政治共同體——機構背道而馳。事實上，針對西藏地方在和平解放前曾表現出的對於中國國家的分離現象，1951 年的「十七條協議」序言中即曾指出：「西藏地方政府對於帝國主義的欺騙和挑撥沒有加以反對，對偉大的祖國採取了非愛國主義的態度」。1956 年 4 月 24 日，達賴喇嘛在西藏自治區籌備委員成立大會上所作的報告中亦談道：「歷代反動統治階級對西藏人民和祖國各族人民均實行民族壓迫政策，特別是清朝和國民黨反動政府對內殘酷地壓迫和剝削各族人民，對外則屈服於帝國主義的侵略，於是大大加深了西藏人民從歷史上形成的疑懼，其中還產生了脫離祖國大家庭的想法和行動，以致西藏與祖國的關係趨於疏遠。」〔註12〕而針對「和平解放」後至「民主改革」前西藏地方出現的一些對中國國家的分離行為，班禪在 1959 年 3 月 29 日致周恩來並轉毛主席的電文中說道：「前西藏地方

〔註10〕 張定一：《1954 年達賴、班禪晉京紀略——兼記西藏自治區籌備委員會成立》，北京：中國藏學出版社 2005 年版，第 452 頁。

〔註11〕 中共西藏自治區委員會黨史資料徵集委員會編：《西藏革命史》，拉薩：西藏人民出版社 1991 年版，第 72 頁。

〔註12〕 張定一：《1954 年達賴、班禪晉京紀略——兼記西藏自治區籌備委員會成立》，北京：中國藏學出版社，2005 年版，第 426 頁。

政府和西藏上層反動集團，一貫阻撓和破壞中央人民政府、西藏人民和愛國人士爲徹底實現和平解放西藏協議所作的努力，一貫進行分裂、破壞民族團結的陰謀活動，一貫反對西藏人民經過民主改革，走向繁榮幸福的社會主義社會。」〔註13〕時任西藏自治區籌備委員會副主任委員兼秘書長的阿沛‧阿旺晉美，在 1959 年 4 月 8 日籌委會全體委員會議上所作的報告中亦說道：「西藏地方政府雖然曾經表示要徹底執行關於和平解放西藏辦法的協議，但是實際上西藏地方政府和上層反動集團卻背棄西藏人民的願望和利益，勾結帝國主義，長期蓄謀撕毀協議。他們一貫盜用人民的名義，組織反動團體，陰謀進行背叛祖國、背叛人民的反動活動。」〔註14〕由此可見，「和平解放」後至「民主改革」前，西藏始終存在著統一與分裂的尖銳鬥爭。《西藏革命史》中即談道：「那些長期勾結帝國主義的上層反動分子，並不甘心在西藏出現祖國統一，民族平等團結的大好局面，他們不斷進行分裂活動，阻撓與破壞實現協議條款，他們公然揚言西藏是『獨立的國家』、『要重新修改協議』、『把解放軍趕出西藏去』等等。」〔註15〕

　　眾所周知，「十七條協議」的第一條即明白規定：「西藏人民團結起來，驅逐帝國主義侵略勢力出西藏，西藏人民回到中華人民共和國祖國大家庭中來。」由此，這一時期西藏在統一與分裂方面存在的各種鬥爭，亦可看作是是否執行和維護「十七條協議」的鬥爭。事實上，1959 年 4 月 28 日，張國華在西藏自治區籌備委員會全體委員會議上所作的報告中即曾指出：「在 1951 年簽訂和平解放西藏辦法的協議時，中央就對原西藏地方政府作了巨大的讓步，在協議中主要要求原西藏地方政府堅決脫離帝國主義羈絆，在中華人民共和國祖國大家庭中跟各族人民一致團結起來。而對西藏內部關係和內部事務的處理，中央則一本既定的民族平等團結政策，採取了極爲寬大、容忍等待的態度。」〔註16〕由此，我們亦可以看到，是否維護中國國家的統一和民族團結，是「十七條協議」的底線，而這實質上也是在西藏開展統一戰線團

〔註13〕《維護國家統一和民族團結爲建設民主和社會主義的新西藏而奮鬥》（一），
　　　　北京：民族出版社 1959 年版，第 22 頁。
〔註14〕《維護國家統一和民族團結爲建設民主和社會主義的新西藏而奮鬥》（一），
　　　　北京：民族出版社 1959 年版，第 40 頁。
〔註15〕中共西藏自治區委員會黨史資料徵集委員會編：《西藏革命史》，拉薩：西藏
　　　　人民出版社 1991 年版，第 62 頁。
〔註16〕《維護國家統一和民族團結爲建設民主和社會主義的新西藏而奮鬥》（一），
　　　　北京：民族出版社 1959 年版，第 33～35 頁。

結一切可以團結的力量的底線。如 1952 年班禪返藏後，西藏工委在給中央的一份報告中即說道：「統一戰線應以反帝愛國為主和以穩定上層、與帝國主義爭奪上層為中心工作，不是反帝反封建同時並進的統戰方針」。8 月 16 日，中央覆電同意工委的意見，並明確指出：「你們今後一個較長時期的工作，應以上層統一戰線……為主要任務。其他的工作均應服從這一任務。這個以上層為主要對象的反帝愛國統一戰線，要求凡是反帝愛國的人，不論其程度差別如何，只要能夠不同程度上接受十七條協議，能夠或多或少同我們合作的人，都要積極爭取和團結他們。」〔註 17〕如此，圍繞著「十七條協議」而進行的包括維護國家統一與民族團結在內的國家同構，即成為這一時期西藏漢語文學創作最重要的隱性規約，而在中國國家這一具有主權的社會組織或政治共同體——機構的層面上，維護國家統一和民族團結，又是這一時期西藏漢語文學在國家意識形態之維，進行國家表層同構最為顯在的表現。因此，從這一意義上來說，上一章我們所論述到的階級規避，實際上亦可視為是國家表層同構的一種曲折反映，即它本質上是為國家同構服務的，在特定的時代政治背景下，它有利於團結一切可以團結的力量以維護祖國——中國國家這一具有主權的社會組織或政治共同體——機構的統一與穩定。不過，由於其對於國家性質中的階級關係進行了規避，因此，我們僅將其作為一種更為表層的國家同構看待，或者說將其視為一種特殊的、更為迂迴曲折式的國家同構表現，而不列入國家同構這一章中進行論述。

一般來講，任何社會政治共同體的形成和維護，均有相互關聯的一定的作用機制。其中既有隱性的利益關聯，實質上是階級關係；也包含外在的認同建構機制。這種除去內部階級關係的外在認同建構機制，我們認為主要有兩種力量的作用，一是促聚合，二是抗分離。其中，促聚合包括兩方面的內容：（一）對共同體的整體或象徵物或代表人物如領導人的認同與建構；（二）對共同體內部各單元之間的聯繫或其內部單元與共同體象徵物之間聯繫的突出與強化。抗分離也包括兩方面的內容：（一）對共同體內部分離或破壞行為的阻止；（二）對共同體外部入侵或壓迫的抗拒。以上這種共同體一般性的外在認同建構機制，在這一時期西藏漢語文學中的表現，雖然囿於特定時代社會政治背景下統一戰線的需要，呈現出了階級規避的特徵，西藏上層分裂祖

〔註17〕 中共西藏自治區委員會黨史資料徵集委員會編：《西藏革命史》，拉薩：西藏人民出版社 1991 年版，第 78 頁。

國、破壞「十七條協議」的分裂行為，沒有在作品中得到直接或集中的表現，但具有美蔣及其他帝國主義支持背景的特務或一般土匪的破壞是有所表現的，例如徐懷中的《我們播種愛情》、柯崗的《金橋》、顧工的《森林中的火光》、蘇策的《扎西》、陳希平的《羚羊角》等，即涉及到這方面的內容。因此，和一般社會政治共同體外在同構機制相對應，總起來說，這一時期西藏漢語文學在中國國家這一具有主權的社會組織或政治共同體——機構層面上，亦可分為兩種力量的作用和四個方面的內容。例如，其在促聚合力量作用方面的內容即主要體現在：（一）對祖國、共產黨、國家領袖和解放軍等的讚頌；（二）對西藏與內地及祖國整體之間相互聯繫的表述。其在抗分離力量作用方面的內容主要體現在：（一）對特務土匪的破壞及對其清剿的反映；（二）對反對帝國主義和反抗外國入侵等的反映。當然，我們指出這一時期西藏漢語文學在國家表層同構方面具有以上兩種力量四個方面的內容，並非是說作家在創作之先或其創作過程中，就一定已有了這樣的主觀意圖或分類區別，而且，就文學藝術本身的話語表現來說，其對於國家的同構（包括表層同構與深層同構），既有直接對中國國家這一共同體的國家統一、民族團結進行揭示的一面，也有通過一定的修辭手段進行隱喻、轉喻性指涉或關聯乃至整體象徵的一面，因此，我們所說的西藏漢語文學中的國家同構，既是其與國家相關的這種同構行為，也是指其與國家相關（並非指國家的行為）的這種對應性或指涉性關係狀態的反映，作者主觀上也許未必有這樣的意圖，但這一事實表現在客觀上卻是可能產生這樣的效果，當然，我們也可以將這種行為或反映視作一個時代社會政治對人們潛在的影響或人們的潛意識。另外，還需要說明的是，以上兩種力量四個方面內容的表層同構與階級關係的深層同構並非是截然分開的，其自身的反映也並非是絕對孤立的。例如，1958 年版的胡奇的《五彩路》，其中既有隱在的階級關係的深層同構，雖然這種表現並不明顯，如對黑貂皮的敘寫，但仍可視作階級關係的隱在顯現；也有對國家這一具有主權的社會組織或政治共同體——機構的表層同構，如其中對共產黨、國家領導人及解放軍的讚頌——如將派解放軍來修路的人比喻為恩情的父親，對西藏人民抗擊英帝國主義侵略西藏的反映——如桑頓的爺爺晶金即是一名抗英勇士，而關於西藏與祖國各種聯繫的表述，小說不僅把「路」作為打破自然阻隔、增進聯繫的總體隱喻，而且在一些具體的細節中還內在地將西藏與祖國的政治中心聯繫起來，如鄭大明與孩子們的一段談話——「鄭

叔叔，這黑皮線當真從恩情的父親那裏通過來的嗎？」「當然，他那裏像這樣的線很多，每天他要同很多地方的人談話的。」「這條公路也是從他那裏來的嗎？」曲拉又問道。「當然……」。其中，來自於恩情的父親那裏，無疑是指向國家的中樞的。如此，在《五彩路》這部作品中，其國家表層同構與國家深層同構是有著一定聯繫的，而其外在同構機制除了在抗分離方面沒有出現內部分離和破壞外，其他三個方面是交織在一起的。至於同時具有表層同構與深層同構的反映，且其外在同構機制四個方面共同呈現的例子，我們可以徐懷中的《我們播種愛情》為例略作說明。如小說中所反映的社會主義崇高的愛情觀及人們在農業站發展過程中的變化，即可看作國家階級關係深層同構的表現；而在表層同構中，除了農業技術推廣站發展到農場這一過程本身可視作促聚合力量的表現外，蘇易在學校與孩子們關於在國慶節升國旗、唱國歌的談話以及呷薩活佛決定排演藏戲文成公主，即分別可視作對國家的整體認同及對西藏與祖國具有緊密聯繫的反映；而察柯多吉的國民黨潛伏特務身份及邦達卻朵的土匪身份則可視作抗分離中的內部破壞表現，至於曾經親自參加過抗英鬥爭的洛珠老人，則可視為對外國入侵反抗的表現。不過，為了方便分析，我們這裏仍將其分開來進行論述。

一、對祖國、共產黨、國家領袖和解放軍等的讚頌

關於這方面的內容，這一時期的西藏漢語文學除在作家文學的一些作品中有所反映外，在西藏或藏族民間文學創作的漢語呈現中亦有較多的反映。例如

歌頌祖國的：

雄偉的人民中國，／聳立在南贍部州，／獻給她真情的頌歌／——願她百劫永存，萬壽無疆。//［註18］（《獻給祖國》）

歌頌共產黨的：

萬山的水呀，出自一溝，暫時分支流開了，終在大海裏碰頭。／／雅魯藏布江，／日夜奔流忙，／永遠流不盡，／共產黨的恩情長。//［註19］（《共產黨的恩情長》）

［註18］莊晶編譯、開斗山整理：《藏族民歌》（第三集），上海：上海文化出版社1957年版，第1頁。
［註19］蘇嵐編：《藏族民歌》，上海：新文藝出版社1954年版，第20頁。

－84－

歌頌毛主席的：

> 我唱著山歌，／我跳著鍋莊，／一步一步慢慢地走呀，／走進了北京城。／祝福您喲，／親愛的萬能活菩薩——／毛主席萬壽長存。／／（《毛主席萬壽長存》）

歌頌解放軍的：

> 哈達不要太多，／只要一條最潔白的就夠了；／朋友不要太多，／只要結識一個解放軍就好了。／那時呀，／我的心會像開了花一樣歡笑。／／〔註20〕（《哈達不要太多》）

　　至於這一時期西藏民歌何以有這樣的表現，陳家璉在《西藏山南區遊記》中曾敘述到這樣一件事情。格桑丹增是村裏見識最廣的人，「前幾天，他跟訪問團的同志一起住了五天，他知道毛主席住在北京，知道共產黨是領導全國人民過好日子的，還知道拉薩有個解放軍辦的大農場……」為了表示其對毛主席的愛戴，他寫了一首歌頌毛主席的詩：「東方安樂的太陽出來了，／世界上吉利的事啊！／屬於『監伯陽』的轉世——毛主席。／／祝福他萬壽無疆！」這和李剛夫整理的《康藏人民的聲音》中的《安樂的太陽》：「在東方無極山頂上，／升起了安樂的太陽。／這是造福神轉世的毛主席呀，／祝福他萬壽無疆。／／」似應是同一藏語母本。格桑丹增對自己所作的詩是這樣解釋的：「念完詩，還給我們解釋：『東方，毛主席不是在我們的東方嗎；太陽從東面升起，不是照到我們西藏嗎？監伯陽是西藏傳說裏的聖人。呵！過去誰能像毛主席這樣愛護我們，誰派人到這裏看過我們，誰在拉薩辦過醫院、學校……』」〔註21〕在這裏，可以說「毛主席」被視為「太陽」，是和辦醫院、學校等造福西藏人民的事業緊密聯繫在一起。當人們從這些事業中得到了切切實實的利益時，自然便對毛主席進行讚頌。耿予方在《西藏50年·文學卷》中即曾論述道：「舉世周知，第一個高舉五星紅旗插在西藏高原帶給西藏人民幸福生活的，是中國人民解放軍。西藏人民明白解放軍是共產黨、毛主席派來的人民子弟兵，解放軍遵照共產黨、毛主席的指示，把解放西藏人民、保衛和建設新西藏當做神聖的職責，全心全意為西藏人民服務，做了大量好事，成績卓著，有目共睹，有口皆碑。所以西藏新民歌常把共產黨、毛主席、解放軍連

〔註20〕李剛夫整理：《康藏人民的聲音》，北京：作家出版社 1958 年版，第 8 頁、19 頁。

〔註21〕陳家璉：《西藏山南區遊記》，北京：中國少年兒童出版社 1956 年版，第 48 頁。

在一起歌唱。」〔註 22〕其實，對毛主席的熱情歌頌，又何止是普通老百姓的肺腑，即使是十四世達賴亦曾寫下名爲《毛主席頌》的長篇詩體贊文，由衷讚頌毛主席。不過，我們這裏所關注的並非是這些讚頌所表達的激情本身，而是由這一讚頌所反映或涉及、折射到的對國家的同構。

　　王鑒在其 20 世紀 50 年代進藏的日記中曾記載有這樣一件事情：「在唐古拉山北麓一個叫果幼拉的山口，牛隊正在行進，不遠處來了幾位騎馬的藏胞，這在草原上是很難得的。他們揮手趕來，我們停下來。走近了，見來的有 6 人，爲首的約五六十歲，穿的也較光鮮，戴一頂土族式的氈帽。通過翻譯，得知他叫當周，離此地東邊有兩天的路程，聽說大軍路過，特地趕來看看。他問我們『當今皇帝是誰？』我給他解釋：『皇帝早就沒有了。』『我們是毛主席的隊伍，要往西藏去……』說著，我把《協議》一書扉頁上的毛主席像撕下來送給他，說他就是現在全中國的領導人。當周接過毛主席像，恭恭敬敬地把他貼在額上，幾分鐘後取下來，小心翼翼地揣在懷裏，站在路旁，目送我們遠去。」〔註 23〕從這一敘述中，我們可以看到，在西藏封閉的自然地理和社會環境下，作爲一種精神凝聚或直觀的感性宣傳方式的呈現或需要，「毛主席」事實上已不僅僅是一個具體的人，他還是新時代千千萬萬的人以及新中國——中國國家的象徵。例如民歌《毛主席的醫生來了》中對於醫生的表述即是與毛主席聯繫在一起的：「布達拉的四周金光閃閃，／藏族人民歡天喜地。／爲什麼這樣快樂？／毛主席的醫生來了。／／」〔註 24〕其中的醫生即不僅是說醫生自己而已，而是特別指出是毛主席的醫生。再例如楊星火的詩《山崗上的字跡》：「我行走在邊疆的山路上，／頭上突然傳來沙沙的聲響，／我擡頭向山上一望，／有三個士兵站在石岩上。／／是在石岩上修路麼？／爲什麼刺刀在手中閃光！／是在石岩上磨刀麼？／磨刀怎麼挑上這個地方！／／我攀著樹藤爬上岩去，／士兵們眼中閃著激怒的光芒，／『啊！士兵們，爲什麼這樣激怒的磨著刀？／連山鷹也聳起了翅膀！』／／『同志啊！你看這岩上刻的什麼字喲！／哪一個中國士兵能夠忍讓？』／我低頭一看岩石，／兩行黑字像毒蛇爬在岩上：／『一九〇四年，／英國軍隊征服了這座山崗！』／我抽出身上的刺刀，／石岩發出更大的聲響。／／當太陽從國界上昇起，／

〔註 22〕耿予方：《西藏 50 年・文學卷》，北京：民族出版社 2001 年版，第 67 頁。
〔註 23〕王鑒：《雪域足跡》，拉薩：西藏人民出版社 2006 年版，第 54 頁。
〔註 24〕李剛夫整理：《康藏人民的聲音》，北京：作家出版社 1958 年版，第 19 頁。

石岩已刮的潔白光亮，／戰士取出一支紅筆，／輕輕地放在我手上，／隨著
士兵響亮的誓言，／新寫的紅字迎著朝陽：／『從毛澤東時代起，／這是座
不可征服的山崗！』」／／〔註25〕其中，「毛澤東時代」顯然也不僅只是指向毛
澤東個人，而是指向整個新時代已經崛起的社會主義以及人民的強大力量，
它是與「不可征服」聯繫在一起的，因此，「毛澤東時代」既可視作「不可征
服」的代名詞，亦可視作新中國——中國國家新時代的代名詞。關於這一點，
天鷹在論述新中國成立初期各民族民間歌謠中大量出現對毛主席、共產黨等
的歌頌作品時曾說道：「在新中國，毛主席、共產黨已成為一種民族團結的象
徵，歌頌毛主席、共產黨，也就歌頌了民族之間的偉大團結。」〔註26〕如此，
我們認為，在這一時期的西藏漢語文學中，除了那些直接對祖國進行讚頌，
從而直接體現了對國家的表層同構的作品外，那些對共產黨、國家領袖和人
民解放軍進行歌頌的作品，實際上也對國家進行了表層同構。當人們歌頌毛
主席、共產黨乃至於其他一些新時代的模範英雄人物時，其中內蘊的指向正
是對偉大祖國——新中國的同構。而這種對共同體的整體或象徵物或代表人
物的讚頌，反過來事實上又進一步推促了共同體內部的聚合及對其他共同體
或外部對象壓迫的排斥與抗拒。例如下面兩首民歌即反映了這方面的情況：

　　西藏本來是中國領土，／漢藏如同一個爹娘，／在毛主席的領
導下，／大家得到了自由解放。／／帝國主義的挑撥已成夢想，／我
們要愛戴解放軍，擁護共產黨，／讓那些惡毒的陰謀家害怕吧，／
我們團結如鐵似鋼。／／（《我們的團結如鐵似鋼》）

　　帝國主義啊！／你就是狼，／我們再也不怕你；／你就是狐狸
精，／我們再不會受欺悶。／因為有了毛主席，／因為來了解放軍。
／／帝國主義啊！／你這雜牌的草包軍，／只能跟你的娃子耍威風，
／從我們的土地上滾走吧。／你若說這話不對，／請問領袖毛主席，
／請問恩人解放軍。／／〔註27〕（《帝國主義啊》）

　　而就文學作品中國家表層同構的有關文學修辭來看，其同構狀態的發
生，是與如下文學修辭手段的運用方式聯繫在一起的：即隱喻與轉喻的累疊。

〔註25〕楊星火：《雪松》，上海：新文藝出版社1957年版，第15～16頁。
〔註26〕袁丁、楊瑾、天鷹編：《中華民族大團結——兄弟人民歌頌毛主席》，上海：
　　　　華東人民出版社1951年版，第140頁。
〔註27〕李剛夫整理：《康藏人民的聲音》，北京：作家出版社1958年版，第30頁、
　　　　13頁。

我們以下面兩首民歌為例略作說明。

　　一、毛主席，像太陽，／毛主席，像月亮，／太陽出來萬物都
生長，／月亮出來夜裏行人有方向。／／二、對我們關心的是領袖毛
主席，／無利貸款的是人民解放軍，／壓迫我們的是帝國主義，／
幫助我們的是救星毛主席。／我們心裏明白：／誰是我們的親人，
／誰是我們的仇敵。／／三、西藏是個好地方，／各種寶貝地下藏，
／金銀銅鐵樣樣有，／牛羊遍山崗。／西藏是中國的土地，／漢藏
如同一個爹娘，／在毛主席的領導下，／大家得到解放，／我們要
積極支持解放軍，／擁護共產黨，／讓強盜害怕地看見我們團結如
鋼。／／（《歌唱毛主席》）

　　想起了過去呀，淚盈盈，／藏民的災難呀啦，實在深。／／四柱
八樑的宮殿裏，／住著偉大的人民領袖，／在西藏人民的頭上，／
放射著扎西的慈光。／毛主席，／你是我們的活佛！／鐵兔年的和
平三月，／從此西藏人民永遠解放，／藏民在歡欣鼓舞中，／到處
是翻身的歌唱。／毛主席，／你是我們的大救星！／水龍的幸福年
頭，／奠定了如意的豐收，／馬兒肥，羊兒壯，／家家糧食堆滿倉。
／毛主席，／你是我們的賜福神！／／祖國有了大救星，／撥開了苦
難的烏雲，／驅逐了帝國主義妖魔，／我們獲得了自由平等。／毛
主席，／你的恩情如海深。／／（《歌頌毛主席》）〔註28〕

在這兩首民歌中，我們不僅可以看到人們對毛主席的讚頌，也可以看到
中國國家的在場。例如，第一首民歌中「西藏是中國的土地」，即是對有關
國家領土主權方面的直接表述，表明了對中國疆域的認同，第二首民歌中的
「祖國的大救星」，亦是對國家的直接呈現；而兩首民歌中的「太陽」、「月
亮」、「賜福神」、「大救星」等，雖然直接指向的是「毛主席」，但這裏的「毛
主席」並不簡單的僅是一個具體人物，作為國家的領袖，他又可視為中國國
家的象徵，因此，當人們歌頌「毛主席」時，祖國——中國國家事實已然在
場。這樣，當「毛主席」與「太陽」、「月亮」、「賜福神」、「大救星」等發生
聯繫時，國家同構便開始發生。而這一同構狀態又與相關的文學修辭手段的
運用相關。如，就其中的隱喻與轉喻的累疊來看，我們可以看到，之所以把

〔註28〕蘇嵐編：《藏族民歌》，上海：新文藝出版社 1954 年版，第 8～10 頁、第 12
　　～14 頁。

毛主席和國家相聯繫，是因為毛主席是國家的領袖，他與國家之間具有直接的關聯，他是國家的象徵，因此二者發生轉喻關係，而把「毛主席」與「太陽」聯繫起來，是因為「毛主席」像「太陽」一樣「撥開了苦難的烏雲」也即「解救了人民的苦難」，如此，「毛主席」與「太陽」之間便具有了隱喻關係。這樣，「國家」與「太陽」之間即存在著隱喻與轉喻的累疊。而當「國家」通過「毛主席」與「太陽」和「解救人民的苦難」之間發生聯繫時，便包含了在「毛主席」與「解救人民的苦難」之間，及在「國家」與「太陽」之間隱喻與轉喻的雙重累疊。如此，當把「毛主席」比作「太陽」進行歌頌時，事實上已發生了「國家」與「解救人民的苦難」之間的國家同構。當然，這一同構已具有深層同構的意味，而這也說明國家表層同構往往亦蘊含有深層同構，但就其文本中的隱喻與轉喻的有關表現來看，其隱喻性行為實際上是基於對轉喻關係的表述，而轉喻性的行為是基於隱喻關係的突出，如將毛主席隱喻為太陽，實際上是對太陽「驅散苦難的烏雲」即「解救人民的苦難」這一轉喻的表述；而「太陽」「驅散苦難的烏雲」即「解救人民的苦難」這一轉喻的發生，實際上又是因為「毛主席」與「太陽」這一隱喻關係的突出，即毛主席解救了人民的苦難，才讓人民感到了溫暖、想到了太陽。

二、對西藏與內地及祖國之間聯繫的表述

　　毫無疑問，西藏與祖國是存在各種緊密聯繫的。這一點不僅表現在西藏屬於中國領土的政治關聯上，而且也表現在歷史與現實中西藏與內地之間民間頻繁的經濟、文化等方面的交往上。長期以來，西藏與祖國內地之間的各種交流在歷史上始終沒有斷絕，西藏和平解放後，這一聯繫不僅得到了進一步加強，而且其內容也更加豐富。如隨著康藏、青藏等公路的築成，西藏與祖國內地的交通即變得更加便捷，西藏人民在與入藏部隊及其他工作人員的接觸中，亦打破了歷史上由於歷代封建統治者採取民族壓迫政策及帝國主義的挑撥而造成的一些民族隔閡，特別是曾與入藏部隊及其他工作人員一起工作過的許多西藏藏族同胞，在開拓眼界、增長見識的同時，還與戰士們結下了深厚的民族情誼，如 1954 年 9 月間，參加修築康藏公路西段工程的藏族民工，在工程竣工返鄉之際與戰士們告別時所唱的《告別親人之歌》，即流露出了他們與戰士之間骨肉般的情誼。如：

　　　　雪山啊！／你為什麼如此高峻？／因為你，看不見親人解放

軍。//草灘啊！/你爲什麼如此寬廣？/因爲你，看不見親人解放
軍。//（《遙念親人》）

　　尼洋河上的深夜啊！/請你千萬再放長一點吧，/因爲我和親
人們，/還沒說完告別的知心話。//尼洋河的上的月亮啊！/請你
不要這樣快落向西山吧，/因爲我和親人們，/還沒流完告別的眼
淚。//尼洋河上的星星啊！/請你的光亮再多閃爍一會吧，/因爲
我和親人們，/還沒有跳完最後一圈合群舞。//尼洋河上的啼曉鳥
啊！/請你留點情面晚些時候再叫吧，/因爲我和親人們，/還沒
喝完那筒辛酸的告別酒。//尼洋河上的黎明啊！/你爲甚麼這樣不
懂得別人的痛苦？/親人呀，明天就要離別，/讓我們緊偎在一起
舉行碰頭禮。//〔註29〕（《尼洋河畔的深夜》）

　　與和平解放前相比，這一時期，世居於西藏域內的民族同胞到內地去的
人數也明顯增多，其中還有許多是由組織安排到內地去學習、參觀的勞動人
民。如徐官珠的《桃花林中的故事》中的主人公索朗即是由組織安排去北京
學習的下層百姓。另外，這一時期西藏與祖國之間聯繫的增強，除了世居西
藏域內的人們在西藏域外與內地人員之間的往來，及其在西藏域內與由內地
進藏的人員之間的往來明顯增多外，由內地進藏的解放軍戰士和其他工作人
員的存在，在其自身亦成爲西藏域內的人的同時，也使得西藏與內地及西藏
與祖國之間的聯繫進一步凸顯，特別是由於他們曾經的內地經歷或者說由內
地進藏的身份背景，使得他們對邊疆與首都、西藏與祖國之間的聯繫在心理
情感上是十分強烈和敏感的。由此，這一時期的西藏漢語文學在西藏與祖國
之間具有各種歷史與現實聯繫的表述中，除了政治關係的直接呈現外，文成
公主入藏、紅軍曾在藏區活動等歷史事件，西藏和平解放後全國人民支持西
藏，西藏人民在西藏域外與內地人民之間交往、及其在西藏域內與入藏部隊
和其他工作人員之間交往，從而結下深厚的民族情誼等的一些事實，以及由
內地進藏的邊疆工作人員對邊疆與首都、西藏與祖國之間的情感心理等，都
有一定的反映。

　　例如，文成公主進藏的史實，在徐懷中的小說《我們播種愛情》中即有
所涉及；紅軍曾在藏區活動的歷史，在徐懷中的小說《十五棵向日葵》、顧工

〔註29〕李剛夫整理：《康藏人民的聲音》，北京：作家出版社1958年版，第87頁、
　　　　83～84頁。

的小說《重逢》中有所反映；西藏人民在西藏域外與內地人民的交往，在梁上泉的詩《來自拉薩的客人》、陳希平的散文小說《司郎多吉》中有所反映。至於全國人民支持西藏建設的內容，除了在一些通訊報導或介紹性的遊記散文或其他報告文學中有較多的涉及外，在一些詩歌中也有所表現。如顧工的《共同的願望》：

　　　　我們的家鄉，有的在太原城郊；／我們的家鄉，有的在山東半島，／但我們也有一個共同的願望：／要讓藏胞的收穫日益豐饒，／要讓康藏像家鄉一樣的美好。／／〔註30〕

再如高平的《家鄉的回信》：

　　　　我常常給家鄉寫信……一直不見家鄉的回信，／我望著橋頭暗自心急。／／忽然從內地運來了打樁機，／人們像過著快樂的節日：／這是祖國製造的第一部！／快安裝啊！多上油啊！／快到河邊試試去！／／卡察，彭！卡察，彭！／……這座橋就要提前架好！／從拉薩就會直通北京！／對邊疆，這是多麼珍貴的禮物！／敬禮啊，親愛的工人弟兄！／／細細的看著機器，／鋼板上刻著字句，／我們念了一遍又一遍，／它確是家鄉的工廠造的！／／〔註31〕

　　其中，《家鄉的回信》一詩最初的緣起雖然表現為是對家鄉的一種思念情懷，但打樁機是由內地——家鄉工廠造的本身，即說明了祖國對西藏的支持。而西藏人民在西藏域內與由內地進藏的人員之間的交往則在許多作品中均有所反映，如民歌《歌唱華正和》、《兄妹友誼》、高平的詩《阿媽，你不要遠送》、顧工的詩《暴風中的女醫生》等，即有所涉及。至於由內地進藏人員對邊疆與首都、西藏與祖國之間的情感心理，我們可以從以下幾首詩歌中窺見一斑。例如，高平的詩《拉薩街上的春天》：

　　　　在一座寺廟門前，／人們擠著把樹苗挑選，／賣樹的喊：「要在全西藏百草生芽，／要種樹別等明年！」／／有一個發亮的播音喇叭，／正安裝在他們身邊。／雄壯的音響從拉薩上空，／飛向四周的群山：／「中央人民廣播電臺！」／這聲音多麼熟悉，／每天，它向邊疆的人們呼喊。／／賣樹和買樹的，／會心的笑了。／我非常明白，／他們是在說：／我們親愛的首都，／正向這裏播送著春天。

〔註30〕顧工：《喜馬拉雅山下》，北京：中國青年出版社1955年版，第44頁。
〔註31〕高平：《拉薩的黎明》，重慶：重慶人民出版社1957年版，第8～9頁。

//〔註32〕

在詩中，「中央人民廣播電臺」的呼號聲音，既是如此自然地使得詩人將邊疆與首都聯繫起來；同時，也反映了詩人由於身處邊疆而對祖國的強烈心理情感。再如楊星火的詩《在收音機旁》：

> 我攜頭看見樓上的燈光，／有一個人影在窗上搖晃，／在拉薩河上的深夜裏，／是誰獨自伏在桌旁？／／我輕輕的走上樓梯，／走向那扇紗窗，／啊，原來是一位女戰士，／靜靜的伏在收音機旁。／／窗內響著北京的聲音，／筆尖在紙上唰唰作響，／我低下頭深深思想，／啊！這裏工作著兩個姑娘。／一個坐在拉薩古城的小屋裏，／一個站在北京廣播電臺上。／／晚安，拉薩的女戰士，／晚安，北京的姑娘，／在這邊疆的深夜裏，／你倆悄悄的傳送著喜訊，／在黎明的時候，／這喜訊將和朝霞一起，／飛遍祖國邊疆。／／〔註33〕

僅僅是一個女戰士深夜在收音機旁聽著北京廣播電臺的廣播，便使得詩人情不自禁地將西藏與祖國、邊疆與首都聯繫起來，這種表現既可看作是詩人對捕捉日常生活細節的敏感，也可以看作邊疆工作人員由於身處邊疆而對祖國懷有的特殊敏感。另外，除了這些日常生活中的細節外，由內地進藏的邊疆工作者，其在一般的工作中，亦往往將西藏與祖國、邊疆與首都聯繫起來。如楊星火的詩《我是個高原汽車兵》：

> 我是個高原上的汽車兵，／奔馳在祖國邊疆。／不管風雪淹沒了道路，／冰雹敲打著玻璃窗，／不管草原上炎熱的中午，／森林中漆黑的晚上，／只要祖國發出一聲命令，／我就開著車奔向前方！／／我是個高原上的汽車兵，／奔馳在祖國邊疆。／我愛那北方城市，／也愛江南的春光，／祖國派我來到高原，／我就更愛這個地方。／我愉快地奔馳在風雪中，／就像奔馳在春天的道路上。／／我是個高原上的汽車兵，／奔馳在祖國邊疆。／我傳遞邊防前哨的喜報，／到祖國內地的城市和村莊；／再把合作社豐收的糧食，／送進邊防戰士的營房。／為了祖國和邊防戰士，／我願永遠奔馳在邊疆。／／〔註34〕

再如，高平的詩《珠穆朗瑪》：

〔註32〕 高平：《拉薩的黎明》，重慶：重慶人民出版社 1957 年版，第 25～26 頁。

〔註33〕 楊星火：《雪松》，上海：新文藝出版社 1957 年版，第 9～10 頁。

〔註34〕 楊星火：《雪松》，上海：新文藝出版社 1957 年版，第 61～62 頁。

　　　啊！珠穆朗瑪！／趁著祖國的十萬里春風，／從你的頭上飛過，／請收下邊疆士兵的歌。／／跨著你九層雲外的冰川，／每一個腳印都填滿快樂：／這裏是祖國的領土，／就是冷風也溫暖著士兵的心窩。／／我們在山石上磨亮刺刀，／我們把國旗插上積雪，／是你把我們高高舉起，／守望著無邊的山河。／／我們和飛騰的雲海一樣，／願意做你的衣裳，／我們和最勇敢的鷹群在一起，／把你當作家鄉。／／母親！和平！／珠穆朗瑪！天安門！／對於駐守在西藏的士兵，／四個名字一樣美麗！一樣響亮！／／黑夜，大雷雨響在山上，／你閃起耀眼的電光，／和北京燈火連在一起，／射向世界的四面八方。／／啊！珠穆朗瑪！／士兵們在吻你的白髮！／把胸前的勳章都獻給你，／和你共同堅持和平事業。／／〔註35〕

　　從上面兩首首詩中，我們既可以看到高原汽車兵及駐守西藏的邊防士兵們對於祖國的忠誠，也可看到祖國實際上是他們心裏的強烈寄託。其實，所謂的邊疆、邊防，其名稱之由，首先即是相對於國家或國家的中心而言的。如此，邊疆工作者、邊防戰士的身份本身即使之與國家情懷發生聯繫。而由於西藏特殊的社會文化和自然地理環境，如語言交流上的需要再學習及高原地域的廣袤和氣候的惡劣等，由內地進藏的人員往往需要戰勝更多的困難，並在個人日常生活和情感心理上需要承受住寂寞和孤獨的侵襲，其力量來源或心理寄託，在邊疆工作者、邊防戰士的身份暗示下，特別是在那一時代組織作用突出的情況下，自然容易將之與國家聯繫在一起。例如梁上泉的詩《孩子陪伴著我》：

　　　我在風雪高原開車，／從未感到寂寞，／北京來的兩個孩子，／永遠陪伴著我。……按照你倆的年齡，／也許已戴上紅領巾，／不然怎麼那樣懂事，／問題總提不盡。／／當車行進在達馬拉山，／道路在雲霧裏盤旋，／彷彿我聽見你倆在問——／叔叔，是不是在爬萬壽山？／／當車開過「高原上的江南」，／波密的桃花一望無邊，／彷彿我聽見你倆在問——／叔叔，是不是在遊北海公園？／／當車開過安錯湖畔，／湖畔美得像北京的春天，／彷彿我又聽見你倆在問——／叔叔，是不是到了中南海邊？／／孩子，我的心在解答著疑問，／手把方向盤就握得更緊，／這兒離首都還很遠很遠呵，／就

〔註35〕　高平：《珠穆朗瑪》，上海：新文藝出版社1955年版，第80～82頁。

應該工作得更加忠誠！／／為了康藏也為了祖國，／為了你們也為了
和平，／孩子，有你倆陪伴著我，／我的車就開得更快更穩……／／
〔註36〕

在這首詩中，汽車駕駛室內實際上並沒有小孩，那兩個來自北京的孩子
不過是車內懸掛著的宣傳畫中的形象，但即使是這樣，詩中的駕駛員卻似乎
感覺到他倆在向他問問題，由此，駕駛員心裏開始一問一答。而其答話的內
容，實際上正是他與國家發生著情感心理上聯繫的表現。這從「萬壽山」、「北
海公園」、「中南海」等地名中，即可看出。而當他聯想到北京進而聯想到國
家時，西藏和祖國的聯繫已在其情感心理上有了強烈的反映。

其實，作為國家表層同構來講，無論是文成公主入藏，還是紅軍曾在藏
區活動，其在客觀上無疑都強調或突出了西藏與祖國在歷史上的固有聯繫，
從而有利於對祖國——中國國家的認同與建構；而西藏人民在西藏域外與內
地人民之間，及其在西藏域內與由內地進藏人員之間的友好交往以及全國人
民支持西藏等的表現，其在對相關行為主體在國家建構過程中的現下動態性
參與進行了呈現的同時，無疑也是有利於對祖國——中國國家的認同與建構
的。例如楊星火的詩《拉薩橋頭》，其在突出各族人民深厚友誼的同時，即直
接將其引向了國家的認同與建構，如：「這橋是用最珍貴的東西修成，它比鋼
鐵更堅固更漂亮，／那就是各族人民深厚的友誼，／和建設祖國偉大的力
量……」。〔註37〕至於由內地進藏人員對西藏與祖國之間聯繫在心理情感上的
強烈和敏感反映，更是直接突出了祖國——中國國家的在場，從而加強並凸
顯了西藏與祖國之間的聯繫。例如，高平詩中的邊防戰士將「珠穆朗瑪！天
安門！」直接相連，梁上泉詩中的高原汽車兵將其志願表達為「為了康藏也
為了祖國」，及其他作品中一些邊疆工作者以西藏為家、投身西藏建設、駐守
邊疆、保衛國防的反映等，即是如此。

三、對特務土匪的破壞及對其清剿的反映

正如我們前面已經指出的，囿於特定時代社會政治背景下統一戰線和階
級規避的政治需要，西藏上層分裂祖國、破壞「十七條協議」的分裂行為，
在這一時期的西藏漢語文學中是沒有得到直接或集中表現的，但具有美蔣及

〔註36〕梁上泉：《喧騰的高原》，北京：中國青年出版社 1956 年版，第 40～42 頁。
〔註37〕楊星火：《雪松》，上海：新文藝出版社 1957 年版，第 36 頁。

其他帝國主義支持背景的特務或一般土匪的破壞是有所表現的。關於這方面的內容，我們以顧工的《森林中的火光》、柯崗的《金橋》、陳希平的《羚羊角》為例進行說明。

《森林中的火光》是顧工創作的一部獨幕話劇，載於《西南文藝》1955年9月總第44期。劇作的主要內容是：藏族民工與解放軍戰士們在森林中伐木，特務裝扮成測量隊隊員，企圖燒毀這些將要用於康藏公路修築的木料及挑起藏族民工內部的鬥爭，但張連長已收到公安局轉來的材料，知道這個所謂的測量隊隊員不過是特務裝扮的，但為了找出特務的同夥，張連長等暫時沒有將其揭穿，最後，這個「測量隊員」及其同夥多西，一齊被捕獲。

《金橋》是柯崗創作的一部反映康藏公路修築情況的小說，1957年由上海新文藝出版社出版，共分三部。我們這裏僅談其第三部《穿過雲雨和森林》中有關「啞巴酒店」的情節。某日，山頂上突然向工區孤零零地跌落下一塊很大的卵石而不是風化石。這一情況引起了團黨委的重視，並將之與近來在工地上有關不可能修通公路的謠言聯繫起來。最終，經營「啞巴酒店」的啞巴老闆和其漂亮的「妻子」敦瑪被證實是特務並被抓獲。其老闆莫薩楊岡，在被抓獲之初曾編造謊言說他也不知自己是哪個國家的人，大概他的父親原是後藏阿里大山塢的一個牧人，在邊境上和一個女人結婚後生下了他。他從小即被一個德國大將買去當兵，曾替德國打過仗，又曾當過美國兵，隨法國在越南也打過仗，最後在香港一所美國人辦的學校裏學習，經加爾各答到拉薩，在一家呢絨店住下，後被逼到這裏假裝啞巴，他的「妻子」敦瑪和別的人，都是他在拉薩呢絨店裏才見面的。然而，將之送交拉薩公安機關後，證實他的真實姓名叫張申功，是十幾年前跟隨蔣介石的官員到拉薩來的職業特務。其「妻子」敦瑪，真實姓名叫楊春華，是山東沿海地帶一個惡霸地主的兒媳婦，他的男人在臺灣情報機關工作，她本人曾在美國辦的特務學校訓練過。那天山頂上突然掉下來的卵石及工地上四起的謠言，都是他們所為。

《羚羊角》是陳希平創作的一篇短篇小說，載《文學》1956年第7期。小說的主要內容是：參加築路的伊西卓瑪患了嚴重的傷寒病，醫助孫衡冒著風雪到她的帳篷裏去進行治療，在其悉心治療下，伊西卓瑪的身體漸漸恢復。為了感謝孫衡，伊西卓瑪想送孫衡一支羚羊角，但當她騎馬到部隊去探望時，卻沒有找到孫衡，只好失望而回。一次，伊西卓瑪的父親杜吉上山打獵，意外見到被鐵鏈鎖住的孫衡，原來他在照護傷員到新工地的途中，被土匪劫持

到了這裏。當時只有 1 名土匪看守著他，於是老獵人和孫衡一道打死了這個匪徒。老獵人要孫衡和他一起離開，但孫衡知道土匪已分頭去準備今晚要炸毀 132 號大橋，為了徹底消滅土匪，孫衡決定留下來穩住他們。於是杜吉把匪徒的屍體扔到山溝後，獨自趕到部隊去送信。最後，騎兵班趕來營救，伊西卓瑪亦隨後前往。

　　通過以上內容簡述，我們可以看到它們都涉及到了特務、土匪的破壞。其中，對於特務的身份背景，除了《金橋》中有明確交代是具有美蔣背景外，其他兩部作品較為含混。例如，在《羚羊角》中，除了對匪徒的陰暗心理和圖謀等有所敘述外，如：「公路一天天的伸展著，給匪徒們帶來了很大的刺激和不安，他們不僅仇視這偉大的建設工程，而且要想方設法進行破壞。昨天一個罪惡的詭計在這裏通過了，今天晚上，他們要去炸毀一百三十二號大橋，所以今天他大清早起，他們就分頭去進行這陰謀的活動了。」基本沒有匪徒的身份背景說明。而《森林中火光》與之相比，其在具體的對話中略有顯現，如：

　　　　多西：（露出一絲驚喜）啊！是您！太陽底下出現了一隻蝙蝠，真是出乎我的意外，也真是使我高興。可是我現在不知道該怎麼稱呼您。

　　　　測量隊隊員：我今天臨時的職務是森林測量隊隊員，我今天姓王。

　　　　多西：那麼我就管您叫王同志了，可是我記得三個月以前，我對您的稱呼還是劉先生。

　　　　測量隊隊員：啊！我佩服你的記憶力，那好像是在城裏一個又黑暗又陰森的地下室裏。

　　　　多西：一點也不錯。王同志。記得那一次臨別時，你是打扮成一個貧苦的牧民；今天，你以完全不同的身份出現在我的面前，彷彿是從地底鑽出來的一樣。怪不得昨天有人告訴我，這幾天就要有新人來接頭，沒想到是老相識，請問，帶來了什麼新的指示。

　　　　測量隊隊員：（摸索著拿出煙盒，從盒裏取出煙捲，在手中揉了揉，但沒有吸。他剝去了兩頭的煙末，撕出一個紙卷）這是白維斯牧師直接下給我們組長的指令。

　　　　多西：白維斯？就是那個曾經在巴塘的天主教堂裏講道的慈眉

善目的牧師嗎？

　　測量隊隊員：是的，根據今天國際形勢的需要，他便從慈眉善
　目的牧師變成了我們的高級指揮官，正像我從一個貧苦的牧民，變
　成了森林測量隊隊員，那是一樣的原理。（他枯燥地笑了兩聲）

　　從這一對話裏，我們大約可知「測量隊隊員」和多西均是職業特務，而
白維斯，牧師的身份，又隱指其可能具有國外背景。另外，我們從劇中的另
一段對話：

　　多西：（歎息中含著隱約的反譏）是啊！從紐約到臺灣，有多少
　人在想切斷這條公路啊！

　　測量隊隊員：組長不是傳達得很清楚嗎：共產黨要是修起了這
　條飛躍世界屋脊的國防公路，也就等於是在東南亞修起了一道比喜
　馬拉雅山還要堅固的防禦工事。所以，我們決不能等到將來，將來
　要用三萬門榴彈炮，也是摧毀不了的，我們只有利用現在——。

　　也或可推測其可能是具有國外背景。如此，「測量隊隊員」和多西似乎應
是有國外勢力支持背景的職業特務，不過，劇作始終是沒有具體交代的。這
樣，三部作品相比較，其中的特務、土匪在具體的身份背景上，顯然是隱顯
不一，但它們也有共同的特點，即都沒有明確指向西藏的上層。這可以說是
這一時期西藏漢語文學大多數作品在涉及到有關特務、土匪內容時的一個共
通表現。這一點從顯在規約的角度，可以看作是階級規避的反映；而從隱在
規約來看，則可視為國家同構的反映。一方面，特務、土匪身份背景的不明
確，使得其文本的具體所指有所含混，不容易刺激西藏上層，這在當時西藏
的社會政治背景下，是有利於國家的統一和民族的團結的；另一方面，特務、
土匪的美蔣或國外勢力支持背景，在突出蔣介石政府與美帝國主義等國外勢
力相勾結的同時，亦使得階級矛盾隱藏在中國與外國、中華民族與外民族的
民族矛盾之中，而這一蘊含階級矛盾的民族矛盾在突出新中國國家與帝國主
義性質不同的同時，亦強化了共同體在自我識別的過程中對其他對象的區別
與辨認，其在客觀上是有利於共同體的內部聚合，從而有利於新中國國家的
統一與團結。而事實上，以上三部作品在反映了特務、土匪的破壞的同時，
亦無一例外地在文本的敘述中具有對中國國家的認同與建構指向。例如，在
《森林的火光中》，朗傑對多西的挑撥即說道：「啊，那我還可以原諒你。
你接近解放軍的時間太少，所以你還什麼都不懂，你連你為什麼來修路，為

什麼來砍樹，你都不懂。你要是不懂，就一定要閉上嘴。現在聽我來告訴你：紅旗是代表著祖國；紅花是代表著讚美，得到了它，我們就好像是得到了祖國的讚美。好像是祖國在對我們說：你們在建設西藏，建設自己的家鄉中，是出了力氣和智慧的。」

「測量隊隊員」被抓獲之後，張連長和紫仁、巴桑等之間亦有這樣的一段對話：

張連長：（鄙棄地）算了，算了，乖乖地靠邊站著吧！你早就沒有資格大喊大叫了。把腦袋弄清醒點吧！這裏已經不是你們的天下，這裏是中華人民共和國的西藏。（他登上一塊較高的岩石）伐木組的藏族同胞們：這張骯髒的紙條，是特務分子寫的，他們說：要燒掉我們的木料，要掀起鬥爭……。

紫仁：（激憤地）他敢來燒我們的木料，那就先把他自己，像木料一樣地來燒掉吧。

巴桑：哼！他們還想來掀起鬥爭？我要叫他們弄明白，我們要對誰作鬥爭。

姑娘乙：（責怪地）你剛才對著我們小組，差點兒把刀子都要拔出來了。

巴桑：可是我把刀子拔出來以後，我要對著誰？我要對著這些存心破壞我們的特務分子啊！

張連長：對，我們的刀子尖永遠是對著我們共同的敵人。

再如，在《金橋》中，當特務被抓出來後，作品亦寫道：「活生生的敵人，讓紐梅和一般藏民從心裏消失了對『魔鬼』的恐懼，給戰士們增加了無比的仇恨和力量。他們好像一下子變成了三頭六臂的巨人，恨不得一天把路修通。宋範西向班長正式承認了錯誤……現在，他們已經更親切的感覺到，他們不是在修路，而是和從前一樣，白刀子進去，紅刀子出來的和敵人格鬥著。他們又一次的親眼看到惡霸地主、蔣介石和美國鬼子，這些死不甘心的強盜，是怎樣枉費心機，破壞著祖國的社會主義建設事業。並且更無恥的企圖用他們的偽裝，破壞我們民族之間……的關係。」

而在《羚羊角》中，作者寫到孫衡得悉匪徒們要炸毀 132 號大橋之後，即有這樣一段敘述：「孫衡今天特別焦急，他雖然沒有親身參加一百三十二號大橋的修建，但是，他知道，在這個浩大的工程上，國家所付出的力量是多

麼巨大啊！」

從以上所舉的這些相互關聯的敘述中，我們可以看到，特務、土匪的破壞雖然針對的都是一些具體的工程或目標，但在作品的敘述中，作者並不只停留於這些表面的破壞行為上，而是將其引申到對國家的破壞或對民族團結的破壞，如此，當特務、土匪的真實身份被識別、破壞活動被制止，他們自身也最終被清剿或被抓獲時，人們也自然即從這些特務、土匪的破壞行為中認識到要更加愛護祖國、維護民族的團結，由此，對於中國國家的認同與建構即已隨之發生。

四、對西藏人民保衛祖國、抗擊外國入侵的反映

一般來講，外國侵略勢力的入侵是最容易激發和喚醒一個國家國民的集體國家意識的，而對外國侵略勢力入侵的抵抗，也是其國家意識最為強烈、最為集中和最為突出的展現。在對外國侵略勢力進行抵抗的同時，其內部的凝聚力不僅會得到進一步的增強，而且共同的外部壓力、共同的命運、共同的抗爭，還將使內部成員屬於同一共同體的身份得到進一步的確認和凸顯，並在這識別與認同的過程中進一步進行共同體的建構。中國自近代以來，飽受帝國主義欺凌。當 1840 年英國發動罪惡的鴉片戰爭時，這股淩肆東南的狂風即於 1841 年繞襲到了西藏阿里；而隨著滿清王朝的日益腐朽，1888 年和 1904 年英帝國主義更是兩次武裝入侵我西藏。但是，兵侵則拉里，沒有威嚇退英勇的西藏人民；可恥的曲米辛谷大屠殺，迎來的是西藏人民更為激烈的反抗。雜昌谷血戰、帕拉村伏擊戰、乃寧寺阻擊戰、江孜宗山保衛戰，一次次的浴血、一次次的抗擊，西藏人民用鮮血和生命保衛著祖國、保衛著家園，在中國近代史上譜寫了一曲可歌可泣的愛國主義壯歌。為此，僅以英國入侵西藏及西藏人民抗擊英國入侵的史實來說，這一時期的西藏漢語文學中的小說、詩歌、散文、戲劇等藝術形式，對之即均有不同程度的涉及。小說如徐懷中的《我們播種愛情愛情》、胡奇的《五彩路》；詩歌如楊星火的《山崗上的字迹》、高平的《梅格桑》，散文如陳家瓏的遊記《西藏山南區遊記》、王大純等的《在康藏高原上》，戲劇如劉克的話劇《一九〇四年的槍聲》等。在這裏，我們僅以楊星火的《波夢達娃》和劉克的話劇《一九〇四年的槍聲》為例，對這一時期西藏漢語文學中有關西藏人民保衛祖國、抗擊外國入侵等內容的反映，從國家表層同構的角度作一說明。

　　首先來看楊星火的《波夢達娃》。其中「波夢」為藏語女孩的音譯，「達娃」為月亮之意，「波夢達娃」即月亮姑娘。該詩初載《人民文學》1957 年第 2 期時誤作「波蘿達娃」。

　　長詩的主要內容是：在解放軍邊防戰士即將駐防格林村的前夜，村裏舉行舞會慶祝，大家沉浸在幸福與歡樂之中。時間過去，月兒西沈，人們漸漸散去。達娃與雪康依偎在枝條低垂的柳樹下，草原上響著他們的笑聲。忽然遠處傳來一陣緊急的牛角聲響，全村的人都趕回了剛才跳過舞的地方。村長對大家講，國境線上的界碑不知被誰由村南移到了村北。聽到這個消息，人們非常憤怒，呼吼著要把界碑立即搬回。但這時，在界碑旁做買賣的茨仁把一隻死鳥扔在地上，在鳥身上還插著一根箭，上面寫著：「挪動界碑是神的意旨，誰敢搬回來，就叫他像這鳥一樣死亡。」為此，人群中突然變得混亂起來，但達娃卻勇敢地走上前去，一下把那支箭扔到柴火上，對大家說，這不會是神的意旨，因為神不會叫人們把祖先遺忘，不怕死的就和她一起去搬回界碑。說完她舉起火把就跑，一群年青人也緊跟著火光飛奔。達娃的愛人雪康亦飛快地追向達娃。到了界碑前，雪康發現有人在拆橋樁。他舉起獵槍射擊，只聽見有人咕咚一聲落下水，之後就再沒有聲響。在月光下，大家看到界碑上有兩行字，上寫：「誰的手第一個碰上界碑，立刻就死在界碑旁」。達娃低下頭，看著她腰間阿爸洛布丹遺下的刀在閃光。12 年前，在一個狂暴的風雪夜，一群外國強盜闖過界碑，衝開了達娃家的羊欄，擄走了達娃的阿媽。之後，阿爸只找回阿媽沾滿血跡的衣衫。在一個明亮的月夜，阿爸拿著利刀摸到架在達娃家帳篷前的外國軍營。他刺死一個哨兵之後，換上了他的衣裳，緊緊站在崗哨上面。軍營裏出來一個他殺一個，半夜他殺了 23 個。第 24 個走出兵營時，阿爸舉刀砍去，刀卻突然斷成兩半。黎明，阿爸的頭掛在敵人軍營前。第二天夜裏，爺爺背回了阿爸的屍首，也帶回了染著敵人血跡的半截刀。這刀從此就掛了達娃的腰間。站在界碑前的達娃，看著阿爸洛布丹遺下的刀，她突然抽出刀大步走向前，彎下腰來用那把刀挖掘泥土。雪康亦跑上前來抱著界碑使勁搖晃。他剛把界碑從地裏拔起，一顆子彈飛來，達娃的鮮血濺在那潔白的界碑上。界碑後人影晃過，原來是茨仁。雪康拿著槍緊緊向他追去，小夥子們也呼喊著追向遠方。爺爺抱著孫女達娃，淚水滴在她蒼白的臉上。一支隊伍向界碑跑來，領頭的是邊防軍的連長。爺爺手指著茨仁逃跑的方向，立刻，槍聲響徹了格林村莊。達娃犧牲了。三天後，在國境

線上從前立著界碑的地方，高聳著一座雕刻了達娃的石像。在石像旁邊站崗的邊防戰士中，有一位名字叫雪康。

　　從上面的簡述中我們可以看到，達娃姑娘是為了維護祖國的領土而犧牲在敵人的槍下的。這一敵人是誰呢？雖然作品中向達娃開槍的是茨仁，他到底是受誰的指使，才有這樣出賣祖宗的的舉動，作品中沒有具體說明，但是從作品的有關敘述中，我們可以看出「他」不僅與國外可能有頻繁的交往，如茨仁是一個在界碑旁做買賣的人，也即暗示他可能與國外有著頻繁的交往，而且他對於國外的生活物品也是極為崇仰的。例如，詩中寫道：「『啊，我的小白羊，／把姑娘的話記牢，／外國的水草再甜，／不如咱格林村的水草甜，／咱家鄉的水草絕不讓給別人，／別人的水草咱們也不要！』／／『說的多好聽呀！／我的菠蘿（夢）達娃，／你的聲音，／像這春天的黃鶯！／你看，我這隻外國的寶石戒指多美呀，／你要不戴十個手指都會發疼！』／／菠蘿（夢）達娃連頭也沒擡，／一聽就是茨仁那討厭的聲音。／『哼，別的男子都像駿馬日行千里，／你卻像隻蚊子成天盯著姑娘們！』／／『我的達娃啊，／你的臉兒像熟透的蘋果，／你身上就像撒了外國香精，／只要你願戴上我的寶石戒指，／我寧願變成你身旁的小蒼蠅。』／／」這樣，雖然作品中沒有指出是誰指使茨仁槍殺達娃，但是，所有的文本細節，都透露出其可能與國外有著千絲萬縷的瓜葛。而且，若聯繫起達娃父親的死因，那麼，文本中的敵人，無疑是指向出賣祖國利益，背叛祖國的叛國賊，及外國侵略勢力的。由此，達娃的犧牲既是其保衛祖國的愛國主義行為的直接表現，即對國家進行建構的表現，也是其對國家表示認同的反映，而這種文本中的國家同構作為文本的社會性存在而言，除了一定程度上反映了創作者自身對於國家的情感心理及行為表現外，它給人們帶來的閱讀效果或心理影響，無疑是有利於激發起人們的愛國意識，並將仇恨指向外國侵略勢力，從而強化對祖國——中國國家的認同與建構的，這就更不用說，文本中的諸多直接敘述，如——「格林村的人，／永遠是中國人，／美麗的格林村，／永遠是中國的村莊！／／」「走啊！，走上前去！／把界碑搬回南方！／洛布丹的女兒，／要死也死在中國的土地上！／／」「走啊，走啊！／走上前方！走上前方！／把界碑搬回南方，／格林村永遠和中國在一起！／中國的邊防軍，／一定要站在格林村的土地上！／／」，等等，還對祖國——中國國家進行了直接的認同。

　　現在我們來看劉克的《一九〇四年的槍聲》。該劇共分五場六幕，初載於

《人民文學》1957 年第 3 期。我們先分幕介紹其大致內容：

第一幕，時間是 1902 年 7 月，地點是錫金（哲孟雄）大吉嶺。中印度政治委員榮赫鵬來到錫金政治長官懷特的寓所。他要懷特幫他找見拉薩扎蟒寺（哲蚌寺）的一個日本喇嘛，此人叫玄弘。榮赫鵬知道他根本不是什麼修行的佛家弟子，更不是扎蟒寺的得道高僧，而是供職於日本帝國陸軍參謀部的特務。1892 年榮赫鵬曾在上海見過他。他要收買玄弘手中的有關情報，供英國入侵西藏之用。在懷特的寓所，榮赫鵬最終見到了玄弘，並與其就英、日、俄等對西藏的爭奪表現，進行了無恥的交談。同時，他還帶走了兩個人，一個是懷特的藏族女侍者曲貞，一個是懷特才抓到的藏族青年牧人立馬。立馬在本屬於中國的地界給老爺牧羊時，被懷特派人搶走了羊群。為此，他反穿皮襖躲在羊群裏，用繩子帶著石頭擊打懷特的士兵，後被發現抓住。懷特逼其說出搞毀界碑的主使者，以便以清政府的挑釁為由頭，好讓英國有充分的理由佔領西藏的亞東和帕里。但在拷打之下，立馬並不屈服。他堅持說那個地方自古以來就是西藏的地方，大皇帝與英國簽約一定沒派人到康巴來看。懷特原想槍斃了他，但榮赫鵬希望懷特能將此人作為標本送給他，因為他想觀察分析一個典型的普通西藏青年，在他所謂的優越的英國生活方式下，思想感情的變化和發展，進而使立馬能因此變成半個英國人。榮赫鵬認為這是大英帝國在西藏未來官員訓練班的開始。雖然懷特認為對付野蠻民族最好的辦法，是監牢和鞭子及有時裹上點糖和微笑，但最後他還是把這兩人都交給了榮赫鵬。

第二幕，時間是 1903 年 6 月，地點是印度西姆拉。在榮赫鵬的郊區別墅裏，榮赫鵬將懷特召來商討入侵西藏。此時，榮赫鵬已被英方任命為對藏全權公使，懷特為副使。玄弘因日俄爭鬥等因，已與榮赫鵬勾結一處。榮赫鵬決定由玄弘帶著史威爾博士試製成功的鼠疫罐頭到拉薩，以便需要時打開，讓拉薩變作一座死城，而早已被英方收買的唐澤寺活佛和管家下仲拉將在拉薩聽候玄弘的命令。曲貞聽得這一消息後心急如焚。她請求立馬回到西藏去報告有關消息，並讓他去找鐵路工人蔡伯。蔡伯和他的妻子都是中國人，蔡伯有辦法把立馬帶出印度，曲貞曾將有關情況告訴他們。而立馬這兩年雖然在榮赫鵬所謂的文明方式的調教下，行為舉止有所改變，但其對西藏、對家鄉始終有著深厚的感情，特別是當其聽到他所喜歡的曲貞的阿爸，原來是為了抵抗英國鬼子入侵西藏而死的情況後，決意回到西藏去。史威爾博士聽到

了曲貞和立馬的談話。立馬在除掉史威爾後立即出發。

第三幕，時間是 1903 年 12 月，地點是西藏拉薩。因英國軍隊已侵佔帕里，並扣留了三大寺和札什倫布寺的代表，代本拉丁匆忙來到衙門府要見駐藏大臣有泰。然而這位新任駐藏大臣不僅在由內地到西藏的路上就走了 1 年，而且到任 10 天後，衙門府中仍高歌狂宴。面對英軍的步步緊逼，在有泰未到之前，前任裕綱曾代表僧俗大眾上了一張公稟。公稟對英軍犯界痛恨已極，如英軍不退根本無會商之餘地；並聲稱要就舊有藏兵之上，派調各處營官屬下之士兵，及後藏江孜番營官兵，即向各緊要地方分起前往。並請求康定各漢屬兵丁前來協助抗英。為此，知府何光燮向有泰建議依仗藏兵，暫時阻過英軍，並立即請旨速調川康而下之各營漢兵五千人，前來協同以禦英軍。但有泰顢頇自大，朽聵之極，不僅對西藏人民的抗英鬥爭不予支持，將西藏各地的積極備戰斥為「番蠻自不量力」，而且還下令撤調邊務委員以取悅英方，並傳令若三大寺和噶廈代表請戰而來，即以其飲酒過多身體不適，避而不見。此時玄弘與下仲拉接到英方通知，決定當晚打開鼠疫罐頭。回到西藏的立馬被當作奸細由拉丁帶到拉薩。拉丁本希望能由立馬當面向有泰告知有關情況，但有泰全不關心，一聽是奸細，當即下令綁去砍了。看守巴桑好意放走立馬，但立馬拼了腦袋也要見有泰，途中遇到玄弘。玄弘已知立馬殺史威爾之事，大喊奸細在此。立馬雖對眾人揭穿玄弘才是真正的奸細，並說玄弘要用一種細菌把拉薩人都毒死，但醉酒的游擊丁文通怒斥這些人在此吵嚷，說讓有大人知道，把他們都抓起來。眾人一鬨而散。巴桑欲再次放跑立馬，被拉丁發現。但拉丁佯裝未見奸細，讓巴桑與立馬去把情況弄確實，晚上回來見他。二人追蹤玄弘到小昭寺旁的一所民房內，放火燒掉細菌罐頭，並燒死了玄弘。小昭寺民房起火之事傳來，有泰正與何光燮商議如何給榮赫鵬去一語氣和緩的照會，下仲拉來到府衙請求捉拿兇手，有泰表示一定要嚴辦。此時，探馬傳來消息：英軍已越過帕里 80 餘里，向江孜疾進，藏兵 1,000 多人正前往迎敵。

第四幕，第一場，時間是 1904 年 5 月。英軍在曲眉仙廓對藏兵進行大屠殺後，已抵達江孜。榮赫鵬與懷特商議如何處置 200 多俘虜，決定於夜裏 3 點鐘將其全部殺掉。下仲拉將日喀則方面連夜趕來 400 多民兵準備偷襲英方之事告知榮赫鵬。榮赫鵬打電話安排部署。額康諾跑來報告俘虜全跑了。原來作為隨軍醫務人員的曲貞從艾迪處知道榮赫鵬要殺掉俘虜的消息後，便幫

助大家逃離，並引爆了火藥庫，切斷了電話，但不幸被英軍抓住殺害。立馬與眾人前來偷襲，榮赫鵬和懷特狼狽逃出。

　　第二場，時間是 1904 年 7 月之夜，地點為江孜炮臺。拉丁與立馬等抗英勇士被圍困在炮臺之上。此時眾人堅守炮臺逾數十日，已是疲乏之至，糧彈俱乏。村裏給炮臺上送糌粑和水的人亦被英軍殺害。立馬從英軍抓了一個俘虜上來，原來是印度老頭艾迪。從其口中得悉，拉薩派出了和談代表，奉有泰的命令，還帶了幾百頭牛羊慰勞英軍。立馬認為，除了用刀撐英國鬼子出去外，他們是決不出西藏的，幾百隻牛羊是不可能鬧他們出去的。此時，傳來丁游擊大人駕到的喊聲，但英軍炮聲的卻沉重地響起來，而且炮聲越響越激烈，炮彈在炮臺附近爆炸，眾人憤怒地拔刀向英國鬼子衝去。

　　第五幕，時間是 1904 年 8 月，地點是拉薩郊外某處。逃出來的巴桑、丹增、立馬來到了拉薩郊外。丹增要砸碎自己的火藥槍，被立馬攔住說：「我們還需要槍。」巴桑亦激憤地說道：「我們不能讓英國鬼子佔領西藏，我們不能放下槍。」這時，悲壯的海螺聲與鼓聲交響，歌聲昂揚。（幕落）

　　從以上分幕介紹中，我們可以看到，劉克的劇本主要是對英帝國主義武裝入侵我西藏的可恥行為及西藏人民抗擊英帝國主義英勇壯舉的反映。其中既存在著文學上的藝術表現，也有著大量史實的反映。從近代以來帝國主義對我國的入侵來講，事實上，在 1840 年至 1949 年的中國近代史上，帝國主義侵略勢力給中國製造的深重災難，是包括西藏人民在內的全體中國人民均深受其害的，如 1840 年英帝國主義發動的鴉片戰爭及 1888 年和 1904 年對我西藏的兩次直接武裝入侵，即是如此。而西方帝國主義列強對包括西藏在內的我國其他地區的侵略，亦不過是其對中國總體侵略計劃的一部分。例如，1841 年，英帝國主義唆使道格拉森軍對西藏阿里地區的侵擾，實際上即與其在 1840 年在我國東南沿海發動的鴉片戰爭是有關聯的，二者均是英帝國主義發動的侵華戰爭的一部分。而 1886 年，英人對緬甸的統治之被承認，正是清廷以之作為馬可勒中止入藏的交換條件。而正是隨著滿清王朝的進一步腐朽和頹敗，1888 年和 1904 年，西藏地區才兩次遭到英帝國主義的武裝入侵。由此可見，不獨西藏地區面臨帝國主義的侵略與祖國其他地區面臨帝國主義的侵略是連為一體的，而且整個中國所處的各種內外壓力的具體環境與西藏所面臨的各種帝國主義勢力的侵略也是息息相關的。比如英、俄之間在西藏地區的戰略較量，雖然有著他們各自在世界範圍內利益爭奪的考慮，

但只要他們涉及對西藏地區的任何侵略計劃，均不可避免地必然是以中國這個整體爲其基本參照的。爲此，包括西藏在內的整個中國及西藏本身，實際上是一體同氣地均面臨著共同的外部壓力，有著共同的外部敵人。而這種共同的外部敵人——西方帝國主義列強——無論其本身之內又有著怎樣不同的勢力集團的區別，其對於西藏及中國其他地區進行的各種角逐，亦始終是以中國爲其瓜分、肢解、掠奪的總對象。如此，這一時期西藏漢語文學中對英帝國主義入侵西藏及西藏人民抗擊英帝國主義的反映，不僅從史實來說，是對那段歷史事實的客觀展現；而且，從國家同構的角度來說，它還是對祖國——中國國家，近代以來在帝國主義列強欺凌下，共同外部壓力、共同命運、共同抗爭的一種突出與強化。例如，劉克劇本裏何光變在與有泰的一段談話中，說道：「說起來也的確令人憤慨。國事糜爛，洋人欺我貧弱，跋扈囂張競相前來，得寸進尺蠶食鯨吞，各地賠款不可終了，西藏雖荒蕪千里亦不能幸免……」即反映了整個中國面臨列強欺壓的事實。而劇中沒有直接出場的蔡伯，以及曲貞直接對榮赫鵬回答道的：「誰？誰？我要誰主使？我是憑著一個西藏人的良心！中國人的良心！」亦無不顯現了祖國——中國國家的在場。而所有這些帝國主義對中國的入侵以及對這種共同的外部壓力的反抗，及其在文學中的被反映，反過來亦強化了中國這個歷史鎔鑄的統一體的內部聚合。如此，我們亦可看出，這一時期西藏漢語文學中對西藏人民保衛祖國、抗擊外國入侵的反映，實質上亦可視作對國家表層同構的表現。當然，在對祖國——中國國家這一具有主權的社會組織、政治共同體——機構進行或表現出了表層同構的同時，許多作品不同程度上亦是體現出了對國家的深層同構的，下面一節我們即對其有關表現進行論述。

第二節　深層同構

國家深層同構，實質上是對國家階級關係的同構，也即對何種階級居於統治地位、何種階級居於被統治地位的認同與建構。1949 年 9 月 29 日中國人民政治協商會議第一屆全體會議通過的在當時起臨時憲法作用的《中國人民政治協商會議共同綱領》中規定：「中華人民共和國爲新民主主義即人民民主主義的國家，實行工人階級領導的、以工農聯盟爲基礎的、團結各民主階級和國內各民族的人民民主專政」，1954 年 9 月 20 日第一屆全國人民代表大會

第一次會議通過的《中華人民共和國憲法》中規定：「中華人民共和國是工人階級領導的、以工農聯盟爲基礎的人民民主國家」。這即表明，在我國的階級關係中，工人階級應是領導階級、工農聯盟是它的基礎，我國實行的是大多數人對少數人的專政。因而，我國的國家同構——階級關係的同構——即推翻一切剝削階級的人民民主專政、大多數人對少數人專政的同構。這樣，國家深層同構實際上也就轉化成對人民民主及其主體——廣大勞動人民的認同與建構。然而，客觀上講，由於在政治制度上這一時期西藏原有的政教合一的封建農奴制度得以保留，在生產關係上沒有進行土地改革、社會主義改造及人民公社化等與生產資料佔有直接相關的社會革命，意識形態上也沒有進行階級鬥爭的宣傳，西藏人民對於國家性質中的人民民主的認同，主要是通過進藏部隊和其他工作人員模範執行「十七條協議」而實現的，而西藏人民對新中國國家階級關係的建構則主要體現在其協助解放軍進軍西藏、鞏固國防等擁護「十七條協議」的行爲上。由此，這也使得這一時期西藏漢語文學作品中的國家深層同構表現，大都與對解放軍解放西藏、進軍西藏、建設西藏及西藏人民與由內地進藏人員之間友好關係等的敘寫相關聯。同時，正如我們前面已經指出的，由於特定時代社會政治背景下統一戰線的需要，這一時期西藏漢語文學在涉及到有關階級的內容時，是進行了相應規避的，因此，這一時期西藏漢語文學對國家階級關係的同構，在其具體的呈現方式上，也有著階級規避的表現。

那麼，這一時期西藏漢語文學是如何進行國家深層同構的呢？大致來講，除了涉及到西藏和平解放前的一些情況外，其對於國家階級關係的關聯、指涉，在階級規避的情況下主要是表現在以下三個方面：（一）對勞動人民及勞動本身的讚頌；（二）對西藏和平解放以後，西藏物質建設的發展變化及西藏人民切身享受到的各種實惠和新人新事的反映；（三）對由內地進藏人員與世居西藏域內人民互相支持、彼此幫助、眞誠信任、親密友好關係及無私奉獻精神等的反映。以上三個方面的內容，雖然沒有直接表明生產關係，但與人民民主的階級關係是有關聯的。如對勞動人民及勞動本身的讚頌，即說明勞動人民是社會的主體，在人民民主的新中國，勞動是光榮的，勞動人民不再是低賤的、受歧視的，而後兩個方面在說明民族與民族之間是平等的同時，也表明人民民主新中國不是爲少數上層統治者服務的，而是爲廣大人民服務、爲百姓利益著想的，是人民自己的國家。當然，限於時代和歷史的原因，

以及作家個人對人民及民主理解的不同情況，在具體的作品中，其各自的國家深層同構表現並不是完全一致的，但他們對新中國人民民主行為主體——勞動人民的建構，無疑均包含著對勞動人民的肯定，也即認同的，雖然這種認同有可能在建構過程中有所偏離或產生新的認同需要，但對勞動人民的認同無疑是其對勞動人民建構的基礎。如此，具體作品中有關情節及環境和人物的設置如建設場景或勞動人民形象的突出，及作家創作之初對有關勞動人民或相關題材的偏側等，既是作家對新中國國家階級關係認同的一種表現，也是其參與這種關係建構的一種反映。而其文本意蘊之內對國家階級關係的建構，雖然有可能偏離當時的階級關係，或對這一階級關係的建構有著負面的影響，或有著更為豐富的文本指向，或產生新的對立統一認識，如徐懷中的創作從《我們播種愛情》到《松耳石》再到《無情的情人》，其在對人性與階級性之間的矛盾呈現得愈來愈直接、愈來愈突出、乃至於愈來愈偏狹與針鋒相對的同時，即使我們在生產關係之外，對國家階級關係中人與人的關係及人自身的情感心理或人性產生多方面的聯想與思考，但無論怎樣，從國家階級關係的深層同構來講，這三部作品仍是對國家階級關係的認同與建構，即國家性質中的階級關係始終是有著體現的。當然，從總體上講，這一時期包括內地在內的大多數漢語文學作品，其對國家階級關係的同構，基本上是沒有超越或無法超越新中國人民民主範疇的，也即其文本的呈現中，無論是對階級性的張揚，還是對人性的肯定，抑或二者之間矛盾的反映，其對於我國的階級關係——工人階級應是領導階級、工農聯盟是它的基礎，我國實行的是大多數人對少數人的專政，是並不否定的。如此，我們看到，儘管我們不能排除這一時期西藏漢語文學中的一些作品，其在國家深層同構的表現中是可能有著更為豐富的國家階級關係建構的，但是在對勞動人民的肯定及對一切剝削、壓迫制度的批判和對民主、自由、幸福生活的追求上，無疑是共通的。至於其與文學結構或修辭相關的具體呈現方式來說，總的來講有如下三種：（一）直接表徵或外在移入；（二）正反映襯；（三）相關對比。其中，直接表徵或外在移入主要是指，作品中對社會主義、勞動人民和勞動本身的直接肯定，以及對西藏域外也即內地與階級和生產關係變革有關表徵的涉及。正反映襯，主要是指作品在迴避生產關係階級本質的同時，僅呈現與國家階級關係相符的正面或不相符的反面。相關對比，即在與階級關係相關內容的對比中，顯現人民民主新中國的國家性質。下面，我們分述之。

一、直接表徵或外在移入

對社會主義、勞動人民和勞動本身的直接肯定在許多作品中都有表現。如楊星火的詩：「我量著新開的荒地，／就像量著社會主義的路程。／我越向前走，／越能看清那迷人的曙光／」（《統計員之歌》）「祖國啊，能爲社會主義獻出力量，／是邊防戰士心目中最高的獎賞！」（《祖國，你收下吧》）「黃河水本來就又渾又黃／直到這人民的時代／人們才把黃河變的這樣清亮！」〔註38〕（《黃河的秘密》）再如高平的詩「不論是藏族人、漢族人／用一分鐘穿好衣服吧，／邁開三公尺的大步，／去迎接光榮的勞動！」（《關於拉薩》），長詩《梅格桑》中梅格桑直接喊道的：「光榮的工人們」，及其中敘寫道的：「爲了縮短從家鄉到內地的路程，／他們曾在康藏公路上冒雪施工。／他們有了一句驕傲的語言：／『來米，賽吉！』／這就是說：『工人，光榮！』／」「修完了拉薩機場，／我不回家，我要上澤當！／那裏也在修公路，／我不願離開工人的隊伍。／這是個歡樂的海洋！」「我說工人們，／用什麼才能使家鄉的水／變得更甜？／不是用白糖，而是用積極的勞動」「我們願永遠熱情地勞動，／按著共產黨製好的圖樣！」〔註39〕等等，都可以說是對社會主義、勞動人民及勞動本身的直接肯定。周良沛的詩《祝福》在對參與西藏建設的英雄、烈士進行歌頌的同時，亦對社會主義、勞動人民及勞動本身進行了肯定，如：「你開闢了一條大道，／一直通向廣闊的人生，／車輪不是滾向一個終點的古城，／卻是迎著共產主義的火光！／士兵，你從這裏再向前進，／這裏的歡樂又給你多少力量！／哦，士兵，我祝福你，／祝福你走在新的崗位上！／／（四）哦，我祝福你，爲了我們的幸福，／我祝福你，築路的士兵和民工！／我祝福你，／在高原駕著汽車的司機；／我祝福那修建司令部的指揮員和他的妻子；／祝福那帶著眼鏡的工程師和他設計的橋梁；／祝福藏胞的每個牧場和每間土屋；／祝福往工地送熱飯的炊事員；／祝福在用推土機掃雪的道班工；／祝福追隨這裏鬥爭的詩人和作家；／祝福每個兵站，／它們管理犛牛運輸；／祝福公路通向幸福，／它的路基是用士兵的血汗築成的；／祝福那位士兵盛水的牛皮口袋，／祝福這裏的雪峰、泥土、浪花，／以及它們

〔註38〕楊星火：《雪松》，上海：新文藝出版社1957年版，第60頁、14頁、46頁。
〔註39〕高平：《拉薩的黎明》，重慶：重慶人民出版社1957年版，第52頁。高平：《大雪紛飛》，北京：作家出版社1958年版，第21頁、12頁、33頁、44頁、47頁。

的未來……／／」〔註40〕

　　至於對西藏域外也即內地與階級和生產關係變革有關表徵的涉及，主要是出現在對內地有關人物身份或其過去經歷的介紹上，如顧工《熱愛祖國邊疆的人》中的陳明德，《高原上的炊煙》中的周隴海，及柯崗《金橋》中的宋範西等，再如《金橋》中提到的特務楊春華，她是山東沿海地帶一個惡霸地主的兒媳婦；特務畢耀華，他是雲南省的一個惡霸地主，在土地改革的時候，逃到國外。另外，在其他一些作品中也出現了個別具有階級和生產關係變革的表徵，如楊星火詩中提到的「合作社」：「／我傳遞邊防前哨的喜報，／到祖國內地的城市和村莊；／再把合作社豐收的糧食，／送進邊防戰士的營房。」（《我是個高原上的汽車兵》）高平詩中提到的「地主惡霸」：「我常常給家鄉寫信，／從這樣遙遠的西藏邊境，／問問在過去被地主霸佔的土地上，／是不是立起了工廠的煙囪？」（《家鄉的回信》）。以上這些情況，可以說都還僅是國家深層同構的外在顯現，僅觸及到了國家性質中的一些抽象表徵，並主要是有關內地一些表現的外在移入，這種情況既是這一時期西藏未進行土地改革、合作社及人民公社等社會變革的客觀反映，也是階級規避的表現。而這種直接表徵或外在移入式的對新中國國家階級關係進行的同構，雖然沒有能夠在文本中更為具體或深入、形象、生動的或與西藏發生更為密切的關聯，但從意識形態宣傳或輿論優勢慣性的角度來說，是體現了並有利於新中國國家階級關係同構的。

二、正反映襯

　　（一）正面映襯。和平解放前西藏的社會發展是十分落後的，這不僅表現在封建農奴主統治的黑暗、殘酷、野蠻上，也表現在與生產力相關的具體的物質建設上。例如，以公路交通來說，和平解放前，西藏即沒有一條現代意義上的公路，「貨物運輸、郵件傳遞幾乎全靠人背畜馱。橫貫西藏的雅魯藏布江上，只有明朝時殘留下來的幾條鐵索橋，沒有一座能通車的橋樑。英國人送給達賴喇嘛的汽車，由於沒有公路，只能將汽車拆了，用牲畜馱到拉薩。」〔註41〕因此，中共中央、毛澤東主席在決策向西藏進軍的同時，即決定向西

〔註40〕周良沛：《楓葉集》，北京：作家出版社1957年版，第27～28頁。
〔註41〕中共中央文獻研究室、中共西藏自治區委員會編：《西藏工作文獻選編 1949～2005年》，北京：中央文獻出版社2005年版，第677頁。

藏修築公路，並作出了「進軍西藏，不吃地方」，「一面進軍、一面修路」，「一面進軍，一面生產、建設」，「生產與築路並重」等指示。而進藏的人民解放軍及其他工作人員，嚴格遵照黨中央、毛主席的有關指示精神，始終堅決貫徹執行和維護「十七條協議」，在自身進行開荒生產的同時，積極採取各種措施幫助西藏人民進行生產建設，使得西藏在物質建設層面有了一定的改觀。如僅在川藏、青藏公路通車前的 3 年多時間裏，西藏軍區除在江孜、日喀則、三十九族、波密等地區進行了開荒生產外，還舉辦了農場和毛紡、皮革、鐵木等小型工廠〔註 42〕。而在康藏公路修築的同時，原來公路沿線的荒涼山谷也出現了新的集鎮，除了許多道班宿舍、工房、飯站、倉庫和車站外，供應人民日用需要的貿易公司和爲人民服務的郵電局、銀行、醫院等，亦逐漸開辦起來。康藏、青藏公路修通以後，西藏的物質建設更是有所加快。1956 年十四世達賴在西藏自治區籌委委員會成立大會所作的報告中即說道：「事實證明，自從公路通車後的一年多時間中，西藏各項建設事業的發展比過去提高了許多倍」〔註43〕。而在農牧業和手工業生產方面，至 1956 年的 6 年間，除中國人民銀行西藏分行發放了 1,386,000 餘元的無利和低利的農牧手工業貸款外，國務院還發放了 170 多萬元的無償農具，血清廠、獸防隊、試驗農場和機耕農場等亦相繼建立。特別是在修築康公路西線工程中，西藏地方北起羌塘草原，南至國境線的 40 多個宗（縣）和谿卡（谿卡），還有 20,000 多名藏族民工參加了築路工程。到 1956 年止，西藏培養的藏族幹部即有 1,600 多名，其中獸防人員、衛生人員、拖拉機手有 300 多人。如此，這一時期西藏地區及康藏高原不僅在物質建設層面與過去相比有了一定的改觀，而且在社會生活領域也出現了許多新人新事。例如高平的詩《夜進昌都》即反映了西藏城鎮建設的變化：

> 往年黑夜進昌都，／天上的星光像海洋；／今年黑夜進昌都，／滿城的電燈像星光。／／我下了載重汽車，／像回到了久別的家鄉。／我沿著昂曲河岸望去，／它已經不像我往日住過的地方。／／噢！那個常給管家背水的姑娘，／把帳篷變成了新房。／瞧她躲

〔註42〕紀念川藏青藏公路通車三十週年籌委會辦公室、西藏自治區交通廳文獻組編：《紀念川藏青藏公路通車三十週年·文獻集》（第一卷 文獻篇），拉薩：西藏人民出版社 1984 年版，第 22 頁。

〔註43〕民族出版社編：《民族政策的偉大勝利——慶祝西藏自治區籌備委員會成立》，北京：民族出版社 1956 年版，第 28 頁。

在門縫裏，／是在給誰縫衣裳？／是誰給了她不眠的精力？／在她胸前閃光的，／是不是貿易公司的證章？／／雖然電燈亮的像白天，／我不便在此久看。／我分享了姑娘的幸福，／興奮地走著，沿著河岸。／／〔註44〕

事實上，高平這首詩歌，不僅表現了昌都前後物質建設方面的可喜變化，也隱約透露出了一些階級內容。如詩中的那位姑娘，其當前的具體身份是什麼，作者沒有明確說明，但其此前的身份，卻可從「常給管家背水的姑娘」一句得到確認，即她此前應屬於西藏的農奴階級，而恰是這樣一位姑娘，她的帳篷變成了新房。這種變化原因的可能性，似乎只能從其胸前閃著光的貿易公司的證章去追尋。如此，詩歌在客觀展現昌都前後物質建設方面發生了可喜變化的同時，也從背水姑娘發生了變化中表露出了一定的階級內容。

至於新人形象方面的展現，梁上泉的詩《姑娘，他是誰呀？》中的「藏族第一個拖拉機手」、《給一位藏族女教師》中的「第一個藏族女教師」等，即是這方面的反映。值得注意的是，這兩首詩在呈現主人公身份發生了某種變化的同時，也透露出了有關階級的一些信息。例如：

青年昂著頭，卷著長袖，／他發動的馬達在農場叫吼，／多少雙愛慕的眼睛，／滴溜在他的身前身後。／姑娘，他是誰呀？／／他是草原上第一朵鮮花，／他是雪山上第一棵春柳，／你要問他的名字嗎？／都稱他「第一個藏族拖拉機手」。／朋友，這名字美得像一支歌！／／你看他那能幹的雙手，／驅趕著萬能的「鐵牛」，／誰能相信他原是個普通的農民，／曾使用過牛角做成的鋤頭？／朋友，這小夥多逗……／／你看他那靈活的雙腳，／開動機器像擠奶姑娘的手，／誰相信他原是個普通的牧人，／曾拖著笨重的腳步流浪奔走？／朋友，他的技術多麼純熟！／／你看他那風霜凍紅的臉，／閃光的汗珠不斷流，／他的心呀熱得發燙，／要把家鄉的荒原劃遍犁溝。／朋友，他盼著大地豐收！／／青年幾次望著他心愛的姑娘，／姑娘的誇耀還無盡無休，／驕傲的心情使他這樣勇敢，／成長著的愛情使他毫不害羞……／姑娘，你誇吧，誇個夠！／／（《姑娘，他是誰呀？》）

〔註44〕高平：《拉薩的黎明》，重慶：重慶人民出版社1957年版，第29～30頁。

天安門前會見你，／目光熟悉又驚奇，／好像你來自云霞裏。／／我們初會在高原，／在那充滿書聲的學校裏，／又激奮，又狂喜！／／你歡喜我來自內地，／帶著藏族族人民的情誼，／和北京城的心意。／／我喜歡你生長在高原，／當了第一個藏族女教師，／把文化的種子撒播邊地。／／你說：要像園丁培植花木，／那樣勤奮不息喲勤奮不息，／來培植草原上的兒女！／／要使背水的姑娘放羊的孩子，／都像陽光下放出異彩的鮮花，／讓祖國的青春更加美麗。／／今天，我真的看見你，／捧出五顏六色的花束，／翻山過水來見毛主席。／／你來，披著雀兒山上的風雪，／你來，披著大渡河上的雲彩，／也帶著模範教師的榮譽。／／你的理想已經開花，／那開不敗的花朵呀，／永遠扎根在學生們的心裏……／／〔註45〕（《給一位藏族女教師》）

在《姑娘，他是誰呀？》中，我們可以看到，這位「藏族第一個拖拉機手」原來的身份不過是個普通的農民，普通的牧人，這說明他在舊西藏社會的階層——階級關係中應不屬於統治階級或社會上層；而其曾使用過牛角做成的鋤頭和曾拖著笨重的腳步流浪奔走，則說明其生活境況是較差的。然而，就是這樣一位普通的下層百姓，卻成了一個令人欽羨的「拖拉機手」，而且是「藏族第一個拖拉機手」，由此，文本中階級關係的有關傾向便有所表露。再看《給一位藏族女教師》，詩中作者雖然沒有對這位女教師的階級身份有所交代，但是，其中「要使背水的姑娘放羊的孩子，／都像陽光下放出異彩的鮮花」一句，同樣表現出了一定的階級傾向性。因為背水的姑娘和放羊的孩子無疑都是下層百姓家的兒童，而這位女教師勤奮不息要培植的正是這些孩子，而她也正是因此而獲得了模範女教師的榮譽，來到北京見毛主席，這也即表明，女教師這一行為是得到了國家的讚賞和鼓勵的，由此，國家性質中的階級傾向性便有所顯現。

而以上這些詩歌中有關國家階級關係內容的呈現，可以說都是通過正面映襯來體現的，即詩歌中並沒有對其中有關人物過去的階級生活有太多表現或進行細節呈現，其大部分內容僅是對其當前生活狀態的敘述，也即是說通過與國家階級關係相關內容的正面呈現來映襯國家的階級關係。其實，這種

〔註45〕梁上泉：《沸騰的高原》，北京：中國青年出版社1956年版，第54～55頁、69～70頁。

表現在相關民歌中也有反映。例如下面兩首民歌：

> 新來參加修路的人們，／已經來到了鹿馬嶺。／我們啊，吃的
> 是香噴噴的青稞麵，／喝的是紅通通的酥油茶，／住的是雪亮亮的
> 帳篷，／唱的是最優美的山歌，／還有穿的呀，／是冬暖夏涼的氆
> 氌衫。／這是因為解放軍／發給了我們合理的工資。／／（《合理的
> 工資》）

> 喝酒的人是我，／唱歌的人是我，／今晚坐在正位上，／飽享
> 眼福的人也是我。／／〔註46〕（《飽享眼福》）

　　在西藏，噶廈支派烏拉差役等都是無償的，這實際上是對農奴們的殘酷剝削。而參加修築康藏等公路藏族的民工，不僅在日常生活上受到了關心照顧，而且第一次領到了本就應屬於他們的工資，這使得他們不由興奮歌唱。這也即《合理的工資》傳唱的背景。至於第二首民歌，其背景是 1953 年中共西藏工委文工隊，到康藏公路西段給藏族民工作慰問演出時，民工們為了答謝文工隊而編唱的。詩歌中，之所以唱到「正位」，是因為在封建農奴制下的西藏，正式集會中，平民是不能坐正位的，只能坐一側，而這一次參加築路的民工在文公隊的演出中，卻能坐上正位，這使得他們感到既光榮又高興。而以上兩首民歌中的「合理的工資」及「正位」，實際上即蘊含著人民民主新中國對勞動人民及勞動本身的肯定，因此，其中雖然沒有與之相反的有關階級關係的呈現，但這種正面映襯已在暗含人民民主新中國階級關係有關內容的同時，指涉了封建農奴制下西藏階級關係的不合理性。

　　另外，這一時期許多反映了進藏部隊及其他工作人員模範執行「十七條協議」，及包括「老西藏」精神在內的為人民服務的無私奉獻精神的作品，也可以視作正面映襯中的國家深層同構表現，比如陳希平在《雪的家鄉》中對小余的描寫，柯崗在《春江牧人》中對丁福山的描寫，蘇策在《怒江的激流上》對李文炎、崔錫明的描寫，在《生命之路》中對張仁義的描寫，在《雀兒山的朝陽中》對李學志的描寫，以及其他作品中對勞動模範、築路英雄的歌頌等，均從正面映襯了在人民民主新中國階級關係之下人們的精神風貌，這種在思想精神層面上對人民民主階級關係的反映亦是對國家的深層同構，比如《我們播種愛情》中所反映的愛情觀即是崇高的社會主義思想的反映。

〔註46〕李剛夫整理：《康藏人民的聲音》，北京：作家出版社 1958 年版，第 77～78 頁，第 80 頁。

　　（二）反面映襯。有關這方面的作品，在這一時期的西藏漢語文學中，除高平的敘事長詩《大雪紛飛》及劉克的話劇《一九〇四年的槍聲》等外，是不多見的，其原因既與作者對歷史題材的開掘不深廣有關，也與這一時期社會政治背景下的階級規避需要有關。

　　我們先看高平的《大雪紛飛》。關於該詩，有論者曾談道：「時經二十餘年後的今日，我們重讀這首有一定情節性的抒情長詩，依然爲主人公央瑾那深摯、天眞、充滿柔情的美好心靈及其揪人心肺的死亡結局，而心潮起伏，難能平靜。……它使我們深深陷入同情（一個美好的靈魂的悲劇）、鼓舞（黑暗的農奴制難能窒息心對自由、愛情與理想的追求）、感歎（她對主人的天眞幻想）、憤怒（主人的狡獪與殘暴）、甚至戰慄……這種種複雜情感的交相襲擊，感同身受般地不能自己。《大雪紛飛》是一顆普通而善良的心的情意綿密的傾訴，是向人所應有的正常生活所發出的激情呼籲。」〔註47〕的確，綜觀全詩，其在語詞之間，是沒有對統治階級人物進行直接批判的，其正面、直接描寫的，僅是主人公央瑾的癡情、天眞、善良，以及她對故鄉、對阿媽、對江卡的深深思念，對其主人懷抱的幼稚幻想，和她對未來與江卡生活所做的美麗的夢。然而詩中的主人公愈是表現出她的癡情、天眞、善良，就愈讓人對其悲慘的命運而感到揪心的疼；其愈是表現出對其主人懷抱著幼稚的幻想，就愈加凸顯其主人的狡詐和狠毒，而其愈是精心編織她那美麗的夢，這夢的破碎，就更加彰顯統治階級的殘酷和社會制度的不合理。因爲央瑾所追求、所嚮往、所編織的「夢」，並非是央瑾的什麼非份之想，它只不過是一個平凡而善良的農奴、一個人對生活最基本的要求。因此，隨著這夢的破碎，隨著主人公央瑾的悲慘死亡，全詩的各種描寫就無不反襯出農奴制的非人性和不合理，並激發人們對新生活的嚮往、追求和熱愛。詩人自己在談到寫作該詩的有關情況時曾說道：「一九五七年元旦剛過，有一次，我偶爾聽到了流傳在美麗的陽卓雍湖畔的一首民歌，是訴說農奴的苦難的，特別淒涼婉轉，其中有一句：『我是人家的僕人，不能隨自己呀！』它並非比興，而是賦，是不諱的直言，然而是一滴血，是從農奴的心尖上滴下來的；它又像一粒火種，點燃了我對奴隸制度的憤怒。這制度殘害了多少家庭，毀滅了多少人對於幸福的嚮往，我是親眼見到過的。」〔註48〕事實上，從央瑾

〔註47〕　孫克恒：《西藏：心中的歌》，見黨鴻樞等編：《中國當代文學研究資料：武玉笑趙燕翼高平研究合集》，蘭州：甘肅人民出版社1988年版，第453～454頁
〔註48〕　高平：《我是唱頌歌長大的》，見黨鴻樞等編：《中國當代文學研究資料：武玉笑趙燕翼高平研究合集》，蘭州：甘肅人民出版社1988年版，第383～384頁。

被主人支差去遠方尋找所謂的「岡斯拉」，從而凍僵在雪山之中，結束其短暫一生的悲劇來看，詩歌無疑是揭示了舊西藏封建農奴制給人民所造成的痛苦和不幸的。如此，全詩儘管沒有對人民民主新中國國家性質的呈現，但人們卻能從這些反面映襯中，主動去與西藏和平解放後出現的一些新的變化進行對比，從而產生對人民民主新中國的認同。這也正如有論者曾說道的：(《大雪紛飛》)「這首長詩，並沒有把新舊生活加以對比，也不是直接表現新生活本身。它描述的是在西藏農奴制下面的一個普通的悲劇。但是，由於詩人對生活認識的程度的加深，他通過這個令人淒惻的故事對舊制度不合理性的控訴，有力地表現了對新的生活的熱愛和嚮往。」〔註49〕

下面我們來看劉克的《一九〇四年的槍聲》。關於劉克這部劇作的主要內容，我們前面已經有分幕介紹，這裏不再重複，但為了更好地理解作品中對有關國家階級關係的反面映襯，我們將之與羅永培的劇作《喜馬拉雅山上的雪》聯繫起來進行比較。《喜馬拉雅山上的雪》是一部四幕話劇，1940 年由商務印書館出版。作者在序中談到創作此劇的背景時，曾談到國民政府在第二屆參政會提出川康建設方案，繼後又有川康建設期成會成立等方面的史實，並認為，「由此可見四川、西康的重要，西康進去就是西藏，我們決不能講治理西康不管西藏，我們卻能夠講治理西康，應先治好西藏，或是講應同時治好西藏。」同時，他說：「劇本中告訴了一些一般人不知道，而是值得知道的小故事。」並稱劇中人袁樂禪（一個到西藏去埋頭研究和工作的大學畢業生）講述的一段話，可以視作該劇寫作的原因之一。這段話是：「敵人從前面正式打進來侵略，無論誰都瞧見了，知道了，就是三歲的小孩子也明白這一件事；可是，還有另外一種人從後面非正式的慢慢侵略，到現在已經有 160 年的歷史了就沒有什麼人瞧見，也沒有什麼人知道。唉，這真是一段悲哀的故事！」由此，我們可以看出此劇基於國家立場的政治意圖是相當明確的，同時，由於該劇創作和發表均在新中國建立之前，這樣，其與劉克劇作的比較，就不獨具有不同時代藝術風貌上的相異，也可見之後新中國國家性質的不同。下面，我們先分幕介紹其有關內容。

第一幕，喜馬拉雅山頂。新年將至，袁樂禪決定在喜馬拉雅山靜修 3 年，現在，他在小木屋中已經靜坐 10 天了。西康女土司巫拉一定要袁樂禪給他講

〔註49〕洪子誠：《讀高平的〈大雪紛飛〉》，見黨鴻樞等編：《中國當代文學研究資料：武玉笑趙燕翼高平研究合集》，蘭州：甘肅人民出版社 1988 年版，第 479 頁。

明白爲什麼他不遵守諾言與她結婚。原來，袁樂禪和胡玉丹爲了去西藏，曾請巫拉教授他們藏文。當時約定的交換條件是，1年後袁樂禪學好了藏文，巫拉便招贅袁樂禪做她的丈夫。但袁樂禪和胡玉丹11個月後學好了藏文即偷偷離開巫拉，去了拉薩。巫拉遂從西康一路追蹤而至。在巫拉的一再要求之下，袁樂禪不得不把他來西藏的眞實目的告訴巫拉。在日本加緊對中國進行侵略的形勢下，袁樂禪和胡玉丹考慮到在學校他們研究的都是歷史、地理，不能夠直接到前線去抗戰，便想到建國和後方的問題。他們認爲，敵人從前面正式的打進來侵略，無論誰都瞧見了，知道了，但還有另外一種人從後面非正式的慢慢侵略，已經 100 多年了，卻沒有人瞧見，也沒有什麼人知道，於是他們來西藏不僅是學習、研究佛法，更重要的是，他們要告訴西藏同胞當時的世界大勢，喚起西藏藏族同胞作爲中華民國五族共和一員的國家國民意識，使其肩負起對國家應盡的責任。巫拉雖然贊同袁樂禪的觀點，但認爲這和他倆的婚事並無衝突。兩人爭論無果。而一直向巫拉求婚的達木魯土司爲了巫拉，亦從西康來到了西藏，並出現在袁樂禪的靜修處。這些都擾亂了袁樂禪靜修的計劃。

第二幕，國民政府駐藏委員在府邸舉行新年宴請。一位在藏多年的老居士，鑒於英、日等國出版了多冊有關藏文的字典，但西藏作爲中國的一部分，中國多年來卻一直沒有一本漢藏字典，因此，他已收集資料，要編一部藏漢字典和漢藏字典，希望駐藏委員能幫他完成此計劃。駐藏委員雖表示嘉許，但始終僅爲口頭應承而已。老居士與袁樂禪等，圍繞著清末以來西藏的政局及外國的種種狡詐手段進行交談。達木魯的朋友巴薩噶隆與漢人古金山合股做生意。古金山以槍支等作爲給巴薩噶隆的分賬。之後，巴薩噶隆發現古金山給他的兩把槍不能使用，遂要古金山給其分錢。古金山以槍支給巴薩噶隆時是好的爲由，拒絕分錢。兩人發生紛爭。因達木魯能說漢話，巴薩噶隆請其幫忙一起去駐藏委員處要求解決。駐藏委員以他需要調查爲辭，擱置此事。

第三幕，布達拉達賴喇嘛宮前。壩上，一群人圍著跳鍋莊。一外國人拿出藏幣散發，說這是他給大家的新年禮物。分到錢後的群眾高興地對這個外國人表示感謝，並目送其離開。人們繼續歌舞。兩兵丁上來驅散人群，說是委員大人來了。群眾散去。內有三個漢人做著怪臉望著委員們很神氣地登山進宮。其中一人對剛才自己也分到了錢一事，感到奇怪。經另一人解釋，才明白雖然外國人平時只給西藏人錢，但他們今天和藏胞穿著一樣的衣服，外

國人並不能分清誰是藏人誰是漢人，所以他們三人也分到了錢。三人對外國人的詭計很是憤慨，談到駐藏委員的行止，更覺不平。此時，七八個藏人上布宮來，達木魯和巴薩噶隆走在最後，三人即隨他們一起上山。達木魯和巴薩噶隆仍走在最後。登至半山時，達木魯和巴薩噶隆回頭忽然看見古金山等在後面，便跑下來將之攔住。雙方就分錢一事再起爭執，無果，約定改日再打。古金山等先行離開，達木魯拉與巴薩噶隆亦從另一方向離開。此時，袁樂禪、胡玉丹與其依止學佛的一老藏僧，正由布達拉宮走出下山與達木魯等上下而過。達木魯回頭時望見袁樂禪，停步怒目視之，並用拳頭向袁樂禪等作打擊狀，但袁樂禪等並未看見，其遂與巴薩噶隆離開。袁樂禪、胡玉丹與藏僧下至壩上，停下休息，並就西藏布達拉宮、北京故宮，佛教在西藏的傳入和發展及教派、教理、格西考試等問題進行交談良久。忽然一聲槍響，袁樂禪被擊傷。袁樂禪雖懷疑向他開槍的是達木魯，但在與巫拉交談時，卻予以否認。

第四幕，第一景，在藏人住宅中。一外國人向巴薩噶隆和達木魯進行挑撥。他對二人說，藏人的血和漢人的血是不同的，嚴格地講，藏人不能算做中華民族。針對巴薩噶隆和古金山之間的糾紛，這個外國人對巴薩噶隆繼續進行鼓動，說「你們是很勇敢的民族，不應當受別一種民族的欺侮。」在其挑唆鼓動下，巴薩噶隆表示他一定要打死古金山這個漢蠻子。

第二景，在拉薩近郊區。巴薩噶隆所領藏民十餘人與古金山所領漢民十餘人在一空壩上對峙。雙方各持武器，彼此惡語相向，決鬥一觸即發。袁樂禪、胡玉丹與巫拉趕來勸止。針對達木魯等受外國人挑撥說出的藏人與漢人的血不同，不是弟兄的言論，袁樂禪以世界上所有人的血都是紅的、熱的，天下為公，世界大同，就不能夠把人類分做高低，我們看人的價值都一樣的貴重，說明這不過是有人想分割大家力量的一種陰謀。並以西藏信仰佛教、內地亦信仰佛教等宗教上的表現為例，說西藏同胞與內地同胞對人生意識的認識、人生的生活目標或人生哲學是相同的。在此基礎上，他進一步向眾人宣講當前的局勢，他說：「請問你們各位知不知道，別人到這兒來經營，已經有一百多年的歷史，別人要是把這個地方佔領了，還要更進一步侵略北方的青海，新疆，蒙古等處，因為那些地方同胞的宗教信仰大多也是佛教，別人只要在這兒順利了，也就可以順利的再往前進。再講，現在我們的前面，又有那樣兇惡的日本敵人，國土被別人搶奪，公開的或是秘密的，實在太多了，

同胞的痛苦，也實在太大，中華民國到了這重要的關頭，我們同胞還能夠不互相親愛嗎？請你們用良心來想一想。」聽了袁樂禪富有激情的演說，古金山與巴薩噶隆握手言好，眾人高呼「中華民國萬歲」。同時，達木魯向袁樂禪坦陳是他向其開的槍。袁樂禪表示大家都是同胞弟兄，對之表示諒解，並攙著他的手與眾人一齊再呼萬歲。

第三景，在喜馬拉雅山頂。巫拉回西康去時，與袁樂禪、胡玉丹約好，20 天後他們也回西康。但袁樂禪與胡玉丹並沒有回去。袁樂禪仍舊回到喜馬拉雅山靜修。等待了 5 個月，巫拉發現受騙後，再次來到袁樂禪的修行處，欲將之拖出。胡玉丹上前阻攔，說他們的工作還沒有完成。巫拉問他們的工作什麼時候能夠做完。胡玉丹回答道，他們的工作要做到敵人都退出了我們的國土，並且，他們從此以後不敢再起侵略我們的野心。「我們要在世界上成一個自由、平等的國家，我們的同胞應該享受美滿的生活。到了那一個時候，或許我們的工作算是作完了。呵，不，我們要鞠躬盡瘁，死而後已。」胡玉丹勸巫拉還是快回去，不要等袁樂禪了。他說袁樂禪這一次到這兒來靜坐，定的時間是九年。巫拉不理會，欲衝進木屋抓出袁樂禪。胡玉丹繼續阻攔，並說這一次，他無論怎樣都不會讓巫拉再驚動袁樂禪了。兩人衝攔進退數回合。最終，巫拉沒有能抓出袁樂禪，她疲倦地停息下來，仰天長歎一口氣，隨後慢慢伏倒在地，像一堆白雪似的。胡玉丹亦照樣蹲下去。同時，天空的夕陽被巫拉的一口氣歎散了，舞臺漸黑，空間輕播著長笙的微音。（幕落）

從以上的分幕介紹中，我們可以看到，該劇國家同構的目的性是非常強烈的，其言辭間的表露也是十分直白和顯著的，但是，該劇雖然對外國侵略西藏及其挑撥、離間西藏與祖國之間關係的種種狡詐手段有所揭露，如老居士談到的關稅區別：「據我所知，別人的手段真是寬大，就由印度邊境的關稅也可以瞧出，若是漢族商人或官吏，帶有絲織品類……不能逃脫毫釐關稅，可是西藏人帶的，那怕有千箱綢緞，只要西藏當局一個電報，不單免稅，並且還幫忙運送不收分文。」再如，巴薩噶隆受外國人影響而談到的藏族人與漢族人的血是不一樣的言論，三個漢人談到的外國人對漢人和藏人的有意區別，袁樂禪揭示到的 100 多年以來外國即已制定侵佔西藏的種種規劃，等等，這一切都可以說是對近代以來帝國主義對我西藏進行侵略及其圖謀的事實反映。特別是袁樂禪宣傳到的日本帝國主義對我國正實施的侵略，其在國家同構的外在運行機制中，是十分有效地發揮了共同壓力、共同命運、共同抗爭

這一抗分離力作用的。其在促聚合方面，在戳穿血統論陰謀的基礎上，也強調了文化方面的聯繫，但是，其所謂的文化，或者說其認為的對人生意義的認識、對人生生活的目標等人生哲學，卻大多停留在宗教關聯上，而且是比較膚淺的層次，如袁樂禪向大眾宣講道的：「西藏同胞信奉佛教，內地同胞也信奉佛教，你們瞧內地處有多少廟宇，幾千年來，上至皇宮裏面，下至各個鄉間，全國都是廣大的寺院，莊嚴的佛像，多少的僧人。我再舉一個簡單明瞭的例，每一個縣城裏有一個城隍廟，城隍廟裏總分列著十殿，這十殿輪迴就是佛教的思想，這種思想深入每一個內地同胞的腦子裏，已經若干的年代，所以我講，西藏同胞與內地同胞的人生意識的認識，和人生生活目標是相同的，彼此都認為人生苦惱很多，應該修行解脫，換一句話講，就是我們的人生哲學是相同的，更何況我們大家的皮肉都是一樣咧。」

毫無疑問，西藏與祖國內地之間包括宗教在內的各種聯繫上是十分緊密的，而掌控宗教作為封建王朝進行統治的一種權術手段，自元朝起，歷代中原中央政府即極為重視藏傳佛教的作用，如元朝扶持薩迦派，明朝分封三大法王，清朝「興黃教以安眾蒙古」等，都是這方面的表現。但作為現代國家而言，雖然不能排除血緣、宗教文化或歷史等方面的因素，對於國家共同體維繫的重要性，但羅劇中這種宗教上的聯繫或政治權謀之術，卻又是較為表層的，或者說只不過是少數人壓迫多數人政權的一種政策反映。劇中的袁樂禪作為中華民國時期的人物，它對國家的理解，事實上也並沒有僅止於此，但是他所宣講的「平等」、「自由」、「天下為公」、「世界大同」等，卻毫無例外地是抽離了具體階級關係，也即忽視了人民的存在的。這種表現既可以說是作者受資產階級國家學說影響的一種反映，也可以說是中華民國時期普通民眾在對國家性質的認識中存在局限性的一種反映。而也正是如此，我們從劇中可以看到，作者一面想竭力表現袁樂禪等人的愛國行為，如自費到了西藏；但另一面，其到了西藏後，卻又到喜馬拉雅山上去修行，開頭是 3 年，後來變成了 9 年，乃至於其與巫拉之間的關於國家與愛情之間的衝突，完全可以視作為作者為了矛盾對立而生硬設置的虛假矛盾對立。與之相反，在劉克的《一九○四年的槍聲》中，我們可以看到性質完全不同的另一種國家同構方式，即對人民的重視。從根本上說，國家不應是少數幾個人的，它應該屬於人民。但無論是歷代封建王朝，還是現代資本主義國家，其在國家階級關係的性質上，都不過是少數人對多數人的統治。而現代資本主義國家與歷代

封建王朝相比，雖然其在表面上倡揚自由、民主、平等、博愛，但這種遮蔽生產關係壓迫性的資本主義國家性質，仍不過是少數專權者對廣大勞動人民進行統治的工具。作為人民民主的新中國來講，反對一切壓迫、剝削制度，主張建立一個沒有壓迫、沒有剝削、以實現人的全面自由發展的社會，是其與歷代封建王朝和資本主義國家在本質上的區別。它不僅提倡人民民主，而且是要在根本上而不是形式上實現人民民主。由此，我們觀照羅劇，它在表面上忽視國家階級性質的表現，實質上是其在根本上忽視人民存在的反映，也即其維護少數人統治的反映。而在劉劇中，雖然限於階級規避的束縛，以及其劇作所反映的歷史時代的自身限制——儘管當時的人們可能具有樸素的人民性反映，但還不能夠或還沒有從生產關係的階級本質上去認識國家的性質——但作為人民民主新中國建立之後的劇作，處於一定組織環境下的作者，其在國家深層同構的表現中，對於國家的階級性及人民性是有一定表現的。這一點既可以說是新中國組織體系內的作家思想認識的必然性，也可以說是作家個人在西藏當時社會政治環境下對階級規避顯在規約的一種突破。例如下面的這段對話：

　　榮赫鵬：立馬，世界大得很，很多事你還不懂，你知道是誰創造了世界上最好的生活？是英國。因為英國人是世界上最聰明、最高尚的人。我們願意幫助那些不如我們的人，像印度、錫金、不丹、尼泊爾等都是明顯的例子。可是你們西藏，一百多年了，總不願要我們幫助，也不願把頭伸出窗戶來看看，到底是天晴還是下雨。北京大皇帝派來的大官，使你們的日子過好了？一天比一天苦……

　　立馬（猛然地）不，我們不要你們幫助。幫助？把我抓來拼命地打，還幫助呢，幫助個屁！

　　……

　　榮赫鵬：立馬，你坐下。羊子是沒有了，已經賞給了我們的士兵。沒有羊子你能回去嗎？假如不怕老爺打斷你的腿，挖掉你的眼睛，你就回去吧。另外，那就是跟著我，我很喜歡你，每個月給你花不完的錢。

以上這段對話不僅揭示了英帝國主義侵略者榮赫鵬的無恥嘴臉，而且也指涉了當時西藏社會的封閉性，並從反面對滿清政府和西藏上層貴族的階級性本質行了揭露，如榮赫鵬話中的：「北京大皇帝派來的大官，使你們的日子

過好了？一天比一天苦……」及「假如不怕老爺打斷你的腿，挖掉你的眼睛，你就回去吧。」即說明了滿清政府與人民的對立，和西藏封建農奴主——老爺們對農奴的殘酷。而下一段對話，既借榮赫鵬之口直陳了西藏封建農奴制度的黑暗，也揭示了英帝國主義「精神文明」的醜惡本質。

> 榮赫鵬：不過這也很快就得到證明。你說對了，他可以當警察副局長；就是曲貞，我也準備送她到醫務學校去訓練，將來隨軍進藏，我們太需要像立馬和曲貞這樣的人。就像一匹烈馬一樣，開始很難駕馭，但當你一旦降伏了他，給它套上籠頭，它是會勇往直前的。這是一個巨大的工作，但只要當西藏的槍聲一停止，這就要我們迫不及待地去做，我們不可能把英國人都派到西藏去，但又必須要他們能建立起真正英國的秩序，在英國的利益上自己管理自己，我們可以供給武器和彈藥，因此……

> 懷特：因此就必需用我們的精神文明來長期地感化他們。

> 榮赫鵬：是的。達賴憑藉宗教的力量，雖然現在在西藏享有無上的權威，但只要我們的商業在那裏一開展，宗教力量就會瓦解；而代替它的就必須是我們的法治精神和警察力量。西藏的貴族是專橫的封建主，甚至比十四世紀西歐和俄國的那些封建主還要專橫，這對於我們是不利的，因此就必須培養一些民眾的力量來牽制它，當然，貴族的力量是主要的。

其中，像「西藏的貴族是專橫的封建主，甚至比十四世紀西歐和俄國的那些封建主還要專橫」這樣的表述，可以說在這一時期西藏漢語文學公開發表的作品裏是十分罕見的，以筆者所接觸到的材料來說，除了徐官珠的《桃花林中的故事》，其語言呈現較為激烈和鮮明外，這應是最突出的一例，而即使是徐官珠的作品，也沒有敢對西藏的封建農奴統治進行性質方面的直接陳述，雖然其發表的時間已經是 1959 年 2 月 15 日了。當然，考慮到劉克這部劇作反映的歷史時期，以及這話是從榮赫鵬嘴裏說出來的，其還是進行了一些階級規避的。不過即使如此，也可見劉克作品的大膽「突破」了。但也惟其如此，就更加可以從反面映襯出人民民主新中國的國家階級性。特別是如下對話，作者顯然已將有關國家階級性質中的人民性表露無遺。

> 曲貞：你回，回西藏去吧，快去報告咱們的人，抓住那個玄弘
> 法師；他剛走，他是壞蛋，回去就是專門幹這個的。還有一個什麼

管家，我沒聽清楚，也是奸細。你快回去吧。救救西藏！

〔沉默

曲貞：你？你？……

立馬：曲貞拉，你不要以為我不愛西藏，一想到那兒的山，水，草地，青稞和牛羊，我想得整夜整夜的睡不著。可是，唉，……我不能回去，老爺們不會饒我的，他們從前待我太狠心了。他們等我回到拉薩，就算不找我要那群羊子，也會把我當奸細殺死！

曲貞：不，不會。趁現在還來得及……

立馬：（低頭）回去，回去！即使他們不殺死我，老爺的鞭子也會把我折磨死……（突然生氣地）管他什麼罐頭，讓老爺們擋著去吧！

曲貞：（悲憤地）可是西藏是我們的，不是幾個老爺的……那是西藏人的血，西藏是我們的！……

立馬：西藏是我們的！西藏是……你準備怎麼辦呢？跟我一起走吧！

其中「西藏是我們的，不是幾個老爺的」這句話，分明灌注著作者對國家人民性的理解。同時，劇中關於英國雇傭兵艾迪身世和家庭背景的介紹，在揭露帝國主義侵略者對所有國家人民進行了壓迫、剝削的同時，亦在更普泛的意義上對被壓迫人民共同的悲慘命運進行了詮釋。如：

曲貞：……艾迪老大爺，你家裏還有人嗎？

艾迪：有啊！兒子，媳婦，孫子，孫子，孫女，都沒有什麼出息，（咳嗽）在一家英國工廠裏做工。我這是沒有法子，沒有法子，我們印度完了，遍地是災難，災難哪！生活難羅！

曲貞：艾迪老大爺，他們為什麼要打西藏呢？

艾迪：不知道。這誰能知道呢？唉，世道就是這樣吧！吃吧，吃糖！

事實上，所有帝國主義者不僅僅是對一個國家進行侵略、壓迫，它是對全世界範圍內所有的人民進行侵略與壓迫，而包括西藏在內的中國在近代以來頻受帝國主義列強的欺凌，其中既有現代工業文明相對於傳統農業文明的強勢侵入的事實，更有著壓迫階級基於階級性的無可抑制的掠奪本質驅使。劉克這一劇作雖然限於種種原因，還沒有更為全面和鮮明地對其進行表現，

但就已經呈現的事實來說，其對於階級關係中的人民性無疑是進行了反面映襯。如此，劇作不僅借抗英這一史實對國家進行了表層同構，而且通過其中對階級關係的關聯性指涉，還進行了深層同構。

三、相關對比

與正反映襯在文本中僅呈現或主要只呈現正面或反面一方，讀者對另一方的解讀需要在文本之外再去尋溯不同的是，相關對比是對比的雙方均在文本中有所呈現，並主要是通過相關內容在文本之內的對比即可發現階級性的有關展現。關於這方面的表現，我們這裏以柯崗《金橋》中的有關情節，及顧工的散文特寫《金君瑪梅——康藏公路工地散記》和徐官珠的詩歌《桃花林中的故事》爲例進行說明。

柯崗的小說《金橋》在第二部《穿過草原和峽谷》中有這樣一個情節：邊世榮帶著齊鳴九、宋範西和卡甲奉命從草原向西前進，去尋找怒江上的桑洛磯卡渡口，途中遭遇特務冷槍襲擊，幸而趕運軍糧的紐梅和瑙尼路過發現了埋伏的特務，齊鳴九沒有被打中。在瑙尼的協助下，邊世榮等人抓住了特務。在押解特務繼續往桑洛磯卡方向去的途中，紐梅和邊世榮等人有這樣一段對話：

> 紐梅很憂愁的對卡甲說：「解放軍，毛主席，多多好啦！爲什麼他們打解放軍？」
>
> 「他們是我們國家的敵人。」邊排長說。
>
> 「是呀，團長說過，只有敵人才不想叫我們修路！」宋範西好像又想起了那天軍人大會上，團長講的話。
>
> 紐梅和瑙尼不懂什麼是「敵人」，他們互相看了看。
>
> 「敵人？西藏的沒有！」
>
> 「敵人就是那些不讓我們過好……」宋範西不自覺的，又想按照他在家裏那樣的說法講下去，被邊排長拍了他一下，才沒講下去。邊排長就緊接著說：
>
> 「敵人就是打解放軍的人。不願叫解放軍把路修到布達拉宮的人。不願叫全中國過好日子的人。這種人到處都有。不怕我們會打走他們！」
>
> 「敵人，不叫解放軍修路？我叫修路，我給解放軍運糧，我已

經有了四條犛牛。」

從上面的對話中我們可以看到，紐梅和瑙尼並不懂什麼是「敵人」，宋範西本想按照他在家裏那樣的說法去給他們進行解釋，但被邊排長阻止了，因為，按照當時的政策紀律，是不能夠進行階級鬥爭宣傳的，也即要進行階級規避，為此，邊排長聯繫起解放軍修路並用敵人就是不讓全中國過好日子這樣的話給他們解釋。紐梅和瑙尼最初只有 2 隻牛和一個黑色的帳篷，在為解放軍運糧的過程中，他們的日子漸漸有所改善，他們是信賴解放軍並願意為解放運糧的，因此，當他們將「敵人」與其正在進行的工作——給解放軍運糧聯繫起來時，便對「敵人」有了形象的理解，並將之與破壞好日子相聯繫。而如果說這種對「敵人」的解釋，還僅僅是聯繫起紐梅和瑙尼自身的生活情況及解放軍所做的好事的話，那麼在藜娃家，通過藜娃的揭露，則讓「敵人」曾經做過的壞事呈現在人們的眼前。小說中寫道：

> 藜娃一看，原來跌下崖去的傢伙，就是前些時候搶走他們豌豆糌粑，還殺吃了他們僅有的一隻小羊羔的土匪。當然仇人相見，分外眼紅。她不僅沒有制止孩子，自己反也搬起石頭來了。邊排長急忙拉住了她，告訴她，這是他們剛才捉住的，他是跑不掉了。和善的藜娃，這才息了火，憤憤的說：「要是我的吆都回來了，非要把他投到江裏去不可！」

吆都全名叫查西吆都，他是藜娃的丈夫。他們一家是很安分的農民，但自己沒有什麼生產資料，僅靠出賣勞動力給喇嘛寺耕種土地，混點豌豆糌粑活命，但就是這樣的家庭，特務卻搶走了他們僅有的一隻小羊羔和豌豆糌粑。如此，特務反人民本質表露無疑。而特務的真實身份是什麼呢？經過初步審問，其中一個叫畢耀華。

> 他承認他是雲南省的一個惡霸地主，名叫畢耀華。在土地改革的時候，他逃到了國外，在蔣介石殘匪的部隊裏，受到了美國鬼子的訓練，又從另一個國家繞道到拉薩來。他也曾經到過雀拉山的「雪線」。他們的任務是專門想法破壞修建康藏公路的。

如此，我們看到，作品中雖然沒有直接敘寫到國家的階級關係，但是通過人們聯繫起自身的日常生活，特別是在解放軍所做的好事與特務——地主所幹的壞事的對比中，有關階級性的內容已隱含其中。

下面我們再看顧工的《金君瑪梅——康藏公路工地散記》。《金君瑪梅》

曾載《人民文學》1955 年第 4 期，1956 年工人出版社出版的顧工散文特寫集《光榮的腳印》及中國作家協會 1956 年編的《散文特寫選》中有收入。「金君」意為打開鎖鏈的，「瑪梅」意為軍人，「金君瑪梅」即打開鎖鏈的軍人，也即解放軍。這篇散文的主要內容是：白瑪堪珠與楊念慈布等藏族民工來到連部的小帳篷，要求沈連長不要調走他們班的金君瑪梅。原來昨天團部來通知，要抽調在這個民工班工作的戰士王玉琪到團部的輪訓隊去學習。而王玉琪是這個民工班最貼心的「指揮員」。早晨，王玉琪悄悄地收拾背包時，被大家發現了，大家苦苦地把他拖住、留住、看管住，趁施工休息的時間，便跑到連部來「請願」。他們認為王玉琪是最好最好的人，再派來的金君瑪梅不會再有能比得上他的。但最後，王玉琪還是去學習了，另一個金君瑪梅梁元和被派到了這個班。起初，大家都不信任他，他們懷疑解放軍並不都是像王玉琪那樣好。但通過接觸，梁元和以實際行動讓藏族民工們看到了原來解放軍都是一樣的好。文章的最後，梁元和也要被調走了，白瑪堪珠和民工們又來到連部，但這一次他們不是請求不要讓金君瑪梅調走，因為他們知道「本部要調走金君瑪梅，我們留也留不住」，他們是來邀請沈連長和梁元和與他們一起聯歡。連長爽快地答應了，並與梁元和一起和民工歡聚。幾天後，當梁元和去另一段動地參加開石方時，民工們牽著一匹小馬駒，馱上梁元和的背包，戀戀地送著他，送著他們的金君瑪梅。

　　從上面的內容介紹中，我們大致可以知道，白瑪堪珠他們最初來到連部「吵鬧」，是因為他們最貼心的金君瑪梅王玉琪要被調走去學習，他們雖然在日常的接觸中開始信任王玉琪這個金君瑪梅，但對於每一個金君瑪梅是不是都如此，仍感到懷疑。最後，梁元和以其實際行動，使大家相信每一個金君瑪梅都是關心他們、愛護他們的貼心人。文中有許多關於梁元和工作細節的描寫，如梁元和到班裏工作的第一天：「他很想說點什麼，可是自己的嘴一向很笨……他只好悶聲不響地找重活來幹：到站不住腳的土崖上去刨土；到近水的地方去壘石頭。當民工在危險地段工作的時候，他便把他們輕輕地拉過來，然後自己站到那裏去。」其後，梁元和看到白瑪堪珠赤著腳，便把自己的新草鞋送給了她。休息的時候，他用茶缸給每人舀了一碗滾開的茶，並把自己的遮陽帽給了民工的小孩。正是通過這些日常的細微舉動，使民工們漸漸地接受了他。而當某日白瑪堪珠不慎栽到河裏，梁元和奮不顧身地將其救上來時，民工們感動地掉下了眼淚。有個戴著高高的繡金線帽子的民工，蹲

到一邊淚花花地唔歎。他爲什麼唔歎，因爲這一切讓他想起了過去：「『唉！趙爾豐在的時候，我見過，外國鬼子在西藏的時候，我也見過。我見過他們把我們藏民捉住，塞在一個牛皮口袋裏，然後像扔掉一塊石頭似地把人扔到了河裏。嗨！今天，毛主席派來的金君瑪梅，不一樣啊，不一樣，情願不要自己的命，也要把我們藏民從水裏就出來。唉……』」如此，文章雖然沒有正面談到階級關係，但是民工們自身通過與過去的情況相聯繫，在對比中自然凸顯出了解放軍的好，人民民主新中國的好，他們不由自主地想到毛主席、想到是毛主席給他們帶來了好生活。楊念慈布即說道：「大家看看自己身上穿的衣服吧！紅的、綠的、鑲金邊的。可是還記得沒有來修路以前，我們穿的是什麼嗎？我記得自己：穿著一件碎成一條一條的灰毯子，我的女兒呢？爲這一條補了又補的破毛氈……可是這些好東西、好生活，都是誰給我們的呢？……那就是我們在念經的時候，都在念到的毛主席呀！」這樣，當藏族民工們將這一切歸功於毛主席並聯想到毛主席時，其國家表層同構即已發生，而當這種聯想再與「趙爾豐」、「外國鬼子」及他們沒來修路之前穿的破爛衣裳和目前過的好生活時，國家深層同構亦已發生。而這些都是在與階級關係相關的對比中發生、進行的。

下面再看徐官珠的詩《桃花林中的故事》。該詩發表於 1959 年 2 月 15 日《西藏日報》，內容主要是寫即將到北京去上學的索朗和格桑曲珍分別時的情節。詩作共分四大節，這裏我們僅看其後面兩節：

> （三）格桑曲珍本想把水舀，／又怕水紋劃破索朗的臉龐，／她癡情地對著倒影說：「你爲啥到湖邊去牧羊？」／／「請允許我向你告別吧，明天我要離別家鄉……」／「怎麼，你要離別家鄉？！／替你的主人到遙遠的牧場去放羊」？／／「不，你猜錯啦，／我要到北京去進學堂」。／這消息喜呆了姑娘，／「是誰給你翅膀讓你飛翔？」／／「不是我家主人的施捨，／也不是神靈的賜賞，／是我們敬愛的毛主席，／窮人的救星共產黨。」／／激情火焰在燃燒，／跳動的心飛出了胸膛，／她高聲自語：「是毛主席！是共產黨！」／／落水的花瓣劃破了擁抱的倒影，／像在嫉妒著幸福的時光；／喜淚浸濕了姑娘的肩膀和小夥子的胸膛，／解放前的苦水在他倆心中激蕩。／／「我爺爺還不起債主的糧，／被風雪掩歿他鄉」／「我爸媽還不起債主的糧，／在血淋淋的皮鞭下死亡。」／／「我爸媽死後，

留給我的東西有兩樣，／祖輩用過的破木碗，／祖輩用過的防狗棒。」
／／「我剛會走的時候，／就挨門乞討四處流浪，／在童年的歲月裏，
／飽受飢餓和風霜。」／／「我剛滿十歲的時候，／幹的活如同牛馬
一樣，／主人的皮鞭上染滿了我的鮮血，／心靈裏處處都是創傷。」
／／鐵馬年和平的五月，／西藏升起了金色的太陽，／共產黨拯救了
窮苦人，／給了他們飛翔的翅膀。／／解放前他倆的苦水是一樣，／
流成了河喲流成了江，／解放後他倆的心喲，／像枯萎的花朵重新
開放。／／

（四）「去吧，親愛的索朗，／把我的話兒刻在心上，／要聽從
毛主席的教導，／要熱愛我們的救星共產黨」／／「你的話兒我記在
心，／就像在石上刻下了花紋，／共產黨和毛主席的教導，／就是
我的新生命。」／／為了索朗和格桑曲珍愉快的離別，／第一縷陽光
揭開了乳色的晨霧，／桃花露出了紅色的笑臉，／鳥兒在林中翩翩
飛舞。／／

這首詩從其正式發表的時間來看，與西藏反動上層發動全面武裝叛亂，
從而國務院下令解散西藏地方政府的 1959 年 3 月 28 日已十分接近。而這首
詩的階級關係顯現也是十分明顯的。如詩中的男主人公其爺爺是因還不起債
主的糧，被風雪掩歿他鄉，他爸媽也是因還不起債主的糧，而死於皮鞭之下。
索朗的父母死後，他除了祖輩用過的破木碗和防狗棒之外，一無所有，只能
挨門乞討四處流浪。他剛滿十歲時，幹的活就如同牛馬一樣，並被主人的皮
鞭打得處處是傷。是誰改變了他的生活呢，是共產黨。共產黨拯救了窮苦人。
如此，詩歌不僅直陳了人民民主新中國國家性質中有關階級關係的一些內
容，如共產黨是窮人的救星；而且，在相關對比中，亦突出了農奴主的殘酷，
如，索朗的父母死於債主的皮鞭之下，索朗自身亦遭受農奴主的鞭打。而這
種涉及階級仇、階級恨、階級苦，並在其有關內容呈現的基礎上進行對比的
文學敘述模式，已與 1959 年 3 月之後西藏漢語文學作品中的有關表現極為相
似，與內地其他地區早已出現的一些文本也沒有太大區別，可以看作是階級
規避的一個特例。

以上本章主要論述了「和平解放」後至「民主改革」前西藏漢語文學在
國家同構方面的一些表現。其中，國家表層同構，主要是對祖國——中國國
家這一具有主權的社會組織或政治共同體——機構的認同與建構；國家深層

同構，則是圍繞著國家的根本性質，也即其階級關係而進行的與之相關的認同與建構。從表面上看，國家深層同構中的文學結構或修辭方式，與內地同一時期或其後西藏漢語文學中的有關表現具有相似性，但從總體上講，其內容仍是表現出了階級規避特徵的。如，即以《桃花林中的故事》來說，和同一時期其他地區的創作相較，如瑪拉沁夫的《在茫茫的草原上》，烏蘭巴幹的《草原烽火》等，其在黨發動群眾、教育群眾和組織群眾等方面，是沒有表現，或表現得不夠突出的。這或許與《桃花林中的故事》屬於詩歌這一體裁有關。但像《在茫茫的草原上》中洪濤和蘇榮對官布、鐵木爾的影響，《草原烽火》中李大年對巴圖吉拉噶熱的影響等，在這一時期的西藏漢語文學中是沒有得到突出表現的。其原因，本質上是與這一時期西藏的社會政治背景相關的。當然，從這一時期西藏漢語文學的整體表現、特別是文學集束的突出現象而言，無論是其中的階級規避，還是國家同構，除了作家本人的個性因素及文學本身的藝術特性外，又是與國家意識形態有著密切關聯的。那麼，這一時期的西藏漢語文學與國家意識形態之間具有怎樣的聯繫，這種聯繫又反映出文學與特定意識形態之間怎樣的一些運行機制呢？

第四章　文學與意識形態的特定同構及其運行機制

　　一般來講，馬克思主義意識形態觀主要有以下四個方面的指向：第一，唯物主義歷史觀的根本認識；第二，社會形態的歷史性質；第三，意識的能動性；第四，人類的未來發展。因此，從最廣泛意義上的意識形態所指來看，本質上，文學與意識形態之間是同構的，即它們之間是具有某種必然的關聯或不可分離的，在任何文學作品中，它們之間均會表現出某種對應性或指涉性的復合狀態與行爲過程。但對於文學與特定的意識形態而言，其在作家個人性的因素及文學作品本身的藝術特性或語詞之間的具體指涉或語詞自身的意識蘊含之外，又是在什麼樣的情況下，必然有所關聯，或者說這種關聯具有怎樣的運行機制呢？本章即從這一時期西藏漢語文學在國家意識形態方面的一些表現，對文學與意識形態之間的特定同構，及這種特定同構的一些運行機制作一探討。

第一節　文學與意識形態的特定同構

　　根據本書前面有關章節的敘述我們可知，階級規避作爲顯在規約的一種體現，雖然在「和平解放」後至「民主改革」前的西藏漢語文學中，具有突出的反映，但是其根本的目的仍然是國家同構，也就是說，階級規避僅是國家同構的一種手段，它是在特定的時代政治背景下，爲了更好地團結一切可以團結的力量，以維護民族團結和祖國——中國國家這一具有主權的社會組

織、政治共同體——機構——的穩定與統一，曲折迂迴式地實現國家根本性質中的階級關係同構而採取的一種策略。對於人民民主新中國的國家意識形態來說，階級規避本身並不是目的。由此，我們也就看到，儘管這一時期西藏漢語文學呈現了明顯的階級規避特徵，儘管其與同一時期其他地區文學作品中的階級對立、階級鬥爭話語的流行模式，並不完全一致，但是，除去個別作品或沒有關聯到國家意義呈現的一些作品外，從根本上講，它們仍是具有人民民主新中國初期的國家意識形態反映的，並在相當大的程度上，其文學反映與國家意識形態之間是具有同構特徵的，即不僅作者主觀上有著國家意識形態的傾向，而且國家意識形態亦是寄寓在其文學之內的，其文學集束與國家意識形態之間表現出了某種對應性或指涉性的復合狀態與行為過程。

　　如從主觀上的國家意識形態傾向來講，楊星火在《雪松》後記中即說道：「我是一個西藏戰士，因此，我歌頌西藏的鬥爭。」顧工在《喜馬拉雅山下》的後記中寫道：「看到祖國在前進，康藏在前進，我又激動得不能不寫。大家都在讚美祖國，讚美祖國的飛躍建設，如果把這讚美比作是大合唱的話；那麼我願意我的詩集，能成為大合唱中的一個音符。」陳希平在《雪的家鄉》的後記中寫道：「在那些值得懷念的日子裏，我看到了我們英雄戰士和藏族同胞熾烈的勞動熱情，我看到了他們叫『高山低頭頂、熱血化冰川』的磅礴氣概，我體會到了他們平凡而偉大的勞動的意義，在我心裏湧起了無限激情，我企圖能反映他們的豐功偉績於萬一」；梁上泉在《沸騰的高原》的後記中寫道：「祖國的高原在前進！從前寂寞荒涼的地方，如今響起了一片生產建設的喧騰，像一支戰鬥進行曲，伴奏著高原的日日夜夜，我沒有權力不作一個戰士行列中的歌者，來參加這支進行曲的合唱。」高平在《大雪紛飛》的後記中寫道：「我很幸福，從十八歲起在進藏部隊中工作了將近七年；而現在仍然在西藏工作著。但我所爭取著的更大的幸福，是能為人民寫出較多較好的作品來。」樊彬在《我是怎樣寫〈雪山英雄〉的》中寫道：「首先要感謝黨和上級對我的培養、教育和幫助。黨把我從苦難的舊生活中解放出來，然後在黨的部隊裏，我被培養、教育而成長起來，我常常想，我個人有什麼了不起的呢？……我深深體會到：這樣的事情也只有在我們黨領導的國家裏，部隊裏才有出現的可能」。以上創作者的表白，雖然沒有直接說明作品是在對國家意識形態進行表現，但從作者由於目睹或親身參與祖國建設、康藏建設而感到激動、幸福，對黨和國家的培養、教育表示感謝，以及其作品內容主是要反

映和歌頌新中國日新月異這一偉大進程中的人和事，而非作者個人的一己之情來看，其無疑是在主觀方面具有國家意識形態傾向的，也即其對國家意識形態是表現了認同並參與了建構的。

至於文學中寄寓的有關國家意識形態內容，我們以其在意識形態具體構成的三個層面的有關表現來具體分析。

首先看認知——解釋層面。意識形態的認知解釋層，是一定的意識形態對於包括人與人、人與社會、人與自然等在內的人類社會發展，特別是社會的經濟基礎和與各階級社會地位有關的基本理念進行理論說明的內容，是意識形態的知識論前提。馬克思主義意識形態的認知——解釋系統主要即是在唯物史觀和唯物辯證法基礎上所建立的社會發展觀。從這一時期西藏漢語文學的相關表現來看，其中，我們不僅可以看到國家階級關係的深層同構表現；而且在對社會發展及其有關現象的認識上，與傳統的西藏文學相比，儘管在一些作品中特別是民間文學的漢語呈現中可以看到「菩薩兵」、「造福神」、「神兵」、「神鷹」等語詞，但事實上這些語詞是人的關係戰勝了神的關係的反映，有關神的關係的表現不過是對人的關係的映襯。從根本上說，在這一時期的西藏漢語文學中，神幻觀念及宗教意識已經不是作品人物進行行動的絕對依據；相反，在一些作品中還隱性地對宗教神怪等進行了否定。如：徐官珠的《桃花林中的故事》中索朗說道的「不是我家主人的施捨，／也不是神靈的賜賞」；再如楊星火的《菠夢達娃》中，達娃不顧死鳥身上寫著的「挪動界碑是神的意旨，誰敢搬回來，就叫他像這鳥一樣死亡！」及界碑上寫著的「誰的手第一個碰上界碑，立刻就死在界碑旁」的「咒語」，毅然決然地將界碑挪回來，即是這方面的反映。同時，相對於羅永培在《喜馬拉雅山上的雪》中以宗教進行國家同構，《菠夢達娃》裏的達娃不僅在思想上對「神」的表現進行了質疑，如：「神啊，／難道你真的要我們把祖先遺忘？」而且，其在實際行動上亦是對「神」的表現進行了否定的。另外，我們從柯崗《金橋》有關情節的敘寫，也能看到這方面的表現。如「啞巴酒店」這一情節，作品通過對莫薩楊剛特務身份的揭穿，即在進一步統一人們的思想、激勵人們奮力築路的基礎上，對於此前人們心裏的魔鬼神怪觀念，如對於遠方地震傳到工地上的餘波有人說道的：「這是幾千年前，菩薩用法術給壓在雪山底下的那個魔鬼，要想出來了」等，進行了否定。而劉克《一九〇四年的槍聲》對立馬、曲貞等下層百姓愛國主義行為的展現，一方面既可看作是其在國家深同構中對

與階級關係相關的人民形象的突出與歌頌，另一方面也是其對社會是由人民構成及社會發展是由人民推動這一馬克思主義社會發展觀的反映。

其次，目標——策略層面。意識形態中的目標——策略層面，是一定意識形態基本理念的實現方法、途徑和藝術等方面的有關內容，作為國家意識形態來說，它具體表現為各種政治路線、施政方針、政策措施等。以這一時期中央對西藏地方的有關政策來講，1950 年中共西藏工作委員會在關於解放昌都戰役的工作指示中提到的宣傳紀律：「不得宣傳老解放區土改反霸等階級鬥爭」，1951 年 18 軍政治部下發的《進軍守則》中規定的：「在康藏地區……不得宣傳土地改革，不得宣傳階級鬥爭」，以及「十七條協議」中規定的：「對於西藏的現行政治制度，中央不予變更。達賴喇嘛的固有地位及職權，中央亦不予變更。各級官員照常供職。」「班禪額爾德尼的固有地位及職權，應予維持。」「有關西藏的各項改革事宜，中央不加強迫。西藏地方政府應自動進行改革，人民提出改革要求時，得採取與西藏領導人員協商的方法解決之。」等等，即是國家意識形態目標——策略層面的表現，而這一時期西藏漢語文學中與此相關的階級規避，可以說即是其有關內容在文學中的具體呈現。

第三，價值——信仰層面。意識形態中的價值——信仰層面，即一定的意識形態的價值觀及信仰成分，它是區分不同意識形態的定性標準，是一定社會的意識形態體系的核心內容之一，是意識形態各要素的綜合反映形式，它集中體現了意識形態的導向功能。因此，可以說，在一定意義上，國家意識形態中的價值——信仰層面是普通國民在進行價值判斷和選擇時所依賴的重要根據之一，也是他們對現實世界進行價值評價的尺度之一，同時，也是他們產生激情的觀念基礎。作為人民民主新中國的國家意識形態來說，為人民服務的無私奉獻精神和集體主義、社會主義及愛國主義等思想，無疑是其價值觀的體現。如此，我們看到，在這一時期的西藏漢語文學中，不僅有相當多的作品對西藏的未來物質建設進行了描繪或充滿了憧憬，如徐懷中《我們播種愛情》中關於農場建設的規劃藍圖，楊星火在《啊，安錯胡！——高原上藍色的眼睛》中寫道的：「湖邊要掛起日夜閃光的星星，／美麗的花朵要四季開在湖旁，／綠色的樹林中要蓋起高樓大廈，／要讓各族人民，／在假期中來欣賞你的風光」，高平在《拉薩的黎明》中寫道的：「在你底每條街道，／人們要編唱新的歌謠；／在你郊外的田野上，／汽車在公路上奔跑，／像流水／衝開無數新的河道。／／在你的周圍，／會增加十倍的建築；／樓房多

得能擋住天上的風；／用不完的電，／會使每一個黑夜，／都變成黎明。」等即是如此；而且還有許多作品對這一時期西藏出現的新人新事以及解放西藏、進軍西藏、建設西藏過程中表現出來的為人民服務的無私奉獻精神和集體主義、社會主義、愛國主義思想等進行了歌頌。如我們前面提到的對陳希平在《雪的家鄉》中對小余的描寫，柯崗在《春江牧人》中對丁福山的描寫，蘇策在《怒江的激流上》對李文炎、崔錫明的描寫，在《生命之路》中對張仁義的描寫，在《雀兒山的朝陽中》對李學志的描寫等，均是這方面的反映，梁上泉的《謁張福林墓園》一詩在詩首還直接摘引了某師黨委的決議：「……部隊接受了搶修康藏公路雀兒山段的任務……張福林以其高度的責任感……早起晚睡、刻苦鑽研……對自己生命未作任何考慮……他不愧為祖國人民的好兒子，一個偉大的共產主義戰士。」

　　可以說，綜合這一時期西藏漢語文學在國家意識形態具體構成三個層面的有關表現來看，其與國家意識形態之間是具有密切關聯的，從文學集束的角度來說，它們是同構的，即其中的國家意識形態與文學集束之間存在著某種對應性或指涉性的復合狀態與行為過程。一方面，國家意識形態寄寓在文學之中，另一方面，文學亦主動與這一意識形態相掛鉤。如除了我們上面曾論述到的國家意識形態在文學作品中的一些具體呈現外，像胡奇《五彩路》中張得發的弟弟，徐懷中《地上的長虹》中的楊小林、柯崗《金橋》中的李希林、馬吉星等人《高原戰士》中的揚小楊等，其人物的文學形象即均有本於真實人物如張福林及其他一些英雄模範的真實事迹。至於其他如徐懷中《我們播種愛情》中對社會主義崇高愛情觀的展現，《地上的長虹》中對郝鳳歧落後思想的揭露，《金橋》中對李希林忠於黨和人民無私奉獻、忘我工作的歌頌，散文通訊特寫集《踏破雪山進軍西藏》及陳斐琴與葛洛等在《康藏高原的春天》中對人民解放軍解放西藏、進軍西藏、建設西藏的英雄事迹及「讓高山低頭、讓河流讓路」的大無畏革命精神的歌頌等，亦無不與國家意識形態對某種價值觀的貶抑和倡揚相關，而這些作品在寄寓國家意識形態的同時，無疑是加強了國家意識形態的社會傳播和其社會影響的，或者說通過其文學表現進一步論證與凸顯了國家意識形態的合理性與合法性。如此，儘管不能說這一時期所有的西藏漢語文學在國家意識形態之維都具有同構反映，但其大部分作品或其文學集束與國家意識形態之間，是具有鮮明的同構特徵的，這亦表明文學與特定意識形態之間是存在特定同構的。

第二節　文學與意識形態特定同構的運行機制

　　以上我們指出了這一時期西藏漢語文學的大部分作品與國家意識形態之間具有鮮明的同構特徵，那麼這種文學與意識形態之間的特定同構，除了作家個人性的因素及文學作品本身的藝術特性和語詞觀念性外，又是在什麼樣的情況下發生的，或者說有著怎樣的運行機制呢？

　　本書認為，如果具備以下四個前提條件，文學或文學集束與意識形態的特定同構，將在相互關聯中產生：（一）文學與意識形態之間的聯繫或相互作用的增強；（二）與文學和意識形態相關的職業性身份及組織機構的產生；（三）文學與意識形態必須去爭奪的信息量的增長；（四）對同一目標的追求及其實現手段與途徑的共同意識的增強〔註1〕。其中，文學與意識形態之間的聯繫或相互作用的增強，主要是指在作家個人性因素和文學藝術特性之外，現代出版或大眾傳播機制對文學與意識形態之間聯繫的增強。在文學主要是口耳相傳或私人刻印出版的情況下，文學與意識形態之間雖然也具有聯繫，但其聯繫或相互作用的社會性體現，顯然不及現代出版條件下容易影響社會或受到社會關注，並成為有關組織機構或個人經常操控的手段與對象的。而對於特定的意識形態來說，它與文學之間的聯繫或相互作用的增強，還表現在行為主體有意識地通過文學這種載體來寄寓或宣傳特定的意識形態，並重視根據

〔註1〕　組織社會學的社會制度建構理論認為，在組織領域，如果具備以下四個條件，官僚化就會從結構中產生：1. 組織之間相互作用的增強；2. 組織之間統治結構和聯合結構的產生；3. 一定地區的各組織必須去爭奪的信息量的增長；4. 對一個公共事業的共同意識的增強。同時，該理論認為，同構是一種「制約性過程」，在面臨同樣的環境條件時，有一種力量促使某一單元與其他單元變得相似。根據迪馬喬和鮑威爾的觀察，同構有兩種形式，一種是競爭性同構，一種是制度性同構。競爭性同構強調的是種群生態學中的同質化與市場競爭之間的因果關係。制度性同構強調的是社會組織合法性的重要性以及同質化過程的「適當性邏輯」。其中，制度性同構的變遷又是基於以下三種機制：1.「強制性同構」——其壓力來自該組織面臨的其他組織所施加的壓力和該組織所處社會的文化期望；2.「模仿性同構」——來源於組織的不確定性；3.「規範性同構」——專業化的結果。（〔美〕愛奧尼斯·克齊威利第斯：《後社會主義轉軌中的國家同構》，黃文前編譯，載《當代世界與社會主義》2007年第1期。馬迎賢：《非營利組織理事會「制度同構」現象探析》，載《學會》2006年第9期。陳菲：《制度同構理論與歐洲一體化——以歐盟監察專員制度的建立為案例》，載《世界經濟與政治》2009年第4期。）與社會學制度主義的同構理論不同的是，我們這裏所提出的同構，更多的是指社會與文學或文學與意識形態之間互為作用的過程或狀態。其競爭性同構主要表現為歷時態文學發展的過程本身，而制度性同構則是共時態文學意義的呈現。

包括民間歌謠等在內的文學中所反映的有關社會民意或社會輿論，來調整其
有關行為及特定意識形態。至於與文學和意識形態相關的職業性身份或組織
機構的產生，在大眾傳播和現代政治組織體系的情況下，除普遍意義上的社
會組織或政治機構，及自由寫手職業和文學市場生產外，更多地是指與意識
形態和文學相關的職業作家及專門性的組織機構，如供職於文聯、作協、雜
誌社、出版社、報社及政治部、文化部、文工團、文工隊等組織、機構中的
人員及這些組織、機構本身。文學與意識形態必須去爭奪的信息量的增長，
主要是指在現代出版的情況下，無論是文學本身為了實現其社會價值和作者
自身的經濟報酬而與與之相對的意識形態，還是特定的意識形態出於爭取人
民群眾或反對、排斥與打擊其他政治意識形態的需要而與之相對的文學，均
需更加貼近人們的興趣或需求。也即雙方均需在自身主體（文學創作者個人，
形成理論性意識形態的個人或群體）之外，去爭得更普泛性的人們的認可來
確認其合理性或合法性。而這一合理性或合法性在人民民主新中國初期的具
體體現，主要表現在對人民與階級的關注或闡釋與表現上。即無論是整體的
國家意識形態，還是具體的文學作品，其合理性或合法性均需在人民與階級
的認同中得到確認。而這種包含階級性的人民性與包含人民性的階級性，無
論是抽象的人性表現，還是具象的生活聯繫和情感展現，其信息量，隨著現
代出版的進一步發展及人與人和人與社會之間關係的愈加密切，特別是隨著
人們的認識及社會本身的發展，是逐漸增長的。最後，關於對同一目標的追
求及其實現手段與途徑的共同意識的增強，主要是指人們在社會理想和人生
目標及其實現手段與途徑等方面的認識具有一致性的增強。

　　以我們上一節提到的這一時期西藏漢語文學與國家意識形態之間的特定
同構來說，其同構狀態的發生，顯然與我們提到的四個前提條件相關。例如，
就文學與意識形態之間的聯繫或相互作用的增強來講，儘管這一時期西藏的
現代出版條件仍不容樂觀，但相對於舊西藏自然地理和社會環境的封閉狀況
來說，這一時期西藏漢語文學的出版傳播條件無疑是有所改善的。這就更不
用說，這一時期西藏漢語文學中的許多作品不僅是在內地出版條件下進行出
版和傳播的，而且相關行為主體還十分注意文學與意識形態之間的聯繫和作
用。如這一時期有關文工團隊在西藏的創作演出、1958 年作家出版社將李剛
夫整理的藏族民歌集《康藏人民的聲音》，作為中國民間文藝研究會主編的「民
間文學叢書」之一出版，及高平《步行入藏紀實》中所反映的賀龍對《荒山

變樂園》一劇進行了委婉批評等，即是此例。其次，我們看與文學和意識形態相關的職業性身份或組織結構的產生。事實上，除了新中國整個政治體系下與文學和意識形態相關的文聯、作協等反映了內地文學與意識形態是具有密切聯繫的一些情況外，18 軍原有的文宣工作者及這一時期由組織安排進藏的其他一些記者、作家，及西藏軍區文工團、西南軍區政治部文化部創作室等，亦可看作是這方面的表現。至於文學與意識形態必須去爭奪的信息量的增長，我們可以看到，無論是新中國國家階級性質的體現，還是維護祖國統一和民族團結而進行的階級規避表現，這一時期的西藏漢語文學及國家意識形態對人們的影響，均對人民社會地位和物質生活的改善表現出了極大的關注。這表明，儘管這一時期的西藏漢語文學受西藏社會政治的影響，表現出了階級規避特徵，但是其合理性與合法性的確認與國家意識形態一樣，均在「人民」這一信息量的爭奪方面有所增長。關於對同一目標的追求，從包括民間文學漢語呈現在內的這一時期西藏漢語文學的有關情況來看，其與國家意識形態中的反對一切人剝削人、人壓迫人的社會制度及通過社會主義人民民主的方式實現沒有剝削、沒有壓迫的社會理想目標與實現途徑是一致的。

當然，從其同構的具體表現來看，其運行機制又有以下三個方面的內容：（一）強制性同構。它一般表現為外在於文學的某種力量，如行政干涉、市場誘導、社會預期、作家個人創作心理動機驅使等對文學的影響。在這一時期的西藏漢語文學中，其主要表現在人民民主新中國整體的社會政治制度和針對西藏地方具體的政策、策略對文學的影響上，如這一時期西藏漢語文學中受顯在規約影響的階級規避，和受隱性規約影響或其本身即是隱性規約之一的國家同構，即是其具體表現。另外，由於人們在經過了長時期的列強欺凌和戰亂之後，對於嶄新的欣欣向榮的人民民主新中國，自然在心理上產生一種普遍的認同感，並於實踐上積極投身於祖國的各項建設，如此，這也使得作家在創作心理上具有一種新中國、新時代情結。而這種潛在的或時代性的創作心理，作為一種非文學本身的因素或力量，亦對作家的文學創作具有影響，並使得這一時期的文學作品，普遍具有一種內在的激情和呈現出昂揚向上的面貌。如這一時期西藏漢語文學中的許多作品，無論是如徐懷中的《我們播種愛情》、高平和楊星火的諸多詩歌中對西藏建設的正面歌頌與肯定，還是如劉克的《新苗》、《白局長》等中對一些現實存在的問題的揭示，其基調均是昂揚向上的，對於未來亦是充滿樂觀和美好憧憬的。而以上這些無論是

整體的社會政治制度，還是具體的政策、策略及作家或時代創作心理等方面的因素，其對於文學與意識形態之間的影響，均可視作強制性同構的表現。

（二）模仿性同構。這主要是指作家相互交往或近類文本的影響，如對近類題材、近類體裁文學範本的模擬等，其或源於主題的相似性，或源於對某一領域的不確定性。例如在這一時期西藏漢語文學階級規避中對有關矛盾衝突的轉移和淡化中，即可以看到建國初《內蒙人民的勝利》中對相關矛盾進行轉移和淡化處理的影響。再如徐懷中的《十五棵向日葵》與顧工的《重逢》，徐懷中的《地上的長虹》與柯崗的《金橋》及馬吉星等的《高原戰士》，其作品中的有關人物與情節均存在高密度的雷同情況，亦可看作模仿性同構的表現。當然，這種模仿性的同構本身還有著作家體驗生活或其素材來源的一致性，如徐懷中、顧工、柯崗等均到康藏公路上進行了采風，但作家之間的交往或文本彼此之間的互相模仿因素也是不能排除的。例如，徐懷中在《我們播種愛情》中的最後一段描寫：「小扎西當真招著手放聲地向空中喊叫起來：『大雁，請落下來！落下來吧！』」即與高平的詩《候鳥》中的描寫：「落下來吧，／這，就是昌都！／你們並沒有認錯路。／……這確實就是昌都！／只不過樣子有點變。／啊哈，落下來吧，／現在，／你們作為中國天空上的飛鳥，／對這個應該習慣。」有著相似之處。針對這一情況，高平在《步行入藏紀實》中即說道：「懷中在小說的結尾，想表達的意思是，由於我們在康藏的荒原上建設了農場，使那裏的面貌發生了巨大的變化。正在這時，他讀到了我作於1954年11月的《從夜晚到黎明——關於昌都的組詩》……懷中認為挺好，正可以借用在小說的最後……後來，我讀到了他的《我們播種愛情》，全書的最後一句就是：『大雁，請落下來吧！落下來吧！』懷中遺憾地告訴我，他原來已經將我的詩句署名摘印在小說的《尾聲》的題下，出版社的責編認為與全書的體例不合，給刪去了。」〔註2〕（三）規範性同構。主要指文學藝術機制自身的規範作用，如語言修辭、篇章佈局、結構聯接和具體的遣詞造句等，它一方面取決於文學藝術自身的特性，另一方面也來自於作家自身的文化教育、修養及其對文學網絡體系認識的延拓。如就文學的表意結構或修辭方式來說，這一時期西藏漢語文學中的正反映襯與相關對比等，即反映了這方面的情況。而徐懷中由《我們播種愛情》到《松耳石》再到《無情的情人》，及高平《大雪紛飛》、《紫丁香》之於西藏民間文學的借鑒等，亦可看作

〔註2〕高平：《步行入藏紀實》，天津：百花文藝出版社2000年版，第19～21頁。

規範性同構中作家自身對文學網絡體系認識的延拓。例如《電影文學》之所以發表徐懷中的劇本《無情的情人》，其理由之一即認爲，這一作品語言文字上較爲成熟，稍作修改即可實際拍攝。由此來看，如果說強制性同構更多地是側重於文學之外的影響，那麼規範性同構則更多地是側重於文學本身的影響。當然，從根本上說，這一時期西藏漢語文學的文學集束與國家意識形態之間的同構，無論是四個方面的前提條件，還是其運行機制中具體的三個方面的內容，均與這一時期西藏的社會狀況或者說西藏社會歷史的發展及人民民主新中國國家的根本性質相關聯。

　　以上本章主要是從這一時期西藏漢語文學在國家意識形態方面的一些表現，對文學與意識形態之間的特定同構，及這種特定同構的一些運行機制作了一些探討。事實上，就「和平解放」後至「民主改革」前的西藏社會發展來講，圍繞著是否執行和維護「十七條協議」而進行的各種鬥爭，實質上可以看作是社會主義人民民主與一切人類歷史上少數人對多數人統治的鬥爭。因爲，就人民民主新中國的國家性質來說，其在階級關係方面，不僅追求的是人與人之間的抽象平等，而且是要在極大的發展生產力的基礎上於生產關係方面實現人與人的平等。如此，作爲這一時期人民民主新中國的國家同構，它既是在社會主義人民民主專政之下民族與民族之間關係眞正平等的新型民族關係的努力實現，也是社會發展中人與人之間社會關係眞正平等的人類文明的新的拓展。由此，新中國成立後，作爲人們社會生活的具體實踐及其積澱或意識反映的社會文化建設，不僅對於邊疆少數民族地區歷史上固有的文化形態來說，是異質的，即使是對國內的非少數民族地區歷史上固有的文化形態來說，也是異質的。而這種相對於整個中國歷史固有文化或一切有利於剝削者、壓迫者的文化來說具有「異質」性的社會主義人民民主文化，其在我國各地的具體建設或人們的具體生活當中，在結合當地自然地理環境和社會歷史特點或人們原有文化資源的基礎上，固然有著一些不同的日常或形式上的表象，其過程也並非完全是同步的，但其在反對一切剝削和壓迫以求人們自由幸福生活的終極性質上，又是相同的或者說是同質的。這一點無論是在我國的非少數民族地區是如此，在其他少數民族地區也是如此。由此，如果我們從人民民主新中國的國家性質或文學與特定意識形態特定同構的角度，去看待某一具體民族或地區的文學與另一具體民族或地區的文學，在相關情節、內容或修辭手法及風格表現上具有某些相似性，而這種相似性又排

除具體作家在非深入生活而在其創作過程中的取巧及其他藝術領域內正常的相互借鑒與吸收的話，那麼這種相似性，更多的是文學與意識形態特定同構運行機制及壓迫階級和剝削階級的壓迫性和剝削性，以及壓迫階級和被壓迫階級作爲一個階級而言的階級頑抗和階級覺醒表現具有相似性的反映。

結　語

　　本書主要是對「和平解放」後至「民主改革」前（1951.5～19593.3），西
藏漢語文學在階級規避與國家同構方面的表現進行了一些論述。從根本上
說，它們既與西藏當時特殊的社會政治背景相關，也與人民民主新中國的國
家根本性質相關。從這一時期西藏的社會形態來看，當時的西藏社會應屬於
由封建農奴社會向新民主主義社會過渡的狀態，這一狀態中的社會主要矛盾
即農奴主階級和農奴階級的矛盾。但正如本書已經指出的，農奴階級與農奴
主階級的階級矛盾或階級鬥爭等，在這一時期的西藏漢語文學中是沒有得到
集中或突出反映的，也即是表現出了階級規避特徵的。因此，僅從這一點來
說，我們即不獨可以看到中央對於西藏具體政策制定的真誠性，也可以看到
有關方面對於相關政策執行的堅定性。而無論是這一時期西藏漢語文學中的
國家同構，還是階級規避，從根本上說，它們又都是沒有脫離新中國國家意
識形態的，其中的許多作品或者說文學集束，還與新中國國家意識形態之間
有著特定同構的表現。

　　就文學與意識形態之間的關係來講，它們之間無疑有著緊密聯繫。這種
聯繫不僅表現在客觀上，文學中可能會流露出一定的意識形態，一定的意識
形態會對一定的文學產生影響；而且也表現在主觀上，一定的意識形態會由
一定的文學來表現，一定的文學也會對一定的意識形態有所影響。而從意識
形態更廣泛的意義上去看待其與文學的關係，它們實質上又是內在同構的，
即它們之間是具有某種必然的關聯或不可分離的。新時期以來，就文學與意
識形態之間的關係或者說針對文學的本質屬性，理論界提出了「審美意識形

態」論。這一理論認爲，文學是一種「社會的審美意識形態」〔註1〕，並強調審美意識形態這一語詞，既不是偏正結構式地指向審美的意識形態，也不是並列式的審美與意識形態這兩個概念的拼合，而是一個完整的統一的概念。有學者對之即解釋道：「它是文學內在的審美與意識形態兩個方面的活動性張力所建構、形成的由其語言呈現出來的文學的基本性質。」並提出應「從馬克思主義人學與社會學統一的思路上來認識文學的意識形態問題」，認爲「意識形態是人在社會生活中的生存處境、生存方式、生存願望的一種表達。文學作爲意識形態，它通過審美方式表達個人或者某些人對現實社會由生產方式所構成的生存處境的感受，書寫自身的生存願望，這本身也是一種人的生存方式。」〔註2〕當然，學界對審美意識形態論也存在著一些爭議，但就文學與意識形態的關係而言，它們之間無疑是必然關聯和不可分離的。因此，對文學意識形態進行研究既是可行的也是重要的。不過，我們這裏指出可從意識形態對文學進行研究，並不是等同於主張文學的狹義政治批評，而是指文學研究在注意到文學自身的藝術張力的同時，還應當重視具體的社會狀況或社會實踐、社會形態的歷史性質等對文學的影響，以及文學作爲人的一種活動，而與具體的意識形態之間，及意識形態作爲人的社會生活方式的一種表達，而與具體的文學之間的相互關聯及互爲指涉的意義。

　　一段時期以來，意識形態曾被當作外在於文學的某種異質性的東西，但事實上，文學與意識形態之間儘管在特定的社會政治背景下存在著一些尷尬，但這些尷尬的本身，並不表示文學與意識形態之間應是必然疏離的。它在反映了特定時代社會政治背景或社會發展矛盾的同時，只不過印證了對於具體的不同的文學作品來說，其所反映的意識形態可能是並不完全一致或意識形態本身具有多樣性或多層次性而已。而對於具體的文學與具體的意識形態來說，它們之間始終是會有著不同程度的特定同構的。因此，對於文學與意識形態關係的研究，重要的不僅在於發現具體的文學作品受到了何種意識形態的影響，或反映了怎樣的一種意識形態，也在於這一特定的意識形態與文學之間的特定同構，反映了怎樣的一種社會性質或人們怎樣的一種社會生活方式。當然，文學與意識形態之間的關係，遠非是本書已經或所能窮盡的，

〔註1〕 童慶炳：《審美意識形態論作爲文藝學的第一原理》，載《學術研究》2000年第1期。

〔註2〕 馮憲光：《「審美意識形態論」與人在文學活動中的存在》，載《西南大學學報》（社會科學版）2009年第5期。

社會的發展也絕不是文學所能全部囊括的，但從這一時期西藏漢語文學中階級規避與國家同構的表現來看，它至少一定程度上映襯了舊西藏「政教合一」的封建農奴制，是阻擾西藏社會進一步發展的障礙；同時它也提醒我們，對於邊疆民族地域文學的研究，在民族文化身份及「他者」等視角之外，有關文化困境或文化性質的分析判斷，是不能忽視社會各階級所賴以形成的經濟基礎，及社會形態性質與階級關係前途的意識能動反映的。

附　錄

西藏漢語文學編年撮要（1951.5～1959.3）

1949 年 9 月 2 日，新華社發表社論《決不允許外國侵略者吞併中國領土——西藏》。

1949 年 9 月 29 日，中國人民政治協商會議第一屆全體會議通過《中國人民政治協商會議共同綱領》。

1949 年 10 月 1 日，中華人民共和國中央人民政府宣告成立。

1950 年 10 月 6 日～24 日，中國人民解放軍進行昌都戰役，昌都解放。

1951 年

五月

1951 年 5 月 23 日，《中央人民政府和西藏地方政府關於和平解放西藏辦法的協議》（即「十七條協議」）在北京簽訂。

七月

7 月 26 日，由四川進藏的 18 軍先遣支隊創辦《新聞簡訊》（此前曾出十幾期為試刊，1951 年 10 月下旬 18 軍主力部隊進駐拉薩，終刊）

八月

8 月 16 日，《解放軍文藝》第 1 卷第 3 期，總第 3 期設〔進軍西藏特輯〕專欄，載有林田的《進軍西藏日記》，趙奇的《在瀾滄江怒江間的旅途上》、《戰勝風雨冰雹的高原飛行隊》，袁傳芳的《翻越高爾士山》，剛夫、傳芳的《渡金沙江之前》、《折多河邊新天地》，洪流的《二郎山下變了樣》，王里、單默

的《荒村變成鬧市》，王貴仁、謝光齊的《「帳篷街」和「沙發床」》等作品。

8月27日，由青海進藏的18軍獨立支隊創辦《草原新聞》（1951年12月1日18軍獨立支隊進抵拉薩，終刊）

九月

本月，西南人民出版社編的作品集《熱愛我們的祖國》由（重慶）西南人民出版社出版，內收徐瑢的《我最喜愛的地方》、《戰鬥在雀兒山上》等作品。

十一月

11月12日，新華社西藏分社出版的油印小報《新華電訊》正式出版。

11月25日，高平的《播種者》載《西南文藝》本年11月號，總第2期。

十二月

12月16日，《解放軍文藝》第1卷第7期，總第7期設〔人民解放軍在康藏高原上〕專欄，載有吳忠的《向康藏高原進軍》（詩）、《冰天雪地建設忙》（快板詩），楊萍的《達馬拉山大改變》（快板詩）、《唱鐵鎬》（快板詩），袁鏡亮的《陳元伯造車》（快板詩），陳英的《紅軍回到藏胞家》（詩，寫雲南中旬）），丁乙的《建設新康藏》（通訊），高平的《播種者》（通訊），葛洛的《把荒山變成樂園》（通訊），趙騫的《送行》等作品。

12月25日，葛洛的《母親的禮物——一個流傳在康藏高原上的故事》（詩）載《西南文藝》本年12月號，總第3期。

本月，高平創作詩歌《打通雀兒山》（1952年5月號、總第10期及1952年6月號、總第11期《解放軍文藝》題爲《劈開雀兒山》，署名進藏部隊戰士；1952年8月號《西南文藝》）。

1952年

一月

1月1日，柯崗的《八十一號車——戰鬥在高原之一》（小說）載《人民文學》本年1月號，總第27期。

三月

3月12日，柯崗的《當紫外陽光灼上雪線雀兒山的峰頂》（小說）載《西南文藝》本年3月號，總第5期。

五月

5月16日，高平的《劈開雀兒山》（詩，署名進藏部隊戰士）載《解放軍文藝》本年5月號，總第10期。

5月25日，菊樓的《光榮的腳印》（報告），張聯芳的《康藏高原上的空投員》（通訊），宗子度的《美麗的康藏高原》（通訊）載《西南文藝》本年5月號，總第7期。

六月

6月16日，高平的《劈開雀兒山》（署名進藏部隊戰士作詞，李偉作曲）載《解放軍文藝》本年6月號，總第11期。

八月

8月1日，吳忠等的《康藏高原上人民解放軍的歌唱》（詩輯），樊斌的《進軍在康藏高原上》（新事物速寫）載《西南文藝》本年8月號，總第9期。

8月16日，魏風作詞的《英雄們戰勝了大渡河》（作曲羅宗賢、時樂濛）載《解放軍文藝》本年8月號，總第13期。

8月22日，西藏軍區黨委機關刊物《高原戰士》雜誌創刊（1956年夏試辦《高原戰士》報時終刊）。

本月，西南人民出版社編輯的通訊集《踏破雪山進軍西藏》由（重慶）西南人民出版社出版。

十月

10月1日，西藏《新華電訊》改為《新聞簡訊》。

十一月

11月1日，顧菊樓的《熱愛祖國邊疆的人——記在康藏連續立功的陳明德同志》（新事物速寫），菊樓的《高原上的炊煙——記進藏部隊某團的模範炊事班長周隆海同志》（新事物速寫）載《西南文藝》本年11月號，總第11期。

十二月

12月1日，高平、趙騫、徐瑢執筆的歌劇《運輸線上》載《西南文藝》本年12月號，總第12期。

12月16日，陳斐琴的《康藏公路在勝利前進》（通訊），柯崗的《春江牧人》（小說）載《解放軍文藝》本年12月號，總第17期。

本年，歌劇《運輸線上》獲西南軍區文藝會演優秀節目獎。

1953 年

一月

本月，王小石編的《開闢康藏公路的英雄們》由（上海）北新書局出版。

二月

2 月 1 日，樊斌的《雪山進軍——樊斌同志和他的小說》載《解放軍文藝》本年 1、2 月號，總期 18 期。

三月

3 月 1 日，蘇嵐的見聞錄《康藏行》（一）載《旅行雜誌》27 卷第 3 期。

3 月 2 日，周良沛的《沿著怒江》（詩）載《人民文學》本年 3 號，總第 41 期。

四月

4 月 10 日，蘇嵐的見聞錄《康藏行》（二）載《旅行雜誌》27 卷第 4 期。

4 月 12 日，陳斐琴的《西南軍區部隊文藝工作團訓練經驗介紹》載《解放軍文藝》本年 4 月號，總第 20 期。

五月

5 月 10 日，蘇嵐的見聞錄《康藏行》（三）載《旅行雜誌》27 卷第 5 期。

5 月 12 日，高平的《〈劈開雀兒山〉的創作前後》載《解放軍文藝》本年 5 月號，總第 21 期。

六月

6 月 1 日，顧工的《康藏高原好風光》（詩）載《西南文藝》總第 18 期。

6 月 10 日，蘇嵐的見聞錄《康藏行》（四）載《旅行雜誌》27 卷第 6 期。

七月

本月，陳斐琴、葛洛等的通訊報告集《康藏高原的春天》由（重慶）重慶人民出版社出版。

八月

柯崗的《波羅山下》（小說），高平的《康藏高原的誓言》（詩）載《解放軍文藝》本年 8 月號，總第 24 期。

本月，蘇嵐的長篇通訊《康藏隨軍行》由（上海）中國旅行社出版。

九月

9 月 1 日，顧工的《在雪山環抱中的人們》載《西南文藝》總第 21 期。

本月，柯崗的短篇小說集《風雪高原紅花開》由（上海）新文藝出版社出版。

十月

10 月 1 日，高平的《飛向北京》（詩），袁山的《讀〈康藏高原上的春天〉》（評論）載《西南文藝》本年 10 月號，總第 22 期。

10 月 12 日，柯崗的《高黎貢山的伐木者》（小說）載《解放軍文藝》本年 10 月號，總第 26 期。

10 月 16 日，蘇嵐的《我從西藏來》（報導）載《新觀察》總第 20 期。

十一月

11 月 1 日，梁上泉的《通車的日子》（詩）載《西南文藝》總第 23 期。

11 月 12 日，任萍的《獻上哈達獻上心》（詩）、高平的《接崗以前》（詩）載《解放軍文藝》本年 11 月號，總第 27 期。

十二月

12 月 1 日，繫鈴的《讀〈高原上的炊煙〉》（評論）載《西南文藝》本年 12 月號，總第 24 期。

本年，在西南軍區文藝檢閱上，《叫我們怎麼不歌唱》（歌曲）、《青年英雄秦文學》（四川評書）獲創作表演一等獎，《打通雀兒山》（歌曲）獲創作一等獎，《築路歌》（歌曲）、《歌唱英雄張福林》（河南墜子）獲創作三等獎，《修路就是上戰場》（歌曲）獲創作三等獎。

1954 年

一月

1 月 1 日，林予的《爲了祖國的邊疆》（小說），柯崗的《從無到有——戰鬥在邊疆之一》（報告）載《西南文藝》本年 1 月號，總第 25 期。

二月

2 月 1 日，樊斌的《雪山英雄》（小說，摘錄《雪山英雄》17、18 章），馬吉星的《高原戰士》（話劇，連載）載《西南文藝》本年 2 月號，總第 26 期。

三月

3 月 10 日，蘇嵐的《壯麗的布達拉宮》載《旅行雜誌》28 卷 3 月號，總

第 312 期。

3 月 16 日，楊居人的通訊報導《訪康藏高原》（一）載《新觀察》本年第 6 期。

四月

4 月 1 日，楊居人的通訊報導《訪康藏高原》（二）載《新觀察》本年第 7 期。

4 月 12 日，顧工的《歡迎你，毛主席派來的人》（詩）載《解放軍文藝》本年 4 月號，總第 32 期。

4 月 16 日，楊居人的通訊報導《訪康藏高原》（三）載《新觀察》本年第 8 期。

五月

5 月 1 日，楊居人的通訊報導《訪康藏高原》（四）載《新觀察》本年第 9 期。

5 月 1 日，高平的《收工回來》（詩）載《西南文藝》本年 5 月號，總第 29 期。

5 月 12 日，高平的《阿媽，你不要遠送》（詩）載《解放軍文藝》本年 5 月號，總第 33 期。

六月

6 月 12 日，徐懷中的《騎兵巡邏隊》（詩）載《解放軍文藝》本年 6 月號，總第 34 期。

本月，樊斌的小說《雪山英雄》由（北京）中國青年出版社出版。

本月，林田的《康藏高原散記》由（重慶）重慶人民出版社出版。

七月

7 月 12 日，《解放軍文藝》本年 7 月號，總第 35 期設〔在康藏高原上〕專欄，載有唐昌智的《高原風雪》，白水的《扎魯河上》，樊斌的《桑都拉錯》、《運糧》等作品。

本月，王大純、張倬元等的考察記《康藏高原上》由（北京）中國青年出版社出版。

八月

8 月 1 日，高平的《天安門前》（詩），王余的《關於藏族戲劇的演出及其

他》（評論）載《西南文藝》本年 8 月號，總第 32 期。

8 月 12 日，徐懷中的《地上的長虹》（小說，上），伯平的《藏族女民工——央尼》（報導）載《解放軍文藝》本年 8 月號，總第 36 期。

九月

9 月 12 日，徐懷中《地上的長虹》（小說，下）載《解放軍文藝》本年 9 月號，總第 37 期。

十一月

11 月 1 日，高平的《他站在橋頭上》、《甘孜草原的夜晚》（詩）載《西南文藝》本年 11 月號，總第 35 期。

11 月 12 日，顧工的《從瀾滄江到雅魯藏布江》（康藏生活散記之一）載《解放軍文藝》本年 11 號，總第 39 期。

本月，由蘇嵐編輯的《藏族民歌》由（上海）新文藝出版社出版。

十二月

12 月 1 日，顧工的《開山的炮聲》、《共同的願望》（詩）載《西南文藝》本年 12 月號，總第 36 期。

12 月 12 日，高平的《我回來的時節》（詩）載《解放軍文藝》本年 12 月號，總第 40 期。

本月，徐懷中的小說《地上的長虹》由（北京）人民文學出版社出版。

1955 年

一月

1 月 1 日，周良沛的《康藏三首》（《帳篷城的夜》、《布拉格，您加入了我們的戰鬥》、《無邊的森林》），星火的《雀兒山上的道班》、《路》，徐瑢的《母女晨話》，史徵的《不朽的生命》，郝盛濤的《犛牛隊》，毛曉宇的《戰鬥的橋》，鄢方剛的《評介雪山英雄》載《西南文藝》本年 1 月號，總第 37 期。

1 月 12 日，《解放軍文藝》本年 1 月號，總第 41 期設「跨越世界屋脊——北京到拉薩」專欄，載有張經武的《康藏公路》，范明的《青藏公路》，長人的《公路通過了青稞地》，鄭大棋的《深夜篝火》，王偉的《途中》，顧工的《千錘英雄楊海銀》，星火的《戰鬥在原始森林中》，袁德輝的《搭綵門》等作品，另有李興貴的評論《〈地上的長虹〉是一篇好作品》。

1月22日，賀笠的《康藏公路紀行》（一）載《旅行家》本年第1期（創刊號）。

二月

2月1日，柯崗的《寫在康藏公路通車的時候》（詩），項本習的《我們的駕駛員》，高平的《蘇聯專家——向幫助我們和平建設的友人致敬》（詩），顧工的《震盪山谷的歡樂——康藏公路生活散記之一》，劉式琮的《踏破高原萬里雪》載《西南文藝》本年2月號，總第38期。

2月12日，高平的《高原上的友情》，馬國昌等的《世界屋脊開航線》載《解放軍文藝》本年2月號，總第42期。

2月22日，王葵的遊記《穿過雅魯藏布江河谷》、賀笠的《康藏公路紀行》（二）載《旅行家》本年第2期。

三月

3月1日，星火的《啊！安錯湖！》（詩）、天泉的《高原戰士的歌》（詩）載《西南文藝》本年3月號，總第39期。

3月12日，星火的《金色的拉薩河谷》（詩），周良沛的《邊疆的江河》載《解放軍文藝》本年3月號，總第43期。

本月，高平的詩集《珠穆朗瑪》由（上海）新文藝出版社出版。

本月，謝蔚明的《康藏公路紀行》由上海出版公司出版。

四月

4月1日，劉克的《新苗》（小說）載《西南文藝》本年4月號，總第40期。

4月12日，顧工的《在宿營的時候》（詩）載《解放軍文藝》本年4月號，總第44期，該期雜誌還設有〔關於「地上的長虹」的討論〕專欄，載有東木的《讀「地上的長虹」》，袁一宗的《對「地上的長虹」及其批評的一點看法》，孫平的《應該根據現實生活來評作品的好壞（關於〈地上的長虹〉的討論）》等文。

4月15日，蘇嵐的《高原短歌——犛牛隊》（詩）載《文藝月報》本年4月號，總第28期。

本月，中國人民解放軍總政治部文化部編印通訊報告集《北京到拉薩》。

五月

顧工的《尼洋河畔茶花香》（速寫）載《西南文藝》本年 5 月號，總第 41 期。

5 月 12 日，柯崗的《左浪嘎的征服者——追記鑿通然烏溝》，顧工的《在通向幸福的道路上——康藏生活散記之一》載《解放軍文藝》本年 5 月號，總第 45 期。

六月

梁上泉的《「金橋」，通車了》、《雪山上的道班》、《播種者》，高平的《來自拉薩的憤怒》載《西南文藝》本年 6 月號，總第 42 期。

6 月 2 日，蘇策的小說《到高原去》載《解放軍文藝》本年 6 月號，總第 46 期。

七月

7 月 1 日，顧工的《深摯的愛》（散文小說）載《西南文藝》本年 7 月號，總第 42 期。

7 月 8 日，梁上泉的《喧騰的高原》（詩）載《人民文學》本年 7 月號，總第 69 期。

7 月 12 日，梁上泉的《高原牧笛》，星火的《拉薩河上的老爺爺》（詩）載《解放軍文藝》本年 7 月號，總第 47 期。

7 月 22 日，李璞的《康藏高原歸來》載《旅行家》本年第 7 期。

本月，沈石的報告文學《世界屋脊上的公路——康藏公路工地紀事》由（北京）民族出版社出版。

本月，彭逢燁編寫的《康藏公路和青藏公路》由（北京）通俗讀物出版社出版。

八月

8 月 1 日，星火的《開山炮冒著藍煙》（詩），梁上泉的《歸來》載《西南文藝》本年 8 月號，總第 43 期。

本月，楊居人的訪問記《訪康藏高原》由（北京）作家出版社出版。

九月

9 月 1 日，顧工的《森林中的火光》（話劇）載《西南文藝》本年 9 月號，總第 44 期。

9 月 8 日，梁上泉的《瀘定橋頭》（詩），顧工的《森林中的火光》（獨幕

話劇）載《人民文學》本年9月號，總第71期。

9月12日，梁上泉的《山谷的一夜》（詩）載《解放軍文藝》本年9月號，總第49期。

本月，《跨越世界屋脊的康藏、青藏公路》由（北京）人民交通出版社出版。

十月

10月1日，徐瑢的《草原夜歌》（詩）、西南文藝編的《讀者對〈新苗〉的意見》（評論）、王自若的《讀〈新苗〉後》、陳易和祥瑞的《試談〈新苗〉》載《西南文藝》本年10月號，總第46期。

十一月

本月，顧工的詩集《喜馬拉雅山下》由（北京）中國青年出版社出版。

本月，宗子度的通訊特寫集《到拉薩去》由（北京）中國青年出版社出版。

十二月

本月，龔思雪的《新中國的新西藏》由（北京）中國青年出版社出版。

1956年

一月

1月1日，呂子房等的《讀〈森林中的火光〉》載《西南文藝》本年1月號，總第49期。

1月21日，許傾的《生活就沿著這樣的道路前進──評劉克的短篇小說〈新苗〉》，載本日《光明日報》。

本月，邵長辛的通訊集《西藏高原旅行記》由（北京）通俗讀物出版社出版。

本月，楊瓘編寫的《康藏公路》由（上海）新知識出版社出版。

本月，顧工的《光榮的腳印》由（北京）工人出版社出版。

三月

3月12日，楊星火的《雪松》（詩）載《解放軍文藝》本年3月號，總第55期。

3月15日，饒階巴桑的《牧人的幻想》（詩）載《邊疆文藝》本年3月號。

四月

4月12日，饒階巴桑的《牧人的幻想》（詩，《永遠在前列》、《十月的草原》、《士兵，你要看得更遠》、《託蜜蜂捎去話》、《牧人的幻想》），星火的《山崗上的字迹》（詩），白樺的《介紹藏族戰士饒階巴桑的詩》載《解放軍文藝》本年4月號，總第56期。

4月22日，西藏自治區籌備委員會成立，《西藏日報》創刊，爲西藏自治區籌備委員會機關報。

4月26日，陳斐琴的《燕芭和楊茜》（拉薩幻想曲之一，詩）載本日《北京日報》。

本月，蘇策的通訊報告集《在怒江激流上》，由（重慶）重慶人民出版社出版。

五月

5月5日，周葉萍的小說《在崑崙山中》載《延河》本年5月號，總第2期。

5月12日，胡昭的《汽車在草原上飛馳》，汪承棟的《我讚美石河子新城》（詩）載《解放軍文藝》本年5月號，總第57期。

本月，梁上泉的詩集《喧騰的高原》由（北京）中國青年出版社出版。

本月，戈壁舟的長詩《把路修上天》由（北京）作家出版社出版。

六月

本月，「西南文藝」編輯部編的詩選《金色的拉薩河谷——康藏公路詩選》由（武漢）長江文藝出版社出版。

本月，康蔭的遊記《我們的康藏高原》由（上海）少年兒童出版社出版。

七月

7月8日，楊星火的《走向邊防哨崗》、《我是高原上的汽車兵》（詩）載《人民文學》本年7月號，總第81期。

7月12日，梁上泉的《篝火，燃燒吧！》，周良沛的《給志願墾荒隊》，徐群的《東方來的第一隻鷹——獻給首次開闢「北京——拉薩」航線的全體飛行員同志們》載《解放軍文藝》本年7月號，總第59期。

7月15日，徐懷中的《十五棵向日葵》（小說）、梁上泉的《在山泉流響的地方》（詩）載《邊疆文藝》本年7月號。

本月，陳希平的小說《羚羊角》載《文學》第7期。

本月，關紀奮編寫的《人民的康藏公路》由（成都）四川人民出版社出版。

八月

8月7日，高平的《寄自拉薩的組詩》（四首，《藏族騎手》、《有一道山谷》、《致田野》、《散會以後》），周良沛的《金沙江邊及其它》（三首，《燈》、《金沙江邊》、《心》），蘇策的《雀兒山的朝陽》（小說），蔚樺的《從邊哨寄來的歌》（《巡夜》、《升旗》、《哨上的玉蘭花》），揚強的《高原上的歌》（《應該這樣來報恩》、《布穀鳥在東山邊叫》），鄒雨林的《寄鮮花》（詩）載《紅岩》本年8月號，總第2期。

8月12日，齊振霞的《飛上「世界屋脊」》載《解放軍文藝》本年8月號，總第60期。

8月15日，梁上泉的《跨著十萬大山》（詩），徐懷中的《雪松》（小說）載《邊疆文藝》本年8月號。

九月

9月7日，徐瑢的《你是八月裏的紫丁香》（含《我為你歌唱唱啞了喉嚨》、《你是八月裏的紫丁香》）載《紅岩》本年9月號，總第3期。

本月，馬吉星的《西藏散記》由（上海）少年兒童出版社出版。

十月

10月1日，《高原戰士》報創刊（1968年12月，終刊）。

10月12日，高平的《懸崖上的繩索》，周良沛的《新的神話》，毛正三的《雪山紅旗》載《解放軍文藝》本年10月號，總第62期。

本月，蘇策的短篇小說集《雀兒山的朝陽》由（北京）中國青年出版社出版。

十一月

11月7日，梁上泉的《傳說》，易照峰的《當汽車開進草原》，野火的《晨鐘》，高平的《夜歸》（詩）載《紅岩》本年11月號，總第5期。

十二月

12月7日，鄒雨林的《三片綠芽》（詩），溫莎的《生活——詩的土壤——讀高平的詩集「珠穆朗瑪」》載《紅岩》本年12月號，總第6期。

12月12日，徐懷中的《我們播種愛情》（小說，連載），胡奇的《小卓瑪》

（兒童故事）載《解放軍文藝》本年 12 月號，總第 64 期。

12 月 15 日，陳希平的《雪的家鄉》（小說散文），饒階巴桑的《趕馬人的歌》（詩），曉風的《讀「十五棵向日葵」》（評論）載《邊疆文藝》本年 12 月號。

本月，周良沛整理的《藏族情歌》由（武漢）長江文藝出版社出版。

本年 6 月，胡奇的西藏民間故事集《魚兄弟》由（上海）少年兒童出版社出版（民族出版社 1958 年出版藏文版，內有《魚兄弟》、《金眼貓》、《旺堆叔叔落空了》、《卓瑪姑娘》、《摘豌豆的小姑娘》等故事）。

本月，陳家瓈的遊記《西藏山南遊記》由（北京）中國少年兒童出版社出版。

本月，何思源的見聞記《旅藏紀行》由（北京）生活·讀書·新知三聯書店出版。

1957 年

一月

1 月 1 日，蘇策作詞，羅念一作曲的《拉薩之春》（歌曲），沁瑩的《卓瑪來到我家》（詩），高平的《詩歌工人的發言》（詩），鄒雨林的《婚禮》（詩），劉克的《新年隨筆》（散文），劉漢君的《新的生命——昌都地區農村記事之一》，徐瑢的《拉薩晨歌》（散文）載本日《西藏日報》。

1 月 4 日，李禾的《應該注意的小事情》（雜感）載本日《西藏日報》。

1 月 5 日，胡奇的《五彩路》載《延河》本年 1 月號，總第 10 期（刊載 9 節）。

1 月 6 日，李禾的《有感》（調寄南鄉子），蕭帝岩的《察隅》（詩，二首），王宏疏的《裘主任的三句話》（小品）載本日《西藏日報》。

1 月 7 日，鄒雨林的《蜜蜂》，高平的《拉薩機場工地組詩》（《塵土與光柱》、《嬰兒靜靜的躺著》、《紅旗》）載《紅岩》本年 1 月號，總第 7 期。

1 月 9 日，蘇策的《風雪之歌》（小說），楊星火的《將軍的窗臺上》（詩），陳霽的《射擊》（詩），伊里的《橫穿藏北》（報告紀實）載本日《西藏日報》（《輕騎》第一期）。

1 月 10 日，鵬迅的《她為什麼向我張望》，木東的《讓西藏的文藝之花盛開》載本日《西藏日報》。

1月12日，徐懷中的《我們播種愛情》（小說，連載）載《解放軍文藝》本年1月號，總第65期。

1月13日，彭浪的《強巴的話》（詩），劉漢君的《阿媽——昌都地區農村紀事之二》載本日《西藏日報》。

1月15日，徐懷中的《松耳石》（短篇小說）載《邊疆文藝》本年1月號。

1月15日，高平的《敬禮康藏駕駛兵》（詩），藍志貴的《小白楊》（詩），徐瑢的《波密的森林之夜》（詩），伊里的《橫穿藏北——黑阿公路踏勘記實》（報告文學，連載，之四），九弟的《介紹「雀兒山的朝陽」》載《西藏日報》（《輕騎》第二期）。

1月17日，王濤的《在通往農場的路上》（小說），彭浪的《老劉的算盤》（雜議）載本日《西藏日報》。

1月19日，曉逸的《她為什麼向我張望》（詩），木東的《讓西藏的文藝之花盛開——我對「百花齊放」方針的一些體會》（評論）載本日《西藏日報》。

1月22日，高平的《進軍西藏組詩》（詩，10首），沁瑩的《當我上崗的時候》（詩），宏疏《讀「婚禮」》（評論）載本日《西藏日報》。

1月24日，王宗元的《亞摩亞摩》（詩），劉漢君的《在新建的小學裏——昌都地區農村紀事之三》（散文紀事）載本日《西藏日報》。

1月26日，曉嵐的《窗前》（詩）載本日《西藏日報》。

1月29日，熙德的《森林中的搏鬥》（小說），莫移的《談清規戒律》（評論隨筆），《部隊創作情況簡報》載本日《西藏日報》（《輕騎》第三期）。

1月31日，宏疏的《盛開的花朵》（小說）載本日《西藏日報》。

二月

2月5日，汪承棟的《行駛在青藏公路》，易方的《更多更好地反映西藏現實生活——一點不成熟的意見》載本日《西藏日報》。

2月7日，莫移的《關於寫自然景物》（評論）載本日《西藏日報》。

2月7日，劉克的《妻》（短篇小說），竇燕山的《然烏海和珠穆朗瑪》、《我撫摸著珠穆朗瑪的胸脯》，曾艾的《友誼的花朵開放在高原上》載《紅岩》本年2月號，總第8期。

2月8日，楊星火的《波蘿達娃》（波夢達娃，詩），梁上泉的《南方的邊境》（詩），饒階巴桑的《戀歌三首》（詩）載《人民文學》本年2月號，總第88期。

2月9日，李禾的《這不是過高的要求吧》，雪翔、微寒的《談談星火的詩》（評論）載本日《西藏日報》。

2月12日，劉克的《白局長》（短篇小說），高平的《給藏族少先隊員》（詩），莫移的《作者到哪裏去》（評論）載本日《西藏日報》（《輕騎》第四期）。

2月12日，徐懷中的《我們播種愛情》（小說，連載）載《解放軍文藝》本年2月號，總第66期。

2月14日，伊里的《橫穿藏北——黑阿公路踏勘記實》（報告文學，連載，之五）載本日《西藏日報》。

2月15日，徐懷中的《不褪色的旗》（短篇小說）載《邊疆文藝》本年2月號。

2月16日，盧榮光、龔稼祥的《懷念》載本日《西藏日報》。

2月19日，曉逸的《山色宜人的亞東》（散記之一）載本日《西藏日報》。

2月21日，徐瑢的《吹著牧哨的青年》（詩），曉逸的《亞東的中心——下司馬》（散記之二），穆東的《春耕之前》，李禾的《談散文》，《傍晚，漫天飛紅霞》，宏疏的《小垂柳和蒼松》（寓言）載本日《西藏日報》。

2月23日，汪承棟的《送別》（詩），袁一凡的《翻越喜馬拉雅山脈》，李禾的《也談寫自然景物》（評論），宗仁的《新來的採購員》載本日《西藏日報》。

2月26日，鵬迅的《在暴風雨的夜裏》（小說），陳霽的《給邊疆助產士》（詩），《給高原上的一位將軍》（詩），蘇策的《在前進的路上——試談西藏日報最近發表的詩》（評論），小平的《拉薩河上的橋》（歌詞），載本日《西藏日報》（《輕騎》第五期）。

2月28日，漢君的《蘋果樹》（小說），雨林的《白髮和綠葉》（詩），高平的《不許大漢族主義走進詩歌》（評論）載本日《西藏日報》。

三月

3月1日，汪承棟的《多少無名山》（詩）、顧工的《彩色繽紛的拉薩河呵》、《野雁呵，你爲什麼……》（詩）載《星星》本年第3期。

3月2日，張合令的《關於描寫西藏自然景物問題的幾點意見》（評論），鵬迅的《競賽中發生的故事》（小說連載），汪承棟的《柳林下》（詩）載本日《西藏日報》。

　　3月6日，鵬迅的《競賽中發生的故事》（小說連載，續完），曉逸的《老亞東和新亞東──散記之三》載本日《西藏日報》。

　　3月8日，劉克的《一九0四年的槍聲》（五幕六場話劇），梁上泉的《寄在巴山蜀水間》（詩）載《人民文學》本年3月號，總第89期。

　　3月10日，莫移的《不能走那條路！──我的回答》（評論）載本日《西藏日報》。

　　3月12日，莫移《再談美》（評論），楊星火的《希望》、何瑞雲的《夜歸》、鄒純正的《雪線上的騎兵》、焦東海的《一件軍衣》、王徵的《安澤湖旁》、甘樹聲的《告訴母親》、趙騫的《山中短笛》（詩）載本日《西藏日報》（《輕騎》第六期）。

　　3月12日，徐懷中的《我們播種愛情》（小說，連載），饒階巴桑的《金沙江邊的戰士》（詩），梁上泉《琴弦》（詩）載《解放軍文藝》本年3月號，總第67期。

　　3月14日，曉逸的《頭人說了些什麼？──散記之四》載本日《西藏日報》。

　　3月16日，漢君的《蓮花白的風波》（小說），楊星火的《組詩，獻給礦工的詩》，汪承棟的《讀在前進的路上》，沁瑩的《姑娘愛的是你喲》（詩）載本日《西藏日報》。

　　3月20日，宏疏的《林瑞芝和我》（小說），曉逸的《加林崗一瞥──散記之五》載本日《西藏日報》。

　　3月23日，漢君的《萬里相會》（小說）載本日《西藏日報》。

　　3月27日，周浪聲的《騾馬灘之戰》（小說），鄒雨林的《金色的黎明》（詩），楊星火的《關於爭鳴》載《西藏日報》（《輕騎》第七期，本期後停止）。

　　3月30日，鍾子舫的《自然描寫和美》，戴宜生的《熱巴》載本日《西藏日報》。

四月

　　4月2日，宗子度的《喜馬拉雅山區的初春》載本日《西藏日報》。

　　4月3日，梁榕的《高原的夜》（詩）載本日《西藏日報》。

　　4月7日，楊星火的《羊卓雍湖上》（《湖上風光》、《安安靜靜的流吧》、《春節晚上》、《東去的車隊卷著風沙》），沙鷗的《談談楊星火的幾首短詩》載《紅岩》本年4月號，總第10期。

4月12日，徐懷中《我們播種愛情》（小說，連載）載《解放軍文藝》本年4月號，總第68期。

4月17日，宏疏的《回來》（小說），汪承棟的《眼睛》（詩）載本日《西藏日報》。

4月27日，甘永貴的《小公民的阿姨》（詩），汪承棟的《次力卓尕》（詩）、《朗措》（詩）載本日《西藏日報》。王萍生的評論《讀〈我們播種愛情〉》載本日《光明日報》。

本月，胡奇的小說集《五彩路》由（北京）中國少年兒童出版社出版。

本月，楊星火的詩集《雪松》由（上海）新文藝出版社出版。

五月

5月7日，劉克的《白局長》（小說）載《紅岩》本年5月號，總第11期。

5月10日，鵬迅、浪聲的《彩虹之歌》（小說，連載）載本日《西藏日報》。

5月12日，徐懷中的《我們播種愛情》（小說，連載），載《解放軍文藝》本年5月號，總第69期。

5月16日，鵬迅、浪聲的《彩虹之歌》（小說，載畢），山曉的《唐古拉山的一夜》（小小說）載本日《西藏日報》。

5月20日，高平的《大雪紛飛》（詩）載《人民文學》本年5、6月合刊，總第91期。

5月23日，李剛夫的《楊柳橋》（長詩）載本日《西藏日報》。

六月

6月1日，冀文正的《旅行在洛渝地區》遊記）載本日《西藏日報》。

6月7日，溫莎的《生活——詩的土壤——讀高平的詩集「珠穆朗瑪」》載《紅岩》本年6月號，總第12期。

6月12日，徐懷中的《我們播種愛情》（小說，續完）載《解放軍文藝》本年6月號，總第70期。

6月15日，周良沛的《遠方》（短篇小說）載《邊疆文藝》1957年5、6月合刊。

本月，柯崗的長篇小說《金橋》由（上海）新文藝出版社出版。

七月

7月7日，梁上泉的《號角》（詩），周良沛的《北風》（詩），朱疑的《初

到邊疆》載《紅岩》本年 7 月號，總第 13 期。

7 月 26 日，單超的《崑崙山下的五個普通人》（連載，上）載本日《西藏日報》。

7 月 28 日，單超的《崑崙山下的五個普通人》（連載，下），李禾的《年楚河》（散文）載本日《西藏日報》。

本月，楊居人的《訪康藏高原》由（北京）作家出版社出版。

本月，周良沛的詩集《楓葉集》由（北京）作家出版社出版。

八月

8 月 7 日，汪承棟的《寄自雪山雲嶺間》（《將軍夜宿道孚》、《林間》），高平的《亞東之春》（《廟房夜話》、《山中問答》、《亞東之春》）載《紅岩》本年 8 月號，總第 14 期。

8 月 20 日，饒階巴桑的《工程師》（詩）載《人民文學》總第 93 期。

本月，高平的詩集《拉薩的黎明》由重慶人民出版社出版。

本月，蘇嵐編譯的《藏族民歌　第一集》由上海文化出版社出版。

本月，詩集《春天的蓓蕾》由四川人民出版社出版，內收鄒雨林的《藏族駕駛員》、《烏麗，你的名字就是一首詩》、《三片綠葉》、《蜜蜂》，汪承棟的《世界最高的機場》，丹軍的《問答》、《大渡河橋的護橋兵》，王光壽的《給架線工人》、《卓瑪來到我家》等詩。

九月

9 月 7 日，汪承棟的《多底溝》載《紅岩》本年 9 月號，總第 15 期。

9 月 12 日，饒階巴桑的《子彈》（詩四首，《子彈》、《元旦》、《我和馬兒走千里》、《腳》）載《解放軍文藝》本年 9 月號，總第 73 期。

9 月 21 日，宏疏的《毛牛和毛驢》（寓言）載本日《西藏日報》。

9 月 25 日，袁一凡的《兩條道路的鬥爭——看電影「青年先鋒隊」》載本日《西藏日報》。

9 月 27 日，李禾的《豪邁的感情》，郭超人的《藏毯的故鄉——江孜》載本日《西藏日報》。

十月

10 月 15 日，汪承棟的《橋》（詩），王堯、開斗山譯的《喜馬拉雅》（詩）、《哈羅花》（詩）載《青海湖》本年 10 月號，總第 14 期。

10 月 18 日，汪承棟的《接孩子》（詩）、《筆》（詩）載本日《西藏日報》。

10 月 20 日，梁上泉的《大巴山歌》（詩，四首），顧工的《油印報》（詩）載《人民文學》本年 10 月號，總第 95 期。

本月，徐懷中的小說《我們播種愛情》由（北京）中國青年出版社出版。

十一月

11 月 11 日，穆峰的《自豪吧，察爾汗湖！》、《夜話》（詩）載本日《西藏日報》。

十二月

12 月 8 日，高平的《悼擦珠·阿旺洛桑》（詩）載本日《西藏日報》。

12 月 12 日，拉敏益西楚臣作，楊化群譯的《悼擦珠·阿旺洛桑》載本日《西藏日報》。

12 月 15 日，汪承棟的《噶爾穆之夜》、《第一個小公民》、《生活——詩的礦山》載《青海湖》本年 12 月號，總第 16 期。

1957 年 12 月到 1958 年初，范明撰寫了《新西遊記提綱》（另一說是 1956 年開始寫作，直至 11 月底，寫出《新西遊記》的創作提綱，還寫下了第一回的兩萬多字）

1958 年

一月

1 月 5 日，王宗元的散文特寫《高原——風雪——青春》載《延河》本年 1 月號，總第 22 期。

1 月 7 日，柯崗的《柳雪嵐》（小說），揚禾的《池邊》（小說），梁上泉的《汽笛與牧笛》、《列車進行曲》、《新路——給達巴公路的修築者》（詩），高平的《乳白色的煙霧啊》（詩），鄒雨林的《噶爾穆之夜》（詩），修文的《讀伐木者》（評論）載《紅岩》本年 1 月號，總第 19 期。

1 月 12 日，劉克的《央金》（小說）載《解放軍文藝》本年 1 月號，總第 77 期。

1 月 15 日，汪承棟的《崑崙山下的明珠——噶爾穆》（詩）載《青海湖》本年 1 月號，總第 17 期。

二月

2 月 2 日，陳荒的《回來吧，孩子》載本日《西藏日報》。

2月7日，蘇策的《我的旅伴》（小說）載《紅岩》本年2月號，總第20期。

2月12日，劉克的《「曲嘎波」人》（小說）載《解放軍文藝》本年2月號，總第78期。

2月18日，楊星火作詞、羅念一作曲的《春天的拉薩河》載本日《西藏日報》。

2月22日，西藏地方政府發出布告、命令和信函擁護和執行籌委會有關免除藏幹學員人役稅的決議。

2月27日，楊星火的《邊防軍人向你道喜》、《藏族民歌中的解放軍》（詩）載本日《西藏日報》。

2月28日，冀文正的《加拉——美麗的山村》載本日《西藏日報》。

本月，陳希平的短篇小說集《雪的家鄉》由上海新文藝出版社出版。

三月

3月7日，楊星火《愛人的故鄉》（詩）載《紅岩》本年3月號，總第21期。

3月16日，汪承棟的《這樣的一課》（詩），李剛夫的《工布帕拉下的嫁娶戈協》載本日《西藏日報》。

3月25日，徐瑢的《藏族老牧人的歌》（詩）載《詩刊》本年3月號，總第15號。

3月30日，高平的《風沙汗珠》（詩），楊星火的《當春天醒來的時候》（詩）載本日《西藏日報》。

四月

4月1日，楊星火的《看收割機的人》、汪承棟的《察爾汗鹽湖》（詩）載《星星》本年4月號，總第16期。

4月7日，鄒雨林的《大年初一那天》（散文），顧工的《我喜歡迎著風向前走去》、《每個人都有自己的理想》（詩），梁上泉的《紅領巾水電站》（詩）載《紅岩》本年4月號，總第22期。

4月12日，顧稼的《我們播種愛情——一部優秀的小說》載《解放軍文藝》本年4月號，總第80期。

4月15日，劉漢君的《走在建設的前列》載《青海湖》本年4月號，總第20期。

4 月 15 日，王偉的《西藏高原的頌歌》（對徐懷中《我們播種愛情》的評論）載《邊疆文藝》本年 4 月號。

五月

5 月 7 日，汪承棟的《五一節在長江黃河源頭放歌》（詩），高平的《項鏈兒》（詩）載《紅岩》本年 5 月號，總第 23 期。

5 月 12 日，劉克的《馬》（短篇小說），饒階巴桑的《寄家鄉》（詩），彩斌的《雪夜出診》（詩），尉立青的《在唐古拉山上》（散文）載《解放軍文藝》本年 5 月號，總第 81 期。

5 月 15 日，汪承棟的《賽英號》（詩）載《青海湖》本年 5 月號，總第 21 期。

5 月 30 日，陳斐琴的《勇敢者的道路──介紹「五彩路」（兒童小說）》載《文藝報》本年第 10 期，總第 218 號。

六月

6 月 7 日，柯崗的《忘我的詩人──藏族先進生產者丹巴朋措》（特寫），河田的《芸姐》（小說），馬戎的《我讀金橋》（評論）載《紅岩》本年 6 月號，總第 24 期。

6 月 15 日，汪承棟的《卓措》（詩）、劉漢君的《征服荒原》（小說）載《青海湖》本年 6 月號，總第 22 期。

本月，高平的詩集《大雪紛飛》由（北京）作家出版社出版。

本月，李剛夫整理的藏族民歌集《康藏人民的聲音》由（北京）作家出版社出版。

七月

7 月 7 日，梁上泉《紅雲臺》（詩）載《紅岩》本年 7 月號，總第 25 期。

7 月 15 日，尹克軒的《青藏高原運輸兵之歌》、朱奇的《卓措，動人的形象──評敘事詩〈卓措〉》載《青海湖》本年 7 月號，總第 23 期。

7 月 23 日，楊星火的《拉薩的呼聲》（詩）載本日《西藏日報》。

八月

8 月 3 日，孫昌熙的評論《苗康是個典型個人主義者──讀徐懷中著「我們播種愛情」札記一則》載《文史哲》本年第 8 期，總第 72 期。

8 月 11 日，王世德的評論《崇高壯麗的社會主義愛情──評長篇小說〈我

們播種愛情〉》載《文藝報》本年第 15 期，總第 223 號。

8 月 14 日，蘇策的《藏族工人的朋友——劉西文》載本日《西藏日報》。

九月

顧工的《暴風中的女醫生——邊城紀事》（散文）載《紅岩》本年 9 月號，總第 27 期。

9 月 24 日，楊更的《去找「黑姑娘」》（詩）載本日《西藏日報》。

十月

10 月 8 日，汪承棟的《橋》（詩）載本日《西藏日報》。

10 月 31 日，惠毅然收集的《昌都地區藏族民歌十一首》載本日《西藏日報》。

十一月

11 月 1 日，白辛的旅行記《在崑崙山——崑崙山、岡底斯山、喜馬拉雅山旅行記》載《新觀察》本年第 21 期，總第 196 期。

11 月 1 日，昂旺・斯丹珍、索南阿拉的《格喜斯滿送報來啦》載《紅岩》總第 29 期。

11 月 6 日，西藏豫劇團編導組編、任德華執筆的《冰河水讓路》（河南曲子、墜子對唱）載本日《西藏日報》。

11 月 16 日，白辛的旅行記《在岡底斯山上——崑崙山、岡底斯山、喜馬拉雅山旅行記》（一）載《新觀察》本年第 22 期，總第 197 期。

11 月 29 日，西藏豫劇團編導組編、任德華執筆《說唱青年社會主義建設積極分子陳樹乾》載本日《西藏日報》。

11 月 30 日，陳茵的《喜卻卓瑪的心意》（詩）載本日《西藏日報》。

十二月

12 月 1 日，白辛的旅行記《在岡底斯山上——崑崙山、岡底斯山、喜馬拉雅山旅行記》（二）載《新觀察》本年第 23 期，總第 198 期。

12 月 6 日，單超的《向民間文學學習》（評論），官珠整理的《次仁與丹增》（民間故事），昂旺品措收集整理的《冬天的太陽》（三十九族熱塘壩牧歌）載本日《西藏日報》。

12 月 16 日，白辛的旅行記《在喜馬拉雅山——崑崙山、岡底斯山、喜馬拉雅山旅行記》（一）載《新觀察》本年第 24 期，總第 199 期。

1959 年

一月

1 月 7 日，郭超人的《羌塘兩千里》（連載一）載本日《西藏日報》。

1 月 9 日，郭超人的《羌塘兩千里》（連載二）載本日《西藏日報》。

1 月 27 日，趙千的《北雁爲什麼不南飛》（詩）載本日《西藏日報》。

本月，由解放軍文藝出版社編輯的《臺灣來的漁船　短篇小說集》由（北京）解放軍文藝出版社出版，內收劉克的《央金》、《「曲嘎波」人》。

二月

2 月 7 日，楊星火的《高原躍進短歌》（《高原第一爐鋼》、《山河要聽人召喚》）載《紅岩》總第 32 期。

2 月 13 日，《在整風運動基礎上推動機關文藝活動——拉薩直屬機關春節業餘文藝會演結束》載本日《西藏日報》。

2 月 15 日，徐官珠的《桃花林中的故事》（詩），汪承棟的《越進之歌》（詩，含《頌汽車列車》、《頌「東風隊」》、《高原一飯站》、《萬寶溝》、《道班》、《這是誰家女》、《駕駛拖拉機》）載本日《西藏日報》。

2 月 27 日，《西藏豫劇團討論長期建藏思想問題》載本日《西藏日報》。

三月

3 月 28 日，中華人民共和國國務院總理周恩來發佈命令，解散西藏地方政府，由西藏自治區籌備委員會行使西藏地方政府職權。

本月，顧工的散文詩和散文集《風雪高原》由（上海）上海文藝出版社出版。

參考文獻

一、文學作品類

1. 陳家璉，西藏山南區遊記〔M〕，北京：中國少年兒童出版社，1956。
2. 陳斐琴，葛洛等，康藏高原的春天〔C〕，重慶：重慶市人民出版社，1953。
3. 樊斌，雪山英雄〔M〕，北京：中國青年出版社，1954。
4. 高平，步行入藏紀實〔M〕，天津：百花文藝出版社，2000。
5. 高平，珠穆朗瑪——進軍西藏詩集〔M〕，上海：新文藝出版社，1955。
6. 高平，大雪紛飛〔M〕，北京：作家出版社，1958。
7. 高平，拉薩的黎明〔M〕，重慶：重慶人民出版社，1957。
8. 顧工，喜馬拉雅山下〔M〕，北京：中國青年出版社，1955。
9. 顧工，風雪高原〔M〕，上海：上海文藝出版社，1959。
10. 顧工，這是成熟的季節〔M〕，北京：作家出版社，1957。
11. 郭超人，西藏十年間〔M〕，北京：新華出版社，1985。
12. 胡奇，綠色的遠方〔M〕，北京：中國少年兒童出版社，1964。
13. 胡奇，神火〔M〕，北京：作家出版社，1960。
14. 胡奇，琴聲響叮咚〔M〕，上海：新文藝出版社，1958。
15. 胡奇，五彩路〔M〕，北京：中國少年兒童出版社，1957。
16. 胡奇，女水手〔M〕，上海：上雜出版社，1952。
17. 胡奇，模範農家　三幕劇〔M〕，上海：上海雜誌公司，1950。
18. 戈壁舟，把路修上天〔M〕，北京：作家出版社，1956。
19. 柯崗，金橋〔M〕，上海：新文藝出版社，1957。
20. 開斗山編譯整理，西藏新生曲〔C〕，上海：上海新文藝出版社，1959。
21. 羅永培，喜馬拉雅山上雪　劇本〔C〕，上海：商務印書館，1940。
22. 李剛夫（整理），康藏人民的聲音——藏族民歌集（民間文學叢書）〔M〕，

北京：作家出版社，1958。

23. 李剛夫，雪山紅梅開〔M〕，成都：四川人民出版社，1961。

24. 李喬，掙斷鎖鏈的奴隸〔M〕，北京：作家出版社，1958。

25. 劉克，一九○四年的槍聲〔J〕，人民文學，1957，（3）。

26. 劉克，央金〔M〕，北京：解放軍文藝出版社，1962 年。

27. 梁斌，紅旗譜〔M〕，北京：中國青年出版社，1957。

28. 瑪拉沁夫，科爾沁草原的人們〔J〕，人民文學，1952，（1）。

29. 瑪拉沁夫，科爾沁草原的人們〔C〕，北京：人民文學出版社，1959。

30. 瑪拉沁夫，在茫茫的草原上（上部）〔M〕，北京：作家出版社，1957。

31. 「熱風」編輯部編，1949～1959 小説散文選〔C〕，福州：福建人民出版社，1960。

32. 任華光，西藏記事〔M〕，開封：河南人民出版社，1959。

33. 沈石，世界屋脊上的公路〔M〕，北京：民族出版社，1955。

34. 單超整理，仙桃園〔M〕，上海：上海文藝出版社，1959。

35. 邵長辛，西藏高原旅行記〔M〕，北京：通俗讀物出版社，1956。

36. 蘇嵐（編），藏族民歌〔M〕，上海：新文藝出版社，1954。

37. 蘇策，雀兒山的朝陽〔M〕，北京：中國青年出版社，1956。

38. 王大純，在康藏高原上〔M〕，北京：中國青年出版社，1954。

39. 王沂暖譯，候鳥的故事（藏族寓言故事）〔M〕，北京：作家出版社，1956。

40. 魏巍，彥克，西藏組歌——春風吹到了雅魯藏布江〔M〕，廣州：廣州文化出版社，1959。

41. 烏蘭巴幹，草原烽火〔M〕，北京：人民文學出版社，1959。

42. 西南人民出版社編輯，踏破雪山進軍西藏〔C〕，重慶：西南人民出版社，1952。

43. 「西南文藝」編輯部編，金色的拉薩河谷——康藏公路詩選〔C〕，武漢：長江文藝出版社，1957。

44. 徐懷中，地上的長虹〔M〕，北京：人民文學出版社，1954。

45. 徐懷中，我們播種愛情〔M〕，北京：中國青年出版社，1957。

46. 楊星火，雪松〔M〕，上海：新文藝出版社，1957。

47. 楊星火，波蘿（夢）達娃〔J〕，人民文學，1957（2）：30～41。

48. 楊居人，訪康藏高原〔M〕，北京：作家出版社，1955。

49. 周良沛，楓葉集〔M〕，北京：作家出版社，1957。

50. 中國作家協會，青年文學創作選集：我們愛我們的土地〔C〕，北京：中

國青年出版社，1956。

51. 中國人民解放軍亞東部隊政治部編，進軍康藏紀實〔C〕，出版社不詳，1951。

二、理論論著及歷史文獻資料類

1. 北京師範大學文藝學研究中心編，文學與意識形態論〔C〕，北京：中國社會科學出版社，2008。

2. 陳恩炎編，祖國的西藏〔M〕，保定：河北人民出版社，1959年。

3. 多傑才旦，江村羅布主編，西藏經濟簡史〔M〕，北京：中國藏學出版社，1995。

4. 丹增主編，當代西藏簡史〔M〕，北京：當代中國出版社，1996。

5. 丹增，張向明主編，當代中國的西藏〔M〕，北京：當代中國出版社，1991。

6. 黨鴻樞等編，中國當代文學研究資料：武玉笑趙燕翼高平研究合集〔C〕，蘭州：甘肅人民出版社，1988。

7. 董小英，敘述學〔M〕，北京：社會科學文獻出版社，2001。

8. 董小英，超語言學：敘事學的學理及理解的原理〔M〕，天津：百花文藝出版社，2008。

9. 費孝通等，中華民族多元一體格局〔C〕，北京：中央民族學院出版社，1989。

10. 馮憲光，馬睿，審美意識形態的文本分析〔M〕，成都：四川大學出版社，2001。

11. 郭冠忠，西藏社會發展述略——郭冠忠藏學文集〔C〕，拉薩：西藏人民出版社，1999。

12. 郭茲文編，西藏大事記（1949～1959）〔M〕，北京：民族出版社，1953。

13. 耿予方，雪域文苑筆耕錄（上、下冊）〔C〕，北京：民族出版社，2000。

14. 耿予方，西藏50年‧文學卷〔M〕，北京：民族出版社，2001。

15. 龔思雪編著，新中國的新西藏〔M〕，北京：中國青年出版社，1955。

16. 黃瑞祺，意識形態探索者——曼海姆〔M〕，臺北：允晨文化實業股份有限公司，1982。

17. 黃傳新，吳兆雪等，構建和諧社會與意識形態建設〔M〕，合肥：安徽人民出版社，2007。

18. 黃玉生等，西藏地方與中央政府關係史〔M〕，拉薩：西藏人民出版社，2005。

19. 黃萬綸，西藏經濟概論〔M〕，拉薩：西藏人民出版社，1986。

20. 胡菊彬，新中國電影意識形態史〔M〕，北京：中國廣播電視出版社，
    1995。

21. 胡頌傑主編，西藏農業概論〔M〕，成都：四川科學技術出版社，1995
    年。

22. 胡隆輝，當代中國意識形態論〔M〕，開封：河南人民出版社，1996。

23. 江宜樺，自由主義\民族主義與國家認同〔M〕，臺北：揚智文化事業股份
    有限公司，1998。

24. 江平等，班禪額爾德尼評傳〔M〕，北京：中國藏學出版社，1998。

25. 蔣述卓主編，李鳳亮副主編，批評的文化之路〔C〕，北京：中國社會科
    學出版社，2003。

26. 加強意識形態工作大參考編寫組編，加強意識形態工作大參考〔C〕，北
    京：紅旗出版社，2005。

27. 紀念川藏青藏公路通車三十週年籌委會辦公室，西藏自治區交通廳文獻
    組編，紀念川藏青藏公路通車三十週年‧文獻集（第一卷　文獻篇）〔C〕，
    拉薩：西藏人民出版社，1984。

28. 《解放西藏史》編委會，解放西藏史〔M〕，北京：中共黨史出版社，
    2008。

29. 季廣茂，意識形態視域中的現代話語轉型與文學觀念嬗變〔M〕，北京：
    北京大學出版社，2005。

30. 李怡，現代四川文學的巴蜀文化闡釋〔M〕，長沙：湖南教育出版社，
    1995。

31. 李怡，現代：繁複的中國旋律——現代的詩、現代的文學與現代的文化
    〔M〕，北京：中央編譯出版社，2001。

32. 李怡，蕭偉勝主編，顏同林，張武軍副主編，中國現代文學的巴蜀視野
    〔C〕，成都：四川出版集團巴蜀書社，2006。

33. 李怡，段從學，蕭偉勝，大西南文化與新時期詩歌〔M〕，重慶：西南師
    範大學出版社，2002。

34. 李佳俊，文學，民族的形象〔M〕，拉薩：西藏人民出版社，1989。

35. 李佳俊，探索高原民族的奧秘〔M〕，拉薩：西藏人民出版社，1996。

36. 李達三，何滬玲編，中國當代文學研究資料叢書：胡奇研究專集〔C〕，
    北京：解放軍文藝出版社，1987。

37. 李志宏主編，文藝意識形態學說論爭集〔C〕，長春：吉林大學出版社，
    2006。

38. 李春青，在審美與意識形態之間——中國當代文學理論研究反思〔M〕，
    北京：北京大學出版社，2006。

39. 李春青，詩與意識形態〔M〕，北京：北京大學出版社，2005。

40. 李本先，階級論〔M〕，武漢：華中師範大學出版社，1991。

41. 李淮春，王霽，楊耕，陳志良，馬克思主義哲學全書〔M〕，北京：中國人民大學出版社，1996。

42. 劉金鏞等編，中國當代文學研究叢書：徐懷中研究專集〔C〕，北京：解放軍文藝出版社，1983。

43. 陸貴山，文藝理論與文藝思潮〔M〕，北京：中國人民大學出版社，2007。

44. 郎保東，文藝的社會意識形態特徵〔M〕，石家莊：花山文藝出版社，2000。

45. 羅鋼，劉象愚主編，後殖民主義文化理論〔C〕，北京：中國社會科學出版社，1999。

46. 羅剛，敘事學導論〔M〕，昆明：雲南人民出版社，1999。

47. 民族出版社編，維護國家統一和民族團結爲建設民主和社會主義的新西藏而奮鬥（第1～5輯）〔C〕，北京：民族出版社，1959。

48. 民族出版社編，西藏農奴的怒吼〔C〕北京：民族出版社，1960。

49. 民族出版社編，西藏農奴主的血腥罪行〔C〕，北京：民族出版社，1960。

50. 民族出版社編，萬惡的西藏農奴制度〔C〕，北京：民族出版社，1960。

51. 民族出版社編，西藏民主改革的勝利〔C〕，北京：民族出版社，1960。

52. 馬麗華，雪域文化與西藏文學〔M〕，長沙：湖南教育出版社，1998。

53. 孟憲鵬等，社會意識百態觀〔M〕，北京：海洋出版社，1989。

54. 孟登迎，意識形態與主體建構：阿爾都塞意識形態研究〔M〕，北京：中國社會科學出版社，2002。

55. 邱曉林，從立場到方法──二十世紀國外馬克思主義意識形態文藝理論研究〔M〕，成都：四川出版集團巴蜀書社，2006。

56. 任一鳴，後殖民：批評理論與文學〔M〕，北京：外語教學與研究出版社，2008。

57. 宋慧昌，當代意識形態研究〔M〕，北京：中共中央黨校出版社，1993。

58. 孫書第，當代文藝思潮小史〔M〕，瀋陽：遼寧大學出版社，1986。

59. 孫勇等，西藏社會經濟發展簡明史稿〔M〕，拉薩：西藏人民出版社，1994。

60. 蘇晉仁等，藏族史論文集〔C〕，成都：四川民族出版社，1988。

61. 譚好哲，文藝與意識形態〔M〕，濟南：山東大學出版社，1997。

62. 譚玉琛主編，毛澤東與黨外人士〔M〕，石家莊：河北人民出版社，1993。

63. 童世駿（主編），意識形態新論〔M〕，上海：世紀出版集團、上海人民

出版社，2006。

64. 唐家衛編著，事實與真相——十四世達賴喇嘛其人其事〔M〕，北京：中國藏學出版社，2003。

65. 吳建國，陳先奎，劉曉，楊鳳蛾主編，當代中國意識形態風雲錄〔M〕，北京：警官教育出版社，1993。

66. 吳健禮，西藏經濟概述〔M〕，北京：中國藏學出版社，1995。

67. 王世德，崇高壯麗的社會主義愛情——談長篇小說「我們播種愛情」〔M〕，上海：上海文藝出版社，1958。

68. 王一川，文學理論〔M〕，成都：四川人民出版社，2003。

69. 王本朝，中國當代文學制度研究〔M〕，北京：新星出版社，2007。

70. 許明，新意識形態批評〔M〕，北京：首都師範大學出版社，2001。

71. 徐海波，中國社會轉型與意識形態問題〔M〕，北京：中國社會科學出版社，2003。

72. 《西藏日報》社編，西藏日報創刊三十週年紀念〔M〕，內部發行，拉薩：《西藏日報》社，1986。

73. 《西藏自治區概況》編寫組，西藏自治區概況〔M〕，北京：民族出版社，2009。

74. 西藏自治區黨史資料徵集委員會，西藏軍區黨史資料徵集領導小組編，和平解放西藏〔M〕，內部版，拉薩：西藏人民出版社，1995。

75. 西藏地方歷史資料選輯〔C〕，北京：生活‧讀書‧新知三聯書店，1963。

76. 西藏軍區政治部，雪山號角——《高原戰士》報十三年〔C〕，內部發行，拉薩：西藏軍區政治部，1999。

77. 楊生平，論馬克思主義意識形態理論的形成和發展〔M〕，北京：首都師範大學出版社，1996。

78. 朱育和，張勇，高敦富主編，當代中國意識形態情態錄〔M〕，北京：清華大學出版社，1997。

79. 張秀琴，西方馬克思主義意識形態理論的當代闡釋〔M〕，北京：中國傳媒大學出版社，2005。

80. 張一兵，問題式、症候閱讀與意識形態〔M〕，北京：中央編譯出版社，2003。

81. 張定一，1954 年達賴、班禪晉京紀略——兼記西藏自治區籌備委員會成立〔M〕，北京：中國藏學出版社，2005。

82. 張雲，漂泊中的佛爺 九世班禪內地活動的前前後後〔M〕，北京：中國藏學出版社，2000。

83. 張宗正，理論修辭學〔M〕，北京：中國社會科學出版社，2004。

84. 張鐵聲，相似・同構・認知〔M〕，江蘇：江蘇科學技術出版社，1995。

85. 鄭永延等，社會主義意識形態發展研究〔M〕，北京：人民出版社，2002。

86. 中國人民大學哲學系邏輯教研室（編），形式邏輯（修訂本）〔M〕，北京：中國人民大學出版社，1984。

87. 中國人民抗美援朝總會宣傳部編，偉大的抗美援朝運動〔C〕，北京：人民出版社，1954。

88. 中共中央馬克思恩格斯列寧斯大林著作編譯局，馬克思恩格斯選集（第四卷）〔C〕，北京：人民出版社，1995。

89. 中共中央馬克思恩格斯列寧斯大林著作編譯局，馬克思恩格斯全集（第八卷）〔C〕，北京：人民出版社，1961。

90. 中共中央馬克思恩格斯列寧斯大林著作編譯局，列寧選集（第四卷）〔C〕，北京：人民出版社，1995。

91. 中共中央馬克思恩格斯列寧斯大林著作編譯局，列寧選集（第三卷）〔C〕，北京：人民出版社，1995。

92. 中共中央文獻研究室，中共西藏自治區委員會，西藏工作文獻選編 1949～2005 年〔C〕，北京：中央文獻出版社，2005。

93. 中共西藏自治區委員會黨史資料徵集委員會編，西藏革命史〔C〕，拉薩：西藏人民出版社，1991。

94. 中華人民共和國文化部辦公廳編印，文化工作文件資料彙編（1949～1959）〔C〕，內部文件，1982。

95. 中央民族學院漢語文學系民族文學選編組編，少數民族詩人作品選（1949～1979）〔C〕，成都：四川民族出版社，1980。

96. 中國社會科學院文學研究所現代文學研究室編，文學革命論爭資料選編〔C〕，北京：人民文學出版社，1981。

97. 中國第二歷史檔案館、中國藏學研究中心合編，黃幕松　吳忠信　趙守鈺　戴傳賢　奉使辦理藏事報告書〔C〕，北京：中國藏學出版社，1993。

98. 中國藏學研究中心宗教研究所編，藏傳佛教與社會主義社會相適應研究論文集〔C〕，北京：中國藏學出版社，2006。

99. 〔德〕哈貝馬斯，作為「意識形態」的技術與科學〔M〕，李黎，郭官義譯，上海：學林出版社，1999。

100. 〔德〕卡爾・曼海姆，意識形態與烏托邦〔M〕，姚仁權譯，北京：九州出版社，2007。

101. 〔德〕馬克斯・韋伯，新教倫理與資本主義精神〔M〕，於曉，陳維綱等譯，北京：生活・讀書・新知三聯書店，1987。

102. 〔法〕皮埃爾・布迪厄，藝術的法則：文學場的生成和結構〔M〕，劉暉

譯，周安陽，北京：編譯出版社，2001。

103. 〔美〕A，Inkeles，意識形態與社會變遷〔M〕，沙亦群譯，臺北：巨流圖書公司，1973。

104. 〔美〕塞繆爾・亨廷頓，文明的衝突與世界秩序的重建〔M〕，周琪，劉緋，張立平，王圓譯，北京：新華出版社，1998。

105. 〔美〕本尼迪克特・安德森，想像的共同體──民族主義的起源與散佈〔M〕，吳叡人譯，上海：世紀出版集團，上海人民出版社，2005。

106. 〔美〕泰勒（Taylor），〔美〕佩普勞（Peplau），〔美〕希爾斯（Sears），社會心理學〔M〕，謝曉非，謝冬梅，張怡玲，郭鐵元等譯，北京：北京大學出版社，2004。

107. 〔美〕津巴多（Zimbardo，P，G），心理學與生活〔M〕，王壘，王甦等譯，北京：人民郵電出版社，2003。

108. 〔美〕愛德華，W，薩義德，知識分子論〔M〕，單德興譯，北京：生活，讀書，新知三聯書店，2007。

109. 〔美〕愛德華，W，薩義德，東方學〔M〕，王宇根譯，北京：生活・讀書・新知三聯書店，1999。

110. 〔美〕愛德華，W，賽義德，賽義德自選集〔C〕，謝少波，韓剛等譯，北京：中國社會科學出版社，1999。

111. 〔瑞士〕米歇爾・泰勒，發現西藏〔M〕，耿昇譯，北京：中國藏學出版社，1999。

112. 〔斯洛文尼亞〕斯拉沃熱・齊澤克等，圖繪意識形態〔C〕，方傑譯，南京：南京大學出版社，2002。

113. 〔英〕愛・摩・福斯特，小說面面觀〔M〕，蘇炳文譯，廣州：花城出版社，1984。

114. 〔英〕大衛・麥克里蘭，意識形態〔M〕，孔兆政，蔣龍翔譯，長春：吉林人民出版社，2005。

115. 〔英〕厄內斯特・蓋爾納，民族與民族主義〔M〕，韓紅譯，北京：中央編譯出版社，2002。

三、理論論文及報刊文章類

1. 阿來，西藏是一個形容詞〔J〕，課堂內外（高中版），2002，（2）。

2. 〔美〕愛奧尼斯・科齊戚利第斯，後社會主義轉軌中的國家同構〔J〕，黃文前編譯，當代世界與社會主義，2007，（1）。

3. 次仁羅布，西藏當代文學的發展軌迹〔N〕，中國民族報，2009-03-27。

4. 陳雪虎，「審美意識形態」論與馬克思主義傳統〔J〕，黑龍江社會科學，

2008，（4）。

5. 次多，略論藏族文學和文學翻譯〔J〕，西藏研究，1995，（1）。

6. 陳強，豐沃的土壤　晶美的果實──當代藏族文學繼承與發展關係初探〔J〕，西藏民族學院學報（社會科學版），1987，（1）。

7. 昌儀，兄弟民族文學的巨大成就〔J〕，文學評論，1959，（6）。

8. 曹志培，劉克與他的西藏題材小說〔J〕，阜陽師院學報（社科版），1988，（2）。

9. 丹珠昂奔，藏族文學論〔J〕，文藝爭鳴，1992，（4）。

10. 代雲，現代化、意識形態危機與共產主義〔J〕，理論界，2008，（12）。

11. 董學文，淩玉建，意識形態與早期中國現代文學理論──對「文學爲意德沃羅基的一種」命題背景的考察〔J〕，湖南師範大學社會科學學報，2008，（5）。

12. 董學文，陳春敏，略論文學與意識形態之關係──從馬克思的「意識形態」觀談起〔J〕，湖南文理學院學報（社會科學版），2008，（1）。

13. 董釗暉，人民解放軍進軍西藏民族宗教工作初探〔J〕，軍事歷史，2002，（1）。

14. 德吉草，母語依戀與傳統斷流〔J〕，西南民族學院學報（哲學社會科學版），2000，（9）。

15. 馮憲光，「審美意識形態論」與人在文學活動中的存在〔J〕，西南大學學報（社會科學版），2009，（5）。

16. 關於少數民族文學的問答──少數民族作家答本刊題卷問〔J〕，南方文壇，1999，（1）。

17. 郭光，建國十年來的兄弟民族文學〔J〕，開封師範學院學報（河南大學學報，哲學社會科學版），1959，（2）。

18. 干學偉，張悅，由〈内蒙春光〉到〈内蒙人民的勝利〉〔J〕，電影藝術，2005，（1）。

19. 干學偉，憶周總理對〈内蒙春光〉的關懷〔J〕，電影藝術，1983，（1）。

20. 顧浙秦，清代前期詠藏詩初探〔J〕，西藏民族學院學報（社會科學版），1993，（4）。

21. 耿占春，藏族詩人如是説──當代藏族詩歌及其詩學主體〔J〕，鄭州大學學報（哲學社會科學版），2005，（3）。

22. 耿予方，藏族當代文學的興起和發展〔J〕，西北民族研究，1992，（1）。

23. 黃波，論當代藏族詩人擦珠·阿旺洛桑的詩美藝術〔J〕，西藏民族學院學報（哲學社會科學版），2007，（9）。

24. 何懷遠，意識形態的内在結構淺論〔J〕，江蘇行政學院學報，2001，（2）。

25. 李佳俊，寫在世界屋脊的壯麗畫卷——回眸當代藏族文學發展軌迹〔J〕，民族文學研究，1998，（8）。

26. 李佳俊，西藏當代文藝的幾點理性思考〔J〕，西藏藝術研究，1999，（1）。

27. 李佳俊，論新時期十年的藏族地區文學——兼及五十年代藏族地區文學〔J〕，西藏研究，1987，（2）。

28. 李佳俊，論汪承棟的詩歌創作〔J〕，西藏民族學院學報（哲學社會科學版），1981，（3）。

29. 李佳俊，進入二十一世紀的西藏文藝〔J〕，西藏文學，2000，（6）。

30. 李佳俊，當代藏族文學的文化走向——淺析新時期藏族作家不同群體的審美個性〔J〕，中國藏學，2006，（1）。

31. 李佳俊，當代西部文化的困惑和沉思——關於建立中國現代 C 字文化圈的構想〔J〕，思想戰線，1989，（1）。

32. 李東，徐懷中早期小說藝術論〔J〕，徐州師範學院學報（哲學社會科學版），1990，（2）。

33. 李育紅，當前文學審美意識形態論爭綜述〔J〕，遼寧師範大學學報（社會科學版），2008，（3）。

34. 李春青，文學理論：徘徊於審美與意識形態之間〔J〕，社會科學輯刊，2008，（4）。

35. 李翔海，後殖民時代的中國文化建設：超越西方之「他者」的存在形態〔J〕，南開學報（哲學社會科學版），2001，（3）。

36. 劉志群，西藏文學的走向〔J〕，西藏文學，1999，（3）。

37. 劉俐俐，民族文學與文學性問題〔J〕，民族文學研究，2005，（2）。

38. 劉俐俐，走進人道精神的民族文學中的文化身份意識〔J〕，民族研究，2002，（4）。

39. 劉俐俐，文學中身份印痕的複雜與魅力〔J〕，甘肅社會科學，2002，（1）。

40. 劉俐俐，「後殖民主義與中國知識分子的文化策略」問題筆談——從歧途到正途：中國後殖民批評的價值何在？〔J〕，南開學報（哲學社會科學版），2001，（3）。

41. 劉俐俐，後殖民主義語境中的當代民族文學問題思考〔J〕，南開學報，2000，（1）。

42. 林建成，意識形態問題研究〔J〕，清華大學學報（哲學社會科學版），2008，（S1）。

43. 陸傑榮，楊倫，何謂「理論」？〔J〕，哲學研究，2009，（4），（據說明，本書應爲王淩雲所作）

44. 拉先，芻議藏族當代文學的界定及各階段的發展狀況〔J〕，西藏大學學

報，2006，（9）。

45. 茅盾，在部隊短篇小説創作座談會上的講話〔J〕，解放軍文藝，1959，（8）。

46. 寧世群，在西藏當代文學創作中存在的問題和個人的幾點思考〔J〕，1992，（3）。

47. 〔英〕歐内斯托・拉克勞，意識形態與後馬克思主義〔J〕，陳紅譯，馬克思主義與現實，2008，（6）。

48. 齊亞敏，楊志強，論新時期少數民族文學的多元化發展〔J〕，2007，（3）。

49. 強巴平措，西藏當代文學藝術四十年〔J〕，中國藏學，1999，（3）。

50. 色波，遙遠的記憶——答姚興勇博士問〔J〕，西藏文學，2006，（1）。

51. 沈立岩，從後殖民理論看理論的限度與自省的意識〔J〕，南開學報（哲學社會科學版），2001，（3）。

52. 孫曉莉，中國傳統社會與國家同構狀態探析〔J〕，求是學刊，2002，（1）。

53. 沙鷗，在成長中的青年詩人——評梁上泉的詩〔J〕，人民文學，1956，（2）。

54. 舒瑜，從「想像的共同體」到「巴釐劇場國家」〔J〕，西北民族研究，2006，（2）。

55. 史靜，五十年代三角式戀愛電影的國家意識形態〔J〕，粵海風，2008，（2）。

56. 佟錦華，文學發展與哲學的關係〔J〕，民族文學研究，1990，（2）。

57. 童慶炳，審美意識形態論作為文藝學的第一理，學術研究，2000，（1）。

58. 唐魁玉，作為「意識形態」化的生活方式——1949 年到 1978 年中國社會生活史的總體特徵〔J〕，理論界，2008，（3）。

59. 唐先田，嚴肅而沉思的道路——論劉克的創作〔J〕，安慶師範學院學報，1985，（2）。

60. 吳曉東，「想像的共同體」理論與中國理論創新問題〔J〕，學術月刊，2007，（2）。

61. 王德威，許子東，陳平原，想像中國的方法——以小説史研究為中心〔J〕，當代作家評論，2007，（3）。

62. 王曉崗，審美意識形態論是第一原理嗎——對文學理論教學的一個想法〔J〕，安徽電器工程職業技術學院學報，2008，（12）。

63. 王曉明，新意識形態與中國當代文化——王曉明教授在汕頭大學的演講〔J〕，陳貝加整理，汕頭大學學報（人文社會科學版），2003，（2）。

64. 王玉蘭，意識形態理論上的審美超越——對新意識形態批評的批評〔J〕，文藝評論，2001，（1）。

65. 王昌忠，「新意識形態」的典型文本——淺論池莉 90 年代小說〔J〕，湖州職業技術學院學報，2008，（2）。

66. 王峰，對「文學經典」問題的診治〔J〕，陝西師範大學學報（哲學社會科學版），2008，（2）。

67. 王沂暖，唐景福，藏族文學史略（1～12）〔J〕，西北民族大學學報（哲學社會科學版），1982，（3）～1985，（2）。

68. 王秋梅，新自由主義全球化的意識形態分析〔J〕，哈爾濱工業大學學報（社會科學版），2008，（7）。

69. 吳松，認識主體的屬性、層次與結構〔J〕，思想戰線，1983，（6）。

70. 武新軍，意識形態結構與中國當代文學——「《文藝報》（1949～1989）研究」緒論〔J〕，河南大學學報（社會科學版），2008，（2）。

71. 魏強，試論西藏半農半牧文化對藏族文學的影響〔J〕，中央民族學院學報，1993，（5）

72. 魏強，從藏族文學看異質文化的影響與深入〔J〕，民族文學研究，1994，（2）。

73. 文史，回憶擦珠阿旺洛桑〔J〕，中國西藏（中文版），2000，（1）。

74. 喜繞尼瑪，高原民珠放異彩——西藏優秀文化新發展紀略〔J〕，黨史縱橫，1996，（10）。

75. 徐美恒，藏族作家長篇小說的獨特藝術成就〔J〕，西藏研究，2006，（1）。

76. 徐新建，本土認同的全球性——兼論民族文化的「三度寫作」〔J〕，西南民族大學學報（人文社科版），2004，（1）。

77. 許明，形成中的新意識形態基礎〔N〕，社會科學報，2008-1-24（003）。

78. 許嬌娜，審美意識形態：走出文學本質論——對「審美意識形態」論爭的反思〔J〕，文藝爭鳴，2008，（3）。

79. 謝詠，「文藝學」如何成為新意識形態的組成部分？——以 1951 年《文藝報》一場討論為例〔J〕，南方文壇，2003，（4）。

80. 益西單增，西藏文學與西藏作家〔J〕，當代文壇，1988，（4）。

81. 益西單增，西藏文學的過去與現狀〔J〕，西藏大學學報，1999（2）。

82. 益西嘉措，扎西東珠，史詩般歲月裏的詩——1949～1966 年回藏詩歌創作特點比較淺論〔J〕，西北第二民族學院學報（哲學社會科學版），1999，（2）。

83. 易小斌，中國語境下的後殖民理論誤區〔J〕，河北師範大學學報（哲學社會科學版），2003，（1）。

84. 陰法唐，再談老西藏精神〔J〕，西藏黨校，1997，（3）。

85. 俞吾金，曼海姆與霍克海默關於新意識形態概念的論戰〔J〕，學術月刊，1992，（6）。

86. 閆芳芳，後殖民理論在中國的變形〔J〕，內蒙古社會科學（漢文版），2006，（3）。

87. 姚新勇，追求的軌迹與困惑——「少數民族文學性」建構的反思〔J〕，民族文學研究，2004，（1）。

88. 姚新勇，黃勇，土改、民族、階級與現代化——少數民族題材小說中的「土改」〔J〕，民族文學研究，2005，（2）。

89. 楊化群，我所結識的西藏著名詩人、學者——擦珠·阿旺洛桑活佛〔J〕，西藏藝術研究，1994，（1）。

90. 意娜，當代藏族漢語文學創作的文化身份意識初探〔J〕，西藏民族大學學報（人文社科版），2005，（1）。

91. 趙宗福，清代詠藏詩概述〔J〕，青海師專學報，1985，（3）。

92. 藏策，後殖民主義與中國語境〔J〕，南開學報（哲學社會科學版），2001，（3）。

93. 鄒旭林，在隱喻世界裏詩意地棲居——論當代藏族漢語詩歌的審美屬性〔J〕，蘭州大學學報（社會科學版），2006，（5）。

94. 朱霞，當代藏族文學的多元文化背景與作家民族文化身份的建構〔J〕，西藏民族學院學報（哲學社會科學版），2006，（11）。

95. 朱霞，當代藏族文學的文化詮釋〔J〕，西藏民族學院學報（社會科學版），1994，（4）。

96. 朱霞，20 世紀藏族文學嬗變的軌迹〔J〕，西藏民族學院學報（哲學社會科學版），2006，（1）。

97. 張榮翼，文學發展中的「遺忘機制」〔J〕，齊齊哈爾師範學院學報，1996，（4）。

98. 張光輝，王紅衛，建國以來意識形態建設的演變及啓示〔J〕，中共雲南省委黨校學報，2008，（5）。

99. 張頤武，第三世界文化與中國文學〔J〕，文藝爭鳴，1990，（1）。

100. 張治維，略論當代西藏文學的發展〔J〕，西藏文學，1996，（4）。

101. 鄭靖茹，西藏當代文學生成發展的歷史語境〔J〕，廊坊師範學院學報，2007，（4）。

102. 鄭靖茹，現代傳媒與西藏當代文學〔J〕，民族文學研究，2005，（1）。

103. 鄭靖茹，「西藏當代文學的縮影」〔J〕，西藏文學，2005，（5）。

104. 周煒，西藏語言政策的變遷〔J〕，西北民族研究，2002，（3）。

105. 周煒，西藏的藏語文管理機構及 40 年歷史變遷〔J〕，中國藏學，2005，（3）。

106. 周煒，藏族古典小說興盛的文化背景〔J〕，民族文學研究，1991，（1）。

四、碩博士學位論文

1. 洪士惠，群山與自己的歌者——論當代藏族作家阿來的漢語文學〔D〕，博士學位論文，臺灣桃園：國立中央大學，2009.02.25。

2. 李新民，後殖民理論與中國文化身份認同〔D〕，博士學位論文，南京：南京師範大學，2007.04.30。

3. 申富英，民族、文化與性別——後殖民主義視角下的《尤利西斯》研究〔D〕，博士學位論文，濟南：山東大學，2007.04.09。

4. 鄭靖茹，現代文學體制建立的個案考察——漢文版《西藏文學》與西藏文學〔D〕，博士學位論文，成都：四川大學，2005.03.17。

5. 程劍，誰在邊緣深處低吟——新時期少數民族女詩人漢語寫作論〔D〕，碩士學位論文，廣州：暨南大學，2007.05。

6. 胡大蓉，超越西藏的沉思——色波小說創作論〔D〕，碩士學位論文，北京：中央民族大學，2006.05。

7. 李豔，阿來筆下的西藏想像〔D〕，碩士學位論文，廣州：暨南大學，2006.05.22。

8. 李美萍，模仿·對話·自覺：雪域小說自主性的獲得——以（1976.1986）《西藏文學》小說爲中心〔D〕，碩士學位論文，蘇州：蘇州大學，2006.04。

9. 劉濤，比較文化視域中的藏族作家的漢語創作〔D〕，碩士學位論文，西安：陝西師範大學，2006.04。

10. 倪文豪，藏族文化與藏族文學——當代藏族中長篇小說解讀〔D〕，碩士學位論文，濟南：山東師範大學，200.10.06。

11. 蒲曉東，國家意識形態：馬克思恩格斯意識形態思想德當代闡釋〔D〕，碩士學位論文，上海：中共上海市委黨校，2008.08.21。

12. 王忠梓，「想像的共同體」與「共同體」的想像——論民族主義語境下的中國新時期文學〔D〕，濟南：山東師範大學，2000.04.20。

13. 烏日娜，意識形態概念的探討〔D〕，碩士學位論文，哈爾濱：黑龍江大學，2006.05。

14. 楊紅，邊緣的吟唱：「西藏文學」之於「尋根文學」——以《西藏文學》（漢文版）（1984.1988）爲重點的考察〔D〕，碩士學位論文，長春：東北師範大學，2005.09。

15. 張煜，想像西藏——當下文化生產中的「西藏形象」〔D〕，碩學位士論文，廣州：暨南大學，2003.05。

後　記

　　2007 年至 2010 年，難忘的三年，有幸在四川大學學習，收穫諸多，本書即是其一。導師李怡提出了諸多寶貴意見，並且在三年的學習過程中，無私教誨，多方提點，在此對李怡教授表示衷心的感謝。還有陳思廣教授和其他任課教師及同學們也給予了諸多關懷和幫助，在此一併表示誠摯的謝意。

　　時光荏苒，歲月匆匆，離開川大已是三年。三年來，又增添了些人生的經歷，然而始終未曾改變對西藏這片土地的熱愛與眷戀。謹以此書獻給老師、父母和家庭，並衷心祝願西藏更加美好。

作者

2013 年 12 月於西藏